U0469782

青年世代

李佳蓬/著

上海文艺出版社

未来，我们将何去何从？

李开复

两百年后的世界，将会是怎样？

相信每个关注科技、对未来世界充满好奇的人，都想知道答案，也都会有属于自己的畅想。通讯技术是否发生了翻天覆地的变化，人类是否已经在月球、火星上建立殖民地，大数据是否桎梏着人类，人工智能会不会取代我们？

青年作家李佳蓬是我工作上的同事，他在科幻长篇小说《青年世代》中向我们展现了一种未来的图景与可能：重新构建的世界秩序、娱乐至死的喧嚣、青年人成为舞台主角，以及刚刚学会思考的通用人工智能……令人激动的是，他的想象力不仅仅局限于对事物的描写，而是扩展至对社会形态的想象与构建，而这些都体现出作者对当下社会现实的关注,以及在畅想未来时的深层思考。

对于人工智能技术浪潮,乐观者认为人工智能会极大地提高生产力,促进人类社会和经济的发展;悲观者则是忧心忡忡,警示人们将面临前所未有的失业潮,最终被人工智能取而代之。对于未来的猜想,我们应该秉着科学精神,审慎而乐观地充分去理解人工智能带给我们的机会和挑战,在我《人工智能》《AI未来》《AI 2041》三本书中有诸多探讨。没错,人工智能将会部分取代人类工作,完成各种重复性的任务。当然,人类也有人工智能无可比拟的特质:情感、创造力、策略思维的能力。

情感让我们品尝作为人的酸甜苦辣,让我们乐于理解和拥抱人性。创造力让我们在艺术、建筑、科学、商业等各个领域不断实现人类的自我超越。策略思维让我们作出智慧的选择,敢于为自己的追求和信念大步向前。

在《青年世代》中,当丹尼追随友人的过往,当他面临着人生最为重要的抉择时,他心中"情感"的羁绊使他坚守了自己的"信念"。这是科幻文学的浪漫,也是人性的美好。也希望本书的读者经过故事的洗礼,能够对于自身的信念有番新的思考。

目录

一	学生时代的最后一天	1
二	议员选秀	15
三	三个问题	28
四	多数票	44
五	合作	63
六	无总统制	78
七	牛津危机	91
八	首富的邀请	110
九	割裂	128
十	出访美洲	145

十一	几个青年	160
十二	意外	181
十三	兰妠	196
十四	月球战争	210
十五	抱团	227
十六	最后的质询	246
十七	戏	268
十八	选择	285

| 后记 | | 295 |

一

学生时代的最后一天

"学生时代,就这样结束了吗?"

丹尼·威尔斯在将自己的考卷递给监考员后,喃喃低语着。看了看左胸前别着的红色康乃馨,他内心有了些许感叹。在欧洲联邦绝大多数学校都已经采用万能镜[1]在家进行毕业考试的2221年,牛津这所有着1500多年历史的学校,依旧古板地召集了所有人,来到这座不知道几百年的混凝土楼里,坐在复古的小木桌前,用纸笔来完成大学时代的最后一场考试。[2]

罢了,尊重传统与历史吧。在这不断变换的世界中,能坚持不变的,总归是令人敬佩。丹尼站起身来,抖了抖身上像长袍一样的黑色披风,暗暗地认同了这些传承许久的仪式感,大步向屋外走去。

时间已是六月底,英格兰这片土地已然进入夏天,天空晴而无云,透过走廊的窗户能感受到一丝阳光的刺眼。丹尼快走几步,一阵小风似的迈出考场的大门,踏过石阶,抬头便看到远处栅栏外有一小撮人在等待着,他们拿着各式各样的鲜花和礼物,

---

1 All-mighty Glasses。
2 英国大学本科仅有三年时间。

等待着像丹尼一样的考生们出现。

在乌泱泱的人群里,丹尼一眼就找到了自己最为熟悉的两个姑娘。两人站在一起,虽然个头略有差距,但样貌和气质却同样夺目。稍微矮点的那一个,有着白白的略有婴儿肥的脸蛋,穿着一身橙色的连衣裙,眉毛和不那么大的眼睛都自带笑容一般,她兴奋地叫着丹尼的名字,手里挥着一小束玫瑰,冲他这边摇得飞快。

还是这么傻……丹尼心里感慨着,却又添了几分对自己这个女朋友的喜爱,嘴上不自觉地流露出了一丝微笑。安吉儿从大一开始和丹尼在一起,感情一直很稳定,他们颇有要结婚的趋势。

安吉儿旁边的那个女生是她中学时期至今的闺蜜兰妠。高中和大学都在一个地方,姐妹之情肯定是无与伦比,她和丹尼自然也是极好的朋友。相比于安吉儿活蹦乱跳的可爱性格,兰妠安稳很多,俨然一副冷静到拒人于千里之外的态度。平日里她潜心学术,朋友也不多,在旁人看来很是神秘。

看到最熟悉的两个人都赶来迎接自己完成最后一门考试,丹尼的心情又增添了几分愉悦,两三步小跑来到安吉儿面前,捧起安吉儿的脸蛋先亲了一口,又紧紧地抱了抱,随后和兰妠也打了个招呼。

"要不是你们数学系早考完两天,怎么可能让你们在外面晒这么久等我,可怜我的小安吉儿咯!"丹尼用略带调戏的语气说道。

"注意点形象!这怎么说也是公共场所,而且听说EBC的人也来了。"安吉儿娇嗔道。

"哦哟,EBC,European Broadcasting Corporation,他们这个

欧洲联邦最大的流媒体网络，还会关注我这个非热门选手啊？没关系，'议员选秀'不是还没正式开始嘛。"丹尼略带阴阳怪气地自嘲了一下。即便嘴上逞强，但他心里很清楚，目前自己的一举一动，都会被放大到媒体和社交网络上，还是需要谨慎小心，本来搂着安吉儿的大手也老实了许多。

作为欧洲青年党今年的候选人之一，丹尼之前预期的排名并不算高。目前距离八月的议员选秀第一阶段还有两个月左右的时间，任何丑闻、过失，小到随地吐痰、大到考试不及格，都会左右最后的成败。丹尼不容有失，丹尼背后的欧洲青年党也不会容许出现任何他自己"作"出来的负面新闻。

自100多年前欧洲联邦成立和2200年青年革命成功推行青年民主制度以来，欧洲联邦的政治在这20多年里一直掌握在青年人——即20-35岁这群人的手中。现在的欧洲，是青年人的天下！

欧洲，这片拥有丰富人类历史文明遗迹的土地，地理面积远远小于亚太、美洲、非洲，可自16世纪以来，凭借着文艺复兴和工业革命所积累的科技优势，欧洲曾一度占据着世界霸主的地位。即使作为一战、二战的主战场饱受创伤，欧洲在20世纪后仍然保持了在全球版图内的巨大影响力。

在200多年前的21世纪初，欧洲本来最有希望成为第一个完成联邦制一体化的洲际大陆。当时欧洲各国的市场、货币基本完成了统一。但随着21世纪中段全球化停滞、民族主义加剧的历史浪潮，欧洲一体化的愿景渐渐分崩离析，各个国家都在多方博弈的必然结果中短视地选择了偷偷地维护自己而不是整个欧洲大陆的利益，导致欧洲大陆逐步失去了合力的竞争优势。除此之外，欧洲各国的国际竞争力也随着自己国家的老龄化逐步下降，沦为二流国家。

22世纪初，美洲联邦成立后，其优势的地理面积、人口基数和科技化程度使得世界其他国家陷入了新一轮的竞争危机，欧洲各国的领导人也在后续十多年的时间里意识到了欧洲不团结、不整合就没有未来的现实。在各方的巨大努力和妥协下，欧洲29个国家于2122年成立欧洲联邦，以一个整体对抗来自美洲联邦的威胁。在联邦体制下，各属国主权、政治、外交、军事、经济等政策均统一至联邦层面，属国层面仅决定民生问题。这就好比原来的"国家"降格为"省/州"，依次类推。

可是，欧洲联邦的起步并不成功。一体化是完成了，但老龄化的问题完全没有得到解决。200多年前欧洲就是出了名的高福利，老年人享受各类高额补贴，政府亏空严重，青年劳动力无法补足。两个世纪过后，随着人类平均寿命由80多岁提高到100岁，欧洲对老年人的高福利政策更是极大打压了年轻一代奋斗的决心。

内因是一方面，外因是另外一方面。在美洲、欧洲相继成立联邦后，亚洲和太平洋的国家在22世纪中段同样成立了亚太联邦。在三大联邦对峙的情况下，已经可以用腹背受敌来形容欧洲联邦的处境了。在这样的情形下，欧洲整体的经济、军事、人文发展远不如亚太、美洲，已经沦为世界版图中的第三势力。

在夹缝中维持了大半个世纪后，在非洲也即将完成联邦一体化的 2200 年，欧洲的青年们终于坐不住了，发起了史称"青年革命"的运动。大规模的游行、抗议、暴动使得欧洲的老年人被迫让步，维持了 200 多年的一人一票民主制度发生了根本性的改变。

好比 21 世纪初英国脱欧公投时，人们反复议论老年人是否可以投票一样，欧洲青年革命的主旨在于减少老年人对政治的影响力。青年革命的支持者们认为，每个人对政治、政策的参与权不能完全平等，要以剩余的人生时间加权计算。比如一位 95 岁的老年人，在预计寿命只剩 5 年的情况下，他对政治的投票权不能与 20 多岁的年轻人一样，不能让一个只会受 5 年影响的人去参与决定一个可以影响别人 70-80 年的政策。

这在后来演化成青年民主制度。在青年民主制度下，欧洲联邦议会作为整个欧洲最高的权力机关，监督和管理社会运行。在议会议员的选举中，民众所拥有的选票不再是一人一票，而是按点数计算。每个人的投票点数等于 70 减去年龄，16 岁以下无投票权，70 岁以上无投票权。也就是在任何的政治选举中，一个 20 岁青年的支持，相当于 5 个 60 岁老年人的支持，相当于 1.67 个 40 岁中年人的支持。

青年民主制度推行之后，欧洲联邦成了青年人的天下。与 200 年前政客们都是暮年的老年人不同，由于青年手中投票权重的增加，以及他们更愿意把选票投给自己的同龄人，而不是与自己三观相距甚远的老年政客，所以逐渐地，欧洲政治的掌舵者，变成了一群青年。

在这群青年政客的主导下，欧洲联邦的政策也逐步从高福利变为自费养老，甚至向老人按年龄收取"老年税"，交不起老年税的老人更是被送进了欧洲联邦独有的"老年中心"。可是，在经济持续高速增长的情况下，谁还会在乎一群老人的死活呢？起码政府的最高层——欧洲联邦议会，不会在乎。

欧洲联邦议会99个席位里，议员年龄的中位数在30岁左右。议会里有两个最主要的党派，欧洲青年党和欧洲潮流党。也是有趣，这么多个世纪下来，在自称民主的地方，还是只能容下两个大党。青年党作为议会第一大党，主要以科班出身的政治家为主；潮流党的议员可就比较多元化了，歌星、演员、网红、运动员……反正就是怎么酷怎么来，谁粉丝多谁当选。

欧洲联邦议会的选举不是按照选区来投票的，而是整个欧洲联邦民众每年对议员们进行认可投票，末位淘汰后20人，选出所有议员后，再对各个议员负责的地区和具体事物进行统一分配。伴随着议员年轻化的趋势，除了正常的淘汰补入外，在议会每年20个腾出来的席位中，联邦会留出10个"新秀"席位，供政坛最为新鲜的血液——首次参与竞选的青年政治家，通过长达一个月的竞争角逐来获得。

在欧洲联邦的政治家们看来，这个被称为"议员选秀"的流程打破了传统的政治竞选模式，可以发现最具有活力和政治能力的新人，给议会带来更多元的思维方式，是青年民主制度的精髓。另一方面，"议员选秀"类似秀场的形式，也可以让欧洲民众对政治保持最高的关注度，持续吸引一拨又一拨的年轻人投身于此，实在是百利而无一害。

因此，每年八月对于欧洲联邦来说，是全民最为期待的日子。"议员选秀"全程由议会和 EBC 共同承办，议会负责制定标准与流程，EBC 负责以真人秀的形式，面向全欧洲进行为期一个月的直播。整一个月，"议员选秀"的收看率高达 50% 以上。这有点像体育联盟的球员选秀，也有点像艺人出道的综合训练营，但明显"议员选秀"的影响面更广、更刺激、更激烈。对于欧洲联邦之外的民众来说，自己的联邦万万没有这样的视觉盛宴。所以在各个联邦互相冷战、人员和文化交流少之又少的今天，"议员选秀"可以说是欧洲联盟乃至全世界最典范的文化输出了。

既然是青年选秀，那最好的苗子当然要从欧洲各个著名大学里早早拉拢并培养。青年党和潮流党都在欧洲主要的大学里成立了青训营，并聘请了大学里的教授作为训练官，拉学生入党，顺势培养成为党派未来参与议员选秀的"苗子"。丹尼作为牛津政治经济系的学生，自然是在大学期间就被青年党盯上，拉入了阵营。入党之后，丹尼因为一些偶发事件，参与到了今年议员选秀的竞争当中。

距离选秀开始还有两个月，但 EBC 早已经开始跟进各个候选人的备战状态了，大学最后一门考试的结束就是一个很好的时间节点。

"不过话说 EBC 的人在哪儿？我怎么没看到？"丹尼看了看四周，并没有发现记者模样的人。

话音刚落，丹尼就看见一个巴掌大小的圆盘顺着安吉儿身后飞了过来，有点像一个黑色小飞碟飘浮在空中，慢慢来到丹尼几个人身前。蓝光一闪，一个全息投影的人物出现在了大家面前。看这清爽的短发，干练的记者装束，正是 EBC 的当红政治主播李莎。

"丹尼你好，赞美青年！还记得我吗？"李莎客气地问道。

"赞美青年！当然记得，一年多以前我加入青年党、参加入党仪式的时候，您来采访过我们这些新人，我作为代表之一与您交流过。"丹尼回答着，心里却有点苦涩，一年以前，好像是很远的记忆了。

"哈哈哈，是的。当时你的经历和回答也给我和观众们留下了深刻的印象。还记得当时的问题吗？我问你'如何看待数百年来人工智能的进步'，你的回答我记得好像是说人工智能是个伪命题，只不过是数据与算法的堆砌罢了，还真是一个悲观的看法呢！"

这就开始给我下套了啊，丹尼内心感慨道。素来听闻李莎的提问看似风平浪静，却暗藏杀机。作为议员选秀的候选人，假如坚持这种对科技发展的悲观看法，是比较容易被媒体攻击的。毕竟这些年来欧洲联盟将科技的发展作为立国之本，也希望在人工智能上可以获得进一步的突破。但另一方面，候选人又不能轻易改变自己说过的话，显得立场不坚定。

"我其实特别相信人工智能的价值。"丹尼一改之前与安吉儿她们聊天时的顽皮语气，一本正经地说道，"但从纯技术角度来说，我们现在使用的人工智能与 200 年前并无实质的区别，它更像是对某一个领域增效的工具，而不是对任何事情都全知全能的一种新的'智慧',即使我们伟大的欧洲联邦议会议长'Europa'也是如此。"

"这问题不仅限于人工智能,而是我们人类在科技发展上所面临的全方位的挑战。我们在基础科学方面仍没有摆脱广义相对论的束缚,应用科学方面直到现在都未能完全掌握可控核聚变,对宇宙的探索也仅仅停滞于在月球上驻扎了100多人,关于星际旅行和外星人更是没有一点进展。生物技术方面,我们对DNA里大半碱基对的功能仍没有头绪,脑机接口虽然已经能让残疾人重获新生,但意识上传和大脑芯片化这些被科幻片预言了几百年的事情却完全没有看到实现的希望。可以说,人类的发展已经遇到了瓶颈。我们没有看到新的文艺复兴,没有看到新的工业革命或信息革命,没有看到那些关于人类未来美好生活的预言变成现实。"

丹尼故意在这里顿了一下,继续说道:"可是我坚信,我们人类是可以突破科技发展瓶颈的,而且突破必将在欧洲联邦这片青春、勇敢的土地上发生。欧洲联邦有着世界上最先进的政治体制——青年民主制度,在这样的制度下,最具有朝气的青年人可以获得最好的政策、最多的支持、最优良的工作环境。我们纠正了人类近代史以来社会资源错误的分配方式,彻底地将不贡献生产力的老人排除在了社会资源的分配之外,极大地激发了社会整体的生产力。在这样的制度下,我们必定能在经济及科技上快速赶超亚太,推动人类文明的进步。我也愿意为了这样的梦想,将自己的青春献给欧洲联邦!"

不管此刻丹尼的信心和朝气是演出来的还是真实的,他铿锵有力的声音和直面镜头的眼神，相信都会让EBC的观众对他增添几分好感。现在的媒体观看，相较200年前通过一块板子看电视的时代已经彻底进化。在打开EBC节目的一刹那，观众周围360度的环境会发生改变，让人感觉就像置身在采访的现实场景里，而观众就站在主持人的位置，与被采访者进行着面对面的交流。而这些感知，都来自于那个黑色小飞碟里面的技术——欧洲联邦最大科技硬件公司极光集团旗下一个微不足道的研发成果。

"好的。相信我们在选秀时会对这个话题有更深入的探讨。"李莎说道，"提起选秀，距离八月只有不到两个月的时间了，你这边有什么期待？能对自己的名次做一个预测吗？"

"我尽力就好，我相信欧洲联邦的民众能做出最合理、最有利于联邦发展的选择。"丹尼回答着。他心里很清楚，按照目前的情况，自己胜选的概率是很低的。所以最后这句话就采用了青年党的标准回答，暗示选择潮流党候选人是一种"粉丝"行为，而不是真正为联邦的发展着想。

"好的，期待八月份在伦敦与你再见，丹尼。今天的采访就到这里，希望你能好好享受难得的假期！"李莎说完后，与丹尼一行人简单道别，蓝光一闪，黑色小飞碟逐渐飞远，赶去下一场了。

"说得不错哦！"安吉儿嬉笑地在一旁夸赞。

"估计就是顺道过来采访我一下……她们应该是要去剑桥采访吧，如果我记得没错的话，剑桥那个明星选手罗捷，也是今天考完最后一门。"丹尼略显无奈地回应。

"唉……要是科霖也在就好了。"身旁的兰妠冷不丁地轻声说了这么一句。她此时低着头，隐隐约约地可以看到眼中的阴沉。

听到兰妠这句话，又看到她的神态，丹尼和安吉儿的脸上也都泛起了一丝忧郁。

是啊，要是科霖在就好了。丹尼内心一声长叹。要是科霖在的话，现在两人就可以并肩走出考场，丹尼也就可以和安吉儿、兰妠一起，看着科霖接受采访，并作为他的竞选团队负责人，帮助科霖准备接下来的议员选秀了吧。在丹尼想来，那应该是一个更幸福的场景，只可惜有些平行世界的故事线，只能想一想罢了。

丹尼、科霖和安吉儿、兰妠是在大一演话剧时互相熟识的。学生时代的朋友总有深厚的友谊，特别在科霖和丹尼又是政治系同学的情况下。和丹尼很不一样，科霖·雷克出身于有着几百年传承的欧洲豪门世家湖雪家族。可是，出生在豪门的科霖却并没有赶上自己家族最光辉的时刻，甚至整个人的故事都有一些灰蒙蒙的悲剧色彩。

最近数十年来，湖雪家族迅速衰落，科霖的母亲在他出生时因意外撒手人寰，父亲随后不久也因为工作英年早逝。虽然科霖很小就失去了父母作依靠，但家族底蕴尚存，财力的支持加上科霖的努力，他是牛津这一届学生中最耀眼的明星，一个英俊潇洒、身材标准的偶像实力派青年。科霖从大二开始，就在欧洲联邦议员选秀潜力榜中，且一直牢牢占据着青年党内头名的位置。可是，如同人类历史上无数令人惋惜的故事一样，最早被看好的人往往很难将优势保持到最后。

去年暑假的一天，丹尼和安吉儿在慕尼黑游玩时，毫无预兆地收到了科霖自杀身亡的噩耗。那是一个没什么特殊意义的夜晚，没有任何征兆，科霖从牛津著名建筑——拉德克利夫图书馆的天台上一跃而下，结束了自己的生命。他的死也给剩下三人留下了无尽的悲痛与疑问。

在科霖自杀的前一刻，丹尼还收到科霖发给自己的一条消息，即使丹尼后来绞尽脑汁地尝试读懂其中的含义，并配合官方一同解谜，但所有人还是没有能从科霖最后的信息中理解到任何有价值的内容。这件事情让丹尼在这一年都非常困惑，对科霖的死也是耿耿于怀。他与安吉儿、兰妠都觉得，科霖的死背后一定有着不为人知的故事，可却找不到任何线索。带着这些疑问与探索真相的欲望，丹尼开始了自己的政治竞选之路。

在今天这个本该快乐的日子，丹尼尽量不让自己去回忆那段悲伤的经历，也不想让曾经与科霖有过一段感情的兰妠陷入苦痛之中。于是他赶紧找了个话题，岔开了当下凝重的气氛。"诶，安吉儿，我的万能眼镜还在你那里吧？"

"哦！在的，我给你拿出来！"安吉儿一下就领会到了丹尼的意图，马上从自己的包里拿出了一副与传统框架眼镜无异，但是周身一体没有折角的金色眼镜。

"太好了，谢谢哦！"丹尼把万能镜从安吉儿手中拿了过来，"这学校真是很烦，别人都是用万能镜直接在线上考试，咱们需要折腾过来考试不说，为了防止作弊，还不让带万能镜进去，真是体验了一会儿与世界失联的感受。"

当今的世界，"手机"这个古董玩意儿100多年前就被淘汰了，曾经世界市值最高的公司"苹果"，当下的价值也早已不如一个真的苹果。将手机取而代之的是与人体贴合更紧密但又不植入人体的万能镜。通过眼球的转动、手指在空中对虚拟投影的点击、声音的骨传导及脑电波的分析，万能镜可以实现当年手机、耳机、电脑、电视、运动手环等几乎所有个人电子设备的功能。唯一缺失的功能，可能就是调整视力了吧。在这个时代，近视和大多数眼部疾病，已经如同古代的天花一样，通过对患病儿童的晶体植入和调整，基本从这个世界消失了。

"你真的不要换一个隐形的万能镜吗？每次看你戴这个框架镜都感觉很麻烦，而且大街上你看哪儿还有人戴框架的万能镜啊，都过时好几十年了。"安吉儿埋怨道。的确，相比框架镜在洗澡、睡觉时的不方便，隐形的万能镜是现在市场上绝对的主流。

"没招儿，谁让我专一守旧呢。"丹尼坏笑了一下，手指蹭了下安吉儿的鼻子，戴上了眼镜，世界顿时多了很多色彩。

阳光没那么晒了，天空中多出了几片白云，周围的街道上也被密密麻麻的绿荫覆盖，面前的楼被标记了高度、建成时间及历史故事等信息，马路上印上了路名，空中有几个箭头指向去往牛津名胜和家的方向；眼前的姑娘们也被加了轻度的美颜滤镜，安吉儿黑色的头发更发红了少许，浅浅的眼线和一点"斩男色"的口红也加在了青春洋溢的脸上。时间和天气在左上角，自己的日程安排在右上角，几个小时的时间里，几条新涌入的消息也在最上方显示了提醒。

果然是一刻都不让我放松，丹尼在心里感慨着。手指向空中一点，打开了最上面那条。这是一条来自欧洲青年党的消息。一个机器人的声音在丹尼脑海中响起，也只有他一个人能够听见。

"赞美青年！丹尼！青年党对你的顺利毕业表示恭喜！希望你在议员选秀中能有优异表现，我们携手打造欧洲联邦的美好未来！"

按照规定，在议员选秀的前三个月里，候选人只能和所属政党保持最基本的联系，以保证竞争的公平性。所以丹尼只能收到这样一条系统自助消息。当然，背地里其实有很多方法可以规避这类限制，不过和科霖在党内的地位不同，丹尼显然不值得青年党这样冒险。

读完消息的丹尼转过头来，安吉儿已经将兰妠的注意力转移到了接下来几人的毕业旅行上，喜笑颜开地盘算着打卡苏格兰高地的几家米其林餐厅。兰妠配合地应答着，脸上勉强浮现了一丝笑容。

丹尼缓缓抬起头，盯着空中那没有边际的湛蓝，眼神仿佛想要看穿这穹顶。他隐隐约约地觉得，在这天空背后，有某种力量正在注视着他们几个，像电影观众般期待着未来这片土地上发生的剧情。

按部就班的学生时代结束了。明天开始，每一天都是新的未知。不管前路如何，或许向前迈出这一步的选择，才是最重要的吧。丹尼这样想道。

二

议员选秀

　　八月，北半球一年中最炎热的日子。相比于 200 多年前 30 多度的酷暑，现在的夏日气温可以飙升到 40-45 度。"全球变暖"的概念是真的，不过没有人有能力阻止它的发生，只能象征性地减缓它给人类带来的痛苦。无论是身上穿的降温衣，还是口服的降温片，新的危机总会带来新的商机，在资本利益的驱使下，人类无法偏离自行毁灭的轨道，却又总有办法在注定的毁灭中苟延残喘。

　　热辣的阳光在射入屋子的霎那，变得温和起来。现代的房屋和社区没有落入空中城市或者赛博朋克的路线，在 200 多年的岁月里，旧的地产大半没有拆迁，新的地产却越来越趋近于乐高积木，可以折叠搭建。拆楼时也不需要进行定点爆破，可以直接像卸积木一样一块块把房屋拆下来。屋子对外的墙面是一体的玻璃屏，可以自动调整、遮光、通风，构建不同的风景与场景等。住在这样的现代房屋里，电视也被淘汰了，如果不想用万能镜享受浸入式体验的话，直接从玻璃屏上调出电视也是一种不错的选择。

　　丹尼正在做一个梦。

　　健身房里，丹尼已经累得满头大汗，一边喘着粗气，斜靠着墙壁小口喝水。科霖仍然挂在器材上背对着他,继续做着一个个看似轻松的引体向上。丹尼想起自己好像要问科霖一个问题,但怎么也想不起来要问的是什么,便只能这样呆呆地看科霖一遍遍重复着机械的动作。

一会儿的工夫,科霖完成了一组动作,从器械上落了下来。画风一转,科霖的双脚落在了牛津拉德克利夫图书馆天台的石板上,周围的场景也如水墨画般在扭曲中完成了变换。这是一个安静夏日的夜晚,丹尼依旧站在科霖的身后,好像一个旁观者一样从背后看着这一切。科霖就这么靠着天台的边缘静静地站着,不曾回头。

丹尼发现自己的手里不知何时多出了一张字条,上面有着科霖的笔迹。他抬手细看上面的内容,几行字看着像一首短诗,却又好像有着更深层次的暗示:

在梦里 / In a dream

我变成了火星 / I became the Mars

宇宙间与你最近的我 / Your nearest planet in the universe

永远地围绕着你 / Surrounding you forever

可我们的轨迹却注定平行 / But our paths destined to parallel

看了一会儿,丹尼灵光一闪,终于想起来要问科霖的问题是什么。他赶忙尝试着说话,但却如梦魇一般发不出任何声音。他心里越来越急,攒足浑身的力气,正要高喊一声的时候,突然一切都消失了……

"诶！傻子起床了！最新一期'议员潜力榜'排名出了！"

丹尼在朦胧中听到了安吉儿熟悉的声音，没来得及回味刚才的梦境，就带着疲惫被拉回了现实当中。

躺在丹尼旁边的安吉儿翻过身来，在丹尼脸上亲了一口，这才让这个迷糊的人睁开双眼，慵懒地在床头柜上摸到了自己的万能镜。

"唉，最后的名次还是掉下来了，第32位。"安吉儿有些埋怨地说道，手指在空中一划，一个表格出现在了丹尼的视线里。

这是一个百人榜单。在过去的三个月里，每两周更新一次，实时反馈EBC在民意调查之后，各个议员选秀候选人在欧洲民众中的受欢迎排名。今天，距离议员选秀正式拉开帷幕只有一周时间，所以这也是潜力榜的最后一次更新。这次潜力榜的排名，决定了参加议员选秀的最终一百人名单。

议员选秀，可能是当下整个地球上最受欢迎的电视节目。在为期三周的时间里，100名候选人，将有10位能实现他们的政治梦想，成为新一届的欧洲联邦议员，登上欧洲联邦政治的最高层。这是通往欧洲联邦政治中心的最快道路，也是无数传奇诞生与陨落的竞技场。

欧洲联邦的议员们掌握着欧洲最高的政治权力，而议员选秀的机制给了所有人"一步登天"的希望。无论你背景如何、学历如何、是否有过从政经验，只要你有勇气参加，都可以报名议员选秀。你可以向所有欧洲民众证明你的实力，靠民众投票点数公平地与其他候选人竞争。相比其他政治渠道的论资排辈和政绩导向，议员选秀对所有人来说，都是绝对的快捷道。

朝向政治顶层的通道有了，但这条路同样是可想而知的拥挤与残酷。议员选秀每年的报名者有数十万人，如果没有党派的专属提名或是早已积累了大量选票，一个普通人成功的概率可想而知，甚至连进入前100名都遥不可及。可以说，议员选秀进化至今，已经基本成为欧洲几个最大政党的秀场。可是，人性就是如此，如果不给他们机会，他们会反抗；如果给了他们机会，即使毫无希望获胜，他们也会觉得是自己不够努力的结果。

议员选秀共分为三个阶段，每个阶段为期一周。周一到周六，EBC会在每天晚上的黄金时间直播选秀的进程。在此期间，EBC会向全欧洲联邦的民众开放投票系统，并于周日晚截止投票。因此，周日晚上的节目理所当然地成为了公布成绩的时刻。可以想象的是，八月里议员选秀的这三周，是全欧洲联邦人民一年一度的狂欢时刻，各大主流候选人的表现也是人们茶余饭后最为热门的话题。

议员选秀的第一阶段，是对单个候选人的深度考察，分为答辩和展示两个环节。答辩环节里，会有三道针对每个候选人的个性化问题，考验候选人的观点、反应和思考深度。展示环节里，候选人有五分钟的时间进行任意形式的个人展示，是属于自己独有的拉票舞台。在第一阶段中，100名候选人轮流上台，虽然这样的形式可能会让节目效果比较无聊，但却充分保障了每一个候选人的公平竞赛机会。潜力榜的排名决定了各个候选人在第一阶段的出场顺序。在议员选秀的第一阶段，大家会按照本次潜力榜的排名依次倒序出场。根据历史的经验来看，在第一阶段，后出场的人有着巨大的优势。

"果然还是拼不过潮流党的人！"丹尼得知了自己的排名后，又仔细看了看潜力榜的最上方，无奈地感慨道。欧洲青年党虽是联邦议会第一大党，拥有最多的在职议员数量，但是在这种早期的民意排名上，还是被粉丝忠诚度极高的潮流党远远甩开。

"没办法啊，潮流党的这些明星们，从议员选秀这个节目诞生以来，就一直霸占着潜力榜的榜首。一般的选民在选秀正式开始之前，投票的积极性不高，你们这种科班选手自然就吃亏了呗。"安吉儿解释道，"这次其实还好，潮流党的人只包揽了前6名，我记得曾出现过前11名都是潮流党的，对吧？"

"是的。潮流党今年虽然不具备压倒性的优势，但仍包揽了潜力榜的前三名，据说这几位是强到可怕的选手，大概率已经预定了最后的10人议员席位。我这个32名，希望不大。"丹尼轻轻摇了摇头，一脸的懊恼。

本届"议员潜力榜"前三名的候选人，自从几个月前潜力榜排名第一次公布后，就没有发生过变化。三人都是欧洲青年一代最为闪耀的明星。他们本可以享受滋润生活，潮流党也是动用了巨大的资源才得以将这三人招至麾下，说服他们参与政治竞选，对他们抱着极大的期望。

"议员潜力榜"第三名，尼克·克劳斯，出身欧洲足球传统豪门，拜仁德意志的主力中场球员。只有25岁的他，已经作为主力前锋帮助拜仁夺取了3座欧冠冠军奖杯。去年不幸在一次练习赛中被对手滑铲踢中膝盖，造成粉碎性骨折，无奈退出了体育生涯。塞翁失马，焉知祸福，想继续书写人生辉煌的尼克，在退役一个月后便选择加入政治竞选。欧洲联邦的体育迷们也放下了队伍间的成见，对尼克的参选表示了集体性的支持与祝福。在体育界他是曾经的王者，在政治圈是冉冉升起的新星。

"议员潜力榜"第二名，亨特·斯温，欧洲最著名的青年演员之一。他从小就参与各类影视大片的拍摄，是圈内尽人皆知的花花公子，至今绯闻不断。即使生活作风遭人诟病，但却丝毫没对亨特的名气造成任何负面影响。他邻家大哥的气质和给人温暖感的脸庞不仅对女性有着绝对的杀伤力，也让男性民众觉得他是一个好哥们一样的人。亨特对参选的态度一直很随缘，应该是抱着试试看和体验人生的心态来的。凭借着庞大的粉丝基础，他并未怎样发力，票数便稳固在了潜力榜第二名的位置。

"议员潜力榜"的头名席位，毫无意外地归属欧洲联邦当下最火的美女歌星艾芮·斯通。这位出身平凡的法国阳光少女，被上天赋予了超越这个时代的音乐和舞蹈天赋。原本默默无闻的她，在16岁那年通过欧洲综艺选秀一鸣惊人，出道后，在一年内发布5张专辑横扫欧洲乐坛，如今在欧洲娱乐界已无敌手，是欧洲受欢迎程度第一的青年明星。过去一年，艾芮一边在伦敦政经学院攻读硕士学位，一边准备议员选秀，挑战人生新的极限。艾芮不仅有着最为典型的金发美女外貌，多种迹象也表明，她之所以能在娱乐界成功至今，依靠的绝对不止是外表和天赋，在思想上也必定有过人之处。

青年党这边，在"议员潜力榜"上的排名就逊色很多了。虽然青年党在100人的榜单中占据了29个席位，不过大多数都在50名之后。排名最高的是剑桥学生会主席兼《欧洲时报》专栏作家——罗捷·摩尔。与来自苏格兰传统政治世家的罗捷相比，丹尼无论在家庭背景、履历、外貌气质上与他都有可见的差距。目前看来，这种差距也的确反映在了潜力榜的排名上，丹尼在青年党候选人里面仅仅排名第8。

看丹尼有些苦恼，安吉儿尝试着安慰他几句："你也不要怪自己，毕竟你走上政治这条道路也才不到一年的时间，排名是高不上去的。相信我，凭我对你的了解，只要你登上舞台，就一定可以吸引全欧洲的目光！"

在安吉儿甜蜜的吹捧中，有一句倒是事实：丹尼决心走上政治这条路，的确也就是去年夏天的事情。

丹尼在大学刚开始的时候并无意投身于仕途。他很清楚自己的优劣势，聪明、努力，但家庭背景、资源和野心差了一些，而且青年政治这条路并不如旁人想象的那般容易。无论是在议员选秀阶段还是当选议员之后，首先会丧失自由的生活，一切都在联邦的监控之下；其次，就像从古至今人类文明所展示的那样，表面华丽的政治背后，都是血腥与残忍。人活一辈子，有人可能喜欢刀尖舐血、权倾朝野的生活，但有人就是喜欢安稳一生，当一个安静的观察者。

人生无常，有的时候可能就是命运的安排。一年半前，丹尼被科霖硬拉着加入了欧洲青年党。本来丹尼只是单纯地打算在科霖的竞选阵营里，帮他的议员选秀之路做一些事情。可惜天妒英才，两人加入青年党不久，科霖就殒命于意外。

科霖发生意外后，丹尼没有找到任何关于科霖死亡真相的线索。可是他冥冥之中觉得，只有自己也走上政治这条路，来到台前参加议员选秀，才能搞清楚科霖发生意外那晚的真相。在那个安静的夏日夜晚，科霖身上究竟发生了什么事情，为什么选择结束自己的生命，临死前给自己发送的消息有什么意义……丹尼觉得这些问题的答案，或许只有在走到权力的更高处时，才能窥知一二……

当然，从旁观者的角度来看，科霖的意外也给了丹尼走向仕途的机会。原本站在科霖的身边，丹尼很难获得外界的关注，于情于理他都不会也不能和科霖竞争。随着科霖的消失，丹尼作为科霖的继承者，开启自己的政治道路。

在这个世界上，没有任何初衷是完全单纯的，也没有任何动机是完全无私的。综合了多方想法与意愿，丹尼最终决定继承科霖的衣钵，继续议员选秀的旅途，向权力与未知发起挑战。

可是，对丹尼来说，仕途并没有那么简单。作为一个继承者，他并没有办法直接获得与科霖一样的成就，很多人熟悉他是因为科霖，帮助他也是因为科霖。丹尼仿佛是科霖的一个影子，是人们怀念科霖的寄托。正是这样的形象，导致丹尼现在在潜力榜上处于比较尴尬的位置。

"议员潜力榜"第32名，这只能说是还保留着希望火种的一个开始。安吉儿作为牛津数学系的优等生，早就全盘分析过历史上各届议员选秀。现在潜力榜上的前 10 名绝不会是最后的胜选名单，但 32 名的初始排名，距离最终获选的 10 人名单还有相当的距离。在议员选秀的历史上，随着议员选秀进程的不断深入，理智选民逐渐加入，以及潮流党候选人普遍在选秀后半程考验实战能力的环节中表现不佳，选秀前排名 20 名左右的青年党候选人也有机会成为最终当选的 10 名议员之一。可是，丹尼这个位置的希望，怎么看都非常渺茫。

在这样的预期下，青年党一直以来对丹尼的期望便不是很高，给他的资源也很少。相比罗捷那 20 多人的竞选团队，青年党能给予丹尼的，只有进入议员选秀正赛的一张门票。受限于议员选秀的规定，青年党在能动用的整体资源受限的情况下，只能倾向于全力辅佐支持率更靠前的候选人。

"唉，不想了。32 名，起码过第一阶段还是比较稳的吧。"丹尼尝试着安慰自己。

根据规则，议员选秀第一阶段后，将根据更新的民众投票结果，淘汰排名末尾的 21 人，剩下的 79 位候选人将进入议员选秀的第二阶段，第一阶段淘汰的人并不多。因此，第一阶段主要还是给各个候选人一个展示自我、被欧洲民众所熟悉的机会，真正的考验还在后面。

"肯定的啊，32 名这个排名，除非你到时候直播骂街，或者说政治错误的话，一般都掉不了太多的。"安吉儿补充道，"但是第二阶段就比较难了，要是能提前知道题目就好了。"

"哈哈，这没办法的，毕竟第二阶段最大的乐趣就是不知道

议员选秀　　23

题目和形式嘛。我倒是觉得，在大家都这么两眼一抹黑的情况下，我这个天才反而有优势。"丹尼自信地说了这么一句，听得安吉儿直接翻了个白眼。

议员选秀的第二阶段，是整个过程中最神秘、最不确定，但也是最精彩的环节。第二阶段选秀的形式、规则、过关条件从不固定，而且只在第一阶段结束后才会向候选人及民众公布。每年7月初，为第二阶段出题的十几位专家们就会被请进选秀委员会的秘密基地里，被没收万能镜和所有的通讯工具，与外界彻底失联。专家们经过夜以继日的头脑风暴、讨论、争吵之后，确定当年议员选秀第二阶段的形式和规则，他们在题目公开后才能重获自由。说起来，这个形式有点像21世纪中国的高考。议员选秀的选秀委员会相信，只有在不预知的情况下，才能考察到各个候选人真正的应变和处理问题的能力，为以后参政进行更全面的锻炼。

相比于第二阶段的不确定性，第三阶段的规则固定而简单——组团竞选。通过第二阶段的候选人将自由组成不超过四人的团队，在一周的时间里任意寻找资金和赞助、任意安排竞选活动进行拉票。在第三阶段，欧洲的民众们将分别对团队和个人进行投票，得票最多的两个团队的所有成员及剩余获得个人票数最高的候选人一同构成最终的10人新议员名单。

在最后一期"潜力榜"发布后，丹尼在第一阶段的出场时间也得以确定。周一到周四分别是排名100到21的候选人，每天出场20人。排名前20的候选人将在周五和周六出场。

相比其他候选人，丹尼有那么点"以逸待劳"的优势。自设立以来，议员选秀的比赛和直播场地就被永久地选在了伦敦——欧洲联邦的政治中心。丹尼和安吉儿在几周的毕业旅行后，也早早地驻扎在了伦敦，为议员选秀作准备。相比于大多数需要从欧洲大陆过来的候选人，丹尼可以说是在主场作战。

在过去近 200 年的历史里，英国与欧洲经历了脱欧、与土耳其小规模战争等摩擦，双方的关系时远时近。不过到最后，悠远的历史羁绊和无法改变的地理位置还是决定了这个国家与欧洲水乳交融的一体关系。伦敦这座城市，在青年革命后，也凭借其革命起源地的身份，获得了欧洲联邦的首都地位。

关上"议员潜力榜"的弹窗，丹尼的表情依旧严肃，显然还沉浸在思考之中。

"别想那么多了。"安吉儿说道。

"嗯，走一步看一步吧，我也准备好了。"丹尼回过神，转过头来，向自己心爱的人微微一笑。

演员已经就位，一场好戏即将拉开序幕……

舞台和观众，这是自人类文明社会诞生以来，进行任何形式演出的核心。远古时期的宗教祭祀仪式、莎士比亚剧本的演绎、20 世纪至今的奥运会、电影放映厅等，无一例外。现代的舞台，依然保留了现场观众的席位，延续着数千年的人类文化传统。另一方面，场外的观众可以通过购买价格较现场票并没有多少折扣的浸入式 VR 票进入各个分会场，获得 360 度任意切换的视角，来观看舞台上的演出。

议员选秀自创立起，会场就被设在了具有历史意义的伦敦大剧院。这座剧院建造于20世纪，拥有2359个座位，开放不过300多年，其华丽复古的中世纪风格，庄重而严肃。用来进行现代化的政治选秀，不失为一个有特色的噱头。

EBC的当红主持人李莎一身红色长裙，正端坐在伦敦大剧院舞台右侧的高脚椅上。面前的台子上竖着一块看似透明实际仅单向可见的电子屏幕。随着议员选秀的候选人们一个个来到舞台中央，旁白会简单介绍每个候选人的背景，随后直接进入第一阶段的答辩环节。

问答环节可以说是整个议员选秀过程中最无聊的部分。对每个候选人个性化的问题在100人的基数下显得乏善可陈，怎么看都是那么些套路。除非李莎问出候选人劲爆的个人生活八卦，不然关于政治的问题与回答都已经渐渐标准化，观众常昏昏入睡。相对而言，问答后的个人展示环节倒是经常有些噱头。特别是排名靠后的候选人，基本只能寄希望于在个人展示环节出奇制胜，引起欧洲民众充分的关注，逆袭成功。

即使主要精力集中在研究今年答辩题的方向，第一阶段开始后，丹尼还是观看了前三天上场的60位候选人，这60人都没有什么希望最终当选，但仍有几位在第一阶段给包括丹尼在内的观众们留下了深刻的印象。

第100位候选人，作为无党派的环保人士，在回答环保与人类发展的问题时，激进地阐释了现代环保者的主要思想，即人类所有为了生存之外的活动都是非必要的，并倡议赋予动物参与人类政治的投票权，大家共同做地球的主人翁。

第 91 位候选人，作为欧洲知名的青年医药科学家，在展示环节直接宣布了与制药公司瑞辉的最新研究成果，拿出了可以广谱根除所有 RNA 病毒的新药。他当场给自己注射了 HIV 毒株，紧接着对自己进行了治疗。现场固然看不出疗效，但大家都祝愿他成功。

第 88 位候选人，作为全球著名的魔术师之一，在舞台上宣称要挑战在人世间消失一年，并给出高额悬赏激励欧洲民众寻找他的踪迹。一阵烟雾过后，魔术师果真消失得无影无踪。

第 79 位候选人，作为欧洲联邦驻月球基地的科学家，通过远程连线的方式，为欧洲民众直播了欧洲联邦月球基地新矿场奠基仪式。当然，因为还在月球，展示过后这位候选人便宣布弃赛。

噱头和创意在 70 名以内的选手开始登场后，就基本消失了。毕竟第一阶段只淘汰 21 人，排名靠前的选手不需要靠创意搏出位，还是规规矩矩答题，然后在个人展示环节唱个歌、跳个舞、演个魔术、来段脱口秀，蒙混过关。杀招需要留在选秀后面的环节当中。

议员选秀第一阶段的第四天，丹尼站上了这个拥有 300 年历史的舞台。欧洲联邦的未来，是否还会向被预设好的轨迹行进呢？

三

三个问题

身着亮灰色衬衫,外穿深蓝色西装,脚蹬深棕色皮鞋,戴着复古的框架万能镜,丹尼以传统的学院派候选人形象,踏上了议员选秀第一阶段的舞台。深厚的背景音响起,丹尼的个人资料也以悬浮窗的形式投影在每位观众的眼前。

"丹尼·威尔斯,20岁,英国牛津大学政治系毕业生,出生于英国萨里郡,家中长子。高中之前的生活都在萨里郡度过,成绩优异。大学曾加入学校话剧团、辩论社团等。大二期间加入欧洲青年党,是青年党在英国的重点培养对象之一。他的主要政治方向与青年党重合度较高,但更加注重推动欧洲联邦科技的进一步发展。'议员潜力榜'最终排名第 32 名。"

在简单的介绍后,关于丹尼的其他个人资料,比如兴趣爱好、政治观点等信息也都投影在了观众的万能镜上,供所有欧洲民众实时参考浏览。

个人介绍的环节告一段落,丹尼首先礼貌地向观众席鞠了一躬,然后对着李莎的方向轻轻点头,等待对方开始提问。

"赞美青年!你好丹尼,我们又见面了。我看了为你个性定制的三个问题,似乎比较常规,可能各位观众看着会有些无聊。

希望你的回答足够有趣，或是在个人展示环节再次激起大家的兴趣。我们就直接进入答辩环节吧。第一个问题：请问你如何看待欧洲联邦的青年民主制度？"

第一题看起来很常规，丹尼心里暗喜。这是一道议员选秀典型的"政治正确"问题，在过去三天已经被提问了十多次。主要是考察候选人基本的政治观、对青年民主制度的理解，以及自身价值观的展现。按照之前的准备，这类标准题目不需要说得特别出彩，给出与标准答案差不多的理解即可，避免因为对这道题偏离标准的观点而把自己变成民众谈论的焦点。

丹尼没有多想，开始作答：

"大家都知道，正如《欧洲联邦史》书中所定性的，2200年前后'青年革命'的爆发和成功主要基于几个基本的社会经济学事实。第一，人类个体的本质是自私的；第二，个体生产力的提高与所获利益成正比；第三，个体生产力会在达到一定年龄后呈断崖式下降。

"从古至今，人在青年时期的生产力是最高的。无论是执行基础体力劳动输出的平凡你我，还是负责科研产出的著名科学家，比如爱因斯坦、牛顿等，都是在青壮年时期达到生产力峰值。老年人贡献的生产力，大多是基于年轻时期的资本积累，对资本利用的效率远不如有着同样资本的年轻人。

"可是另一方面，在人类文明几十万年的历史中，掌握最多资源、获得最多利益的，却是老年人。他们大多凭借着青年时期累积的资本和筑建的壁垒，对下一代青年劳动力进行剥削与压榨。举个最简单的例子，一位老年人在年轻时开荒了村子里的所有耕地并占为己有，村子里下一代的青年就没有新的地可以开荒，只能付出同样的生产力，每年为这位老年人进行耕种，获取由老人全权控制的报酬。年轻人辛辛苦苦，老年人却坐享其成，在不付出任何生产力的情况下，获得来自这块土地的大部分利益。200年前所谓的民主社会的养老金体系也是一样，老年人多要求的每一分福利，都是压在年轻人身上的新一份重担。

"正是这种生产力输出与所获利益的极端不对等，导致了人类历史上无数的战争与牺牲。满是老年人的统治阶级，他们不付出生产力却获得大部分利益，穷苦的青年们在忍无可忍时，被迫挑起冲突，发动一次次残酷的战争。正是因为拥有最强大的生产力，青年们才有能力一次次颠覆政权，重新分配资产。然而因为人类个体的自私，当青年逐渐老去后，自己又会变得贪婪，试图控制手中累积下来的资本，化身成恶龙，使得历史再次重复上演。

"在这种宿命般的悲剧循环下，人类的大部分精力都浪费在了内耗之中，整体产出效率十分低下。我们可以看到，除了几次人类在基础科学上取得重大突破、社会整体生产力呈几何增长的情况，人类的生活水平和社会文明程度的发展是停滞的，比如远古人类会使用火之前数百万年在地球上苟延残喘的岁月，再比如工业革命前长达千年的帝国封建时代。也就是说，除非基础科学有跨越式的进步，否则人类的发展将停滞不前。

"'青年革命'的成功打破了人类社会发展的恶性循环。通过将政治权力完全赋予青年，我们从根本上解决了生产力输出与所获利益不对称这一矛盾。青年主导的政府在过去 20 年推出了诸如老年税、老年中心等一系列政策，将老年人占用的资源限制到了最低，从而保障了青年可以获得的社会资源，激发了欧洲联邦经济最大的活力——生育率屡创新高，GDP 增速遥遥领先亚太和美洲。欧洲联邦也在过去 20 年中，从整体实力上超越了美洲联邦，与亚太联邦不分高下。这都得益于我们推行的青年民主制度。

"国外一直有对青年民主制度冷嘲热讽的声音，批评它不人性、抛弃老人。这些人完全是嫉妒，在对欧洲一无所知的情况下妄加评论。当下，我们联邦的大部分老人都可以凭借自己青年时积累的资源、子女的帮助，或是年轻时多生育几个子女获取的联邦补助，缴足老年税，过上平凡、正常的生活。这符合老年人在生理需求上的定位。少数入驻'老年中心'的老人们，完全是因为青年时代虚度光阴，没有为联邦提供足够的生产力而咎由自取，联邦对他们已是仁至义尽。

"另一种批评的声音说，对资本积累和传承的保护才是激励个体生产力的基本要素，因此青年民主制度将适得其反。这种观点简直是大错特错。在青年民主制度下，资本的积累和传承仍然存在，只不过我们可以理解为对富人的税更高了，大量资源不是直接分配给自己的孩子，而是分配给整个社会的青年。这样的方式更可以激励青年人的斗志，让他们不为一时的小成就而满足，而是将整个青年时代的产出都奉献给联邦。

"总而言之，我认为青年民主制度是人类文明发展至今最大的进步，是欧洲联邦屹立于世界之巅最重要的基石，是维持人类文明和平持续发展不可或缺的政治制度。我个人也必将以生命对其加以捍卫和坚守。"

"很好！不愧是科班出身。"李莎微微点头，显然对这个答案比较满意。李莎面前的屏幕是欧洲联邦最大数据分析公司DataLab的智能分析系统。系统判定丹尼的回答与完美答案的拟合度高达91%，这表示有91%的观众会认同丹尼的答案并至少不会因这道问题对丹尼脱粉。

"那我们现在进入下一题。你的第二道问题是关于世界的局势。请听好：你如何看待目前的世界局势，以及未来的发展走向？"

又是一道经典的基础题。这对丹尼来说是好事也是坏事。好的方面是这种题目回答出错的概率不大，但坏处是很难有什么出彩的回答，而且题目比较无聊，提不起观众的兴趣。既然题目是确定的，此时的丹尼只能在求稳的同时，尽力给出一些不一样的思路了。

"近200年来，世界已经从全球化退回洲际对内融合、对外封锁的现状。由于各个大洲的政治、历史、民族、文化差异越来越大，彼此之间难以构建信任，因此各个洲在内部多个国家慢慢统一、形成联邦后，对外基本都采取了封锁的政策。在各片连接的陆地上，各个洲际联邦的洲境线上都筑起了高墙，人员流动基本只限于少量的商务和政府需求。欧洲、亚太、美洲、非洲四个洲际联邦在经济和生产上都可以自给自足，不需要太多和外界的贸易。科学技术上亦是各自发展，没有什么分享与合作。互联网也都变成了各个联邦的局域互联网，互相虽然有海底光缆连接，但是都面临强大的虚拟防火墙的阻隔，只有非常有限的信息会在洲际之间流动。

"军事上，虽然科技水平各有差距，但四大联邦都已经储备了大量的核武器。任何两个联邦的战争都预示着全球战争的开始，将给人类带来毁灭性的打击，所以大家都不敢冒险。各个联邦政治体制不同，但各自内部都基本迎来了长久的和平。可以说，战争已经从这个世界消失很久了，但联邦互相之间的'新冷战'已经成为当下世界的常态。

"各个联邦的民众对此没有任何怨言，各自联邦内部就是一个完整的世界。联邦内有不同的国家、文化、族群等，相较于与外邦交往的风险，人们的求学、旅游以及对生活环境的需求完全可以在联邦内完成，去其他联邦的难度和风险明显大过收益。

"可以说，世界的发展已经陷入到一种集体的'囚徒困境'当中。因为过去200年间发生的小规模战争、金融和贸易的对抗、病毒的传播、意识形态和政治制度的碰撞，各个联邦之间已经很难在短期内构成互信。新一代的民众们，从出生起就生活在这样一种'隔离'的状态中，更加深了对其他联邦的猜忌与怀疑。目前来看，各个联邦假如对外开放，短期内需要通过自己的巨大牺牲才能获得对方的信任，但收获颇微，所以保持封闭、继续自我发展才是最优的选择。

"但是，我认为这样的状态在未来会发生改变。人类的历史告诉我们：天下大势，分久必合。现在各联邦坚守的孤立状态总有一天会被打破。打破这种状态的，可能是某个联邦的内部矛盾激化，也可能是其他联邦的压力。纵观人类历史上多次全球化拓展的步伐，与开放相对应的几乎都是一方对另一方的剥削、掠夺、殖民甚至奴役，比如游牧时代的蒙古、大航海时代的西班牙和葡萄牙、工业革命时期的英国、计算机时代的美国。我们有理由相信，人类再次从孤立转向全球化的时候，必然是一个一方获益、一方受损的时代。因此，只有站在顶峰，才能享受到全球化最大的利益。

"纵观历史，我们还可以发现，科技的力量决定着一方是成为获益者还是受害者。目前各个联邦科技水平差距不大，互相都有毁灭彼此的能力，因此才得以维持微妙的平衡。按照现在各自发展科技毫无交流的状态，可以预想，各个联邦的科技差距总有一天会被拉开。我希望那个时候，我们欧洲联邦是那个最强的霸主。

"而决定科技和生产力水平的恰恰是一个联邦的根本制度。又回到了刚才的话题，我坚信欧洲的青年民主制度是更为先进、更能激发社会活力的。在这样的体制下，我们完全有理由去憧憬一个由欧洲联邦主导的未来世界。"

"非常好。我想这也是为什么你一直倡导欧洲联邦要大力推动科技进步吧。"李莎对丹尼的回答进行了简单的点评，"这道题你的答案获得了93%的拟合度，成绩非常好。那我们进入最后一道问题，这是对你个人的发问：在你去年正式宣布参加议员选秀之前，你虽然对政治的热情一直很高，但从未表露出参加议员选秀的意向，为什么现在会来到这里？有什么特殊的原因吗？"

最后这道问题，对丹尼很不利。即使他提前准备过答案，也很难通过回答获得民众的认可。毫无疑问，自己是在科霖死后才决心参加议员选秀的。丹尼的心里并不是那么坚定一直在仕途上走下去，也觉得自己当选的概率不大，但是毕竟好友在世时的理想、未解的谜团和摆在眼前的机会凑在一起，让丹尼有了试一试的想法。丹尼心里很清楚，自己参加议员选秀，很大程度上只是给自己和科霖一个交代而已。

所以在这个关于动机的问题上，丹尼并不能如实说出自己最真实的想法。但欧洲民众也不是傻子，如果扯得太夸张，缺乏可信度，也会丢失选票。权衡之下，丹尼给出了这样的回答。

"一些大家参选的共同理由我就不在此赘述了，我只想和大家聊聊一个推动我来参选的原因。想必看过我资料的人都知道，我在牛津有过一个关系十分要好的朋友，他叫科霖，他是我见过的最阳光的青年。从我们大一入学认识的第一天起，他就不断地跟我描述着他的政治理想。他希望通过议员选秀进入欧洲议会，为欧洲联邦的每一个人服务，为联邦整体的发展和繁荣作出自己的贡献。在我们共处的两年时间里，他和我说了很多他的抱负、当选议员后要做的事情、对联邦未来的思考等。那些都是很棒的想法。这么优秀的他，本来也是青年党在'议员潜力榜'上的头名候选人。

"我那时候很佩服他，相比于他，我是缺乏勇气的。我觉得作为欧洲议员，肩上有着太多的责任、太多的压力、太多的不确定性，因此我仅仅是和科霖一起加入了青年党，但却并不敢挑战议员选秀这条道路。我天真地希望，假如科霖当选，我的一些想法可以通过他得以实现。

"大约一年前，科霖发生了意外。他的离去对身边的人来说是巨大的损失，但我同样惋惜他那些可以让联邦变得更美好的想法、那些可行的政治理念，以及他优秀的品格。假如我不来参选，那么科霖这个名字很快就会被人遗忘，掩埋在历史之中。我不想让这件事发生。

"这有点像 21 世纪时韩国的一位总统，他也是因为挚友离去决心走上政治道路。在 200 年后的今天，我肩负起科霖遗留下来的勇气与精神，继承一部分他的遗志，来到这里，争取一个代表科霖和我两个人为欧洲奉献的机会。我不只代表我自己，我代表了一种信念、勇气以及为欧洲服务的决心！"

听完丹尼的回答，李莎看了看面前的屏幕。"好的……你这道题的回答与主流答案不太一样，拟合度不高，只有 66%，但我个人却很欣赏你的回答。我之前也采访过你的朋友科霖，的确像你所说的，他是一个充满了阳光和正义感的人。去年听到他的意外，我也感到很惋惜。"

听到李莎这么说，丹尼微微点头，表达自己的认同与感谢。

"好了，丹尼，你的三道问题都回答完毕了。下面请开始你的个人展示吧。"

丹尼再次向台下深鞠了一躬，在零零落落的掌声里，拿出了自己的吉他。丹尼没什么艺术细胞，这是他唯一勉强会的乐器。就像他心里想的那样，丹尼真心觉得自己没什么希望最终当选，但也不至于过不了第一阶段。因此，他希望能利用这个机会，完成他心里想做的一些事情，让自己不留遗憾。

"再次感谢议员选秀平台给了我一个展示自我的机会。我不比潮流党的诸多艺术明星们，但是也曾浪漫和文艺过。这首曲子是我在大一时，追求我现在的女朋友安吉儿时为她写的。写得不怎么好，当时也遭到了姑娘的吐槽。可我想借这次机会，在全欧洲民众前，再为她弹奏一次，感谢她一直以来对我的陪伴与照顾。"

说完这些铺垫的话语，丹尼回头看了一眼后台的方向，他知道安吉儿就在那里，他猜安吉儿应该已经满眼湿润了。弹唱为安吉儿写过的曲子，这并不是他们一开始商量好的计划，丹尼想给女朋友一个惊喜。即使最后无法入选欧洲议会，起码要让女朋友开心一次吧。清了清嗓子，丹尼开始弹唱：

> 每次弹出你的消息都激动一点
> 校园门口想牵你手不下一百遍
> 教室上课朋友聚会只盼你出现
> 一天两天三天四天转眼小半年
>
> 我们习惯、性格，都有点差距
> 我们默契、快乐，分享着情绪
> 命运的机缘巧合让我们相遇
> 两条轨迹能否从此合二为一
>
> 我怎么忍心让你孤单
> 我怎么忍心让你不安

我怎么忍心让你独自承受这世间的艰难

希望能和你此生相伴
希望能和你海枯石烂
希望能和你单纯傻笑看生命的璀璨

牵着你手走过街头幸福让人羡
醒来望着你的脸庞喜悦漫心间
青春时光须臾短暂要珍惜眼前
沧海桑田时光荏苒彼此在身边

人间喜剧、悲剧，混沌又无序
人间爱情、仇恨，摸不清规律
前方的道路或许布满了荆棘
只要有你我便能所向披靡

我们将携手共度严寒
我们将携手远航扬帆
我们将携手踏上人生未知的海滩

希望我们能无惧悲欢
希望我们能满怀期盼
希望我们能相濡以沫看世间的浪漫

从舞台上下来后，丹尼长舒了一口气。太久没弹这首曲子了，也一直没找到机会背着安吉儿练练，所以刚才在慌张之下弹错了两个音，唱得也有点跑调。过去的两分钟，可能是丹尼人生中最紧张的时刻，在蹩脚的才艺展示面前，问答环节的压力不值一提。

满头汗珠的丹尼解开了外套夹克上的扣子，快步走向后台的等候区。推开门，一眼就在十几个等候的人中看到了安吉儿。姑娘眼睛红红的，不知道是笑过还是哭过。丹尼不由安吉儿开口，先熊抱了上去。

"怎么样，还是有点小感动的吧？"丹尼用略带调侃的语气，轻轻在安吉儿耳边说道。

"嗯……有点感动……"安吉儿轻声说道，然后一把推开丹尼，故意做出生气的样子，"不过你刚才唱的和当时给我唱的一样，都跑调了！"

"哈哈哈！我自己写的曲子，当然由我决定是不是在调上！"丹尼一边开心地笑着，一边进行回击，"这边还有其他人呢，注意形象。话说回来，答辩环节，你觉得我表现如何？"

"今天讲得很好！我都在这里看了，感觉进下个阶段没什么问题！"安吉儿开心地笑着，眉毛弯成了月牙。

"嗯……"丹尼知道安吉儿是在鼓励自己，自己的表现虽然没有什么明显的问题，但并不出彩，根本没有安吉儿说得这么好。"都还在意料之中吧，我只能说是表现平平。不知我这个'惨不忍睹'的个人展示会带来多少负面影响。"

两人又讨论了几句，与其他候选人客气一番，便离开剧场，等待周日结果揭晓了。

周五和周六,"议员潜力榜"排名前20的选手纷纷登场。这些人都是今年议员选秀中最有可能进入前10名的候选人。丹尼比较放松,像普通观众一样,看看大家的热闹,一边重点关注了几位下一阶段潜在朋友与对手的表现。

青年党在"议员潜力榜"上排名最高的候选人,第7名的罗捷,在回答完关于"老年税"税制、"老年中心"扩建和个人感情生活三个问题后,在个人展示环节进行了5分钟的脱口秀演讲。一向热爱外交事务的他,严厉地抨击了亚太联邦激进的月球开发计划,以及美洲联邦内新型毒品"可乐丸"肆虐的现状。罗捷爱国主义的形象、犀利的话语和充满激情的态度,让他获得了全场观众热烈的欢呼。

尼克作为体育界的传奇励志偶像,回答的问题无非是关于个人选择、情感和政治信念的。答辩的部分平平无奇,惊喜出现在个人展示环节。尼克在个人展示中换上拜仁的球衣,为观众展现了高难度颠球技巧,同时放出了一场注定成为经典的比赛预告。假如尼克顺利进入议员选秀的第三阶段,他将为全欧洲观众带来一场足坛的全明星比赛,尼克也将在退役后首次复出参赛!这种策略不仅可以为尼克在第一、二阶段积累票数,同时也能增加其在第三阶段的人气,可谓一石三鸟。

不过令丹尼印象最深的,还是排名第1的艾芮的出场。答辩环节和尼克差不多,没有意外。个人展示时,艾芮一反之前青春美少女的路线,以偏中性风的炫酷表演,在现场推出了自己的新单曲——《青年时代》！热血歌词配上复古节奏，艾芮将整个第一阶段带入了气氛的顶峰！

> 我翻开历史的书，无处话凄凉的失助
> 人类从古至今只会反复撰写操纵带来的痛苦
> 帝王天授的新衣，教义浮绘的上古
> 不过是人性之中色食贪惰怒妒傲慢最后的遮羞布
>
> 他们迷信经验无视青年号召遵从
> 他们贪图私利不求奋斗老态龙钟
> 我们一腔热血勤勉向上创造繁荣
> 当家作主推陈出新迎接世界大同
>
> 青年时代，火力全开！
> 理想世界，源自现在！
> 雄心壮志，变革未来！
>
> 拜占庭的落幕，马拉松的记录
> 东方世界春秋战国铁蹄下统一的国度
> 凡尔登地下的鲜血，广岛上空的蘑菇
> 思想传承科技迭代仍没改变悲剧轮回的束缚
>
> 我不管过去千年国境变迁沧海桑田

我不惧世代积累新仇旧恨缠绵恩怨
我只盼欧洲大陆青年丢掉包袱向前
为生我养我这片土地书写新的明天

青年时代，火力全开！
理想世界，源自现在！
雄心壮志，变革未来！
……

在100位候选人尽数完成出场之后，周日晚间，所有人再次来到伦敦大剧院。大家一同站在台上，等待第一阶段投票结果的揭晓。被淘汰的候选人直接离开，晋级下一阶段的人开始向充满未知的第二阶段发起挑战。

李莎简单致辞后，便请出了议员选秀第一阶段的嘉宾——欧洲首富欧莉维亚，来宣读100名候选人在第一阶段的排名。刚过40岁的欧莉维亚一身亮片蓝色晚礼服，戴着一只闪闪发光的钻戒，在众人的注视下，以全息虚拟形象出现在了伦敦大剧院的舞台上。这位欧洲首富，与20年前的青年革命有着千丝万缕的联系，今天由她来宣布议员选秀第一轮的排名再合适不过。

"各位青年候选人，大家好！赞美青年！"欧莉维亚微笑着向台上打招呼，"每年来到这里，成为议员选秀的嘉宾，都是我在一年之中最为激动的时候。在这里，我们能看到青年民主制度的开花结果，能看到欧洲未来的希望！无论今天成功或是失败，我都希望大家能继续为欧洲联邦奉献自己的青春，为欧洲更美好的明天奋斗！话不多说，下面就由我来公布第一阶段的排名吧。"

不出意外，榜单的前三名没有任何变化，依然被潮流党的三位明星候选人占据。罗捷在第一阶段对亚太和美洲的犀利抨击令他获得了众多爱国主义者的选票，排名上升到了第4位，观众席上的一众青年党粉丝们也都振臂高呼。

当然，这些靠前的名次和丹尼没什么关系，他此刻也没什么心情为罗捷开心。他站在原地，低着头，听着欧莉维亚宣读一个个名字，沉默地等待着。

"第52名，丹尼·威尔斯！"

期待了许久，丹尼终于从欧莉维亚的口中听到了自己的名字。确认晋级之后，不仅站在舞台上的丹尼长出了一口气，后台的安吉儿也是解脱般地松开了握紧的双拳，几公里之外万能镜前的兰妠也开心地和身边的友人击掌庆祝。

在丹尼的名字被喊出不久后，剩下20多位晋级者也都确定下来，议员选秀的第一阶段结束了。从结果上看，观众对丹尼在第一阶段的问答和个人展示环节都不怎么认可，导致他的名次下降了20位，但只要能进入第二阶段，一切都还有希望。议员选秀的第一和第三阶段，都是完全以民意投票决定结果，充满不确定性的第二阶段，或许是丹尼最好的翻盘点。

四

多数票

在欧莉维亚宣布完第一阶段的排名后,李莎继续主持选秀的进程,与台上的晋级者们一同揭晓神秘的第二阶段。

"恭喜进入第二阶段的79位精英。你们在第一阶段的比赛中展示了沉稳、智慧与个人最闪亮的一面。下面就由我来为大家揭晓第二阶段的题目及规则。"李莎看似冷静地说道,但她的眼神却带着渴望看向面前的透明芯片,里面装载了众人期盼的第二阶段的题目。

李莎用右手手指小心翼翼地夹住芯片,放到显示屏上。片刻后,第二阶段的题目就伴随着一位出题者的旁白,展现在主持人、各位选手和观众的眼前。

多数票

79位候选人自此刻起,完全断绝与外界的接触,由组委会统一安排封闭食宿至下周日投票结果公布之后;

79位候选人之间可以自由讨论、交流;

今天返回住所后,各位选手会收到每个人独有的加密信息,显示其被分配的选项:A或B("被分配选项")。

在79人中，被分配为A的人数为39或40，被分配为B的人数为79减去被分配了A的人数；

下周日当晚19点，所有选手将回到伦敦大剧院，同时用万能镜进行投票，投票给A或B（"投票选项"）；如规定时间内未完成投票行为（"弃权"），将默认自动投票给被分配选项；投票结束后，每个人的投票结果将会被公开。

所有选手晋级第三阶段的条件如下：

1. 自己的投票选项与被分配选项一致，且该选项拥有最终79人投票结果的多数票；

2. 自己的投票选项背叛了被分配选项，但投票选项拥有最终投票结果的多数票，且少数选项实际票数超过25票；

3. 未能以1或2条件晋级的选手，民众票选票数可晋级。

题目解释完毕后，全场沉默了半分多钟，才由李莎打破了现场凝固的氛围："嗯……想必大家都能理解，第二阶段的题目看起来像是一个策略类的集体推演游戏。我猜这道题是模拟了一个未来真实政治世界的情景，考验大家的逻辑思维能力，以及影响群体行为的能力。至于更多的，我相信不光是我、你们，还有全欧洲的观众，都需要更深入地思考。"

李莎停顿了一下，"我这边刚刚收到了各位的住所安排，如果没有其他事情,今天的节目就到这里,大家可以先回去思考一下。请注意,EBC会对每个人全程跟拍,在保护个人隐私的情况下全程直播本周的选秀进程。谢谢各位!"她显然还在思考题目,想草草地结束今天的节目。

丹尼皱着眉,显然也在思索。他看了看同党派的罗捷,恰巧罗捷也往他这边看过来。他们都觉得,这貌似是一道需要群策群力的题目。先不说党内是否团结一心,单看青年党,在经过糟糕的第一阶段后,目前仅剩下19人,相比于潮流党进入第二阶段的33人团体,他们真的有胜算吗?

但无论如何,丹尼从这道题目中,隐约看到了自己的机会。这一阶段,只有三个人能通过民众投票晋级,大多数的晋级名额分配给了游戏的胜利者。只要能赢下游戏,就能进入第三阶段!在全程直播的情况下,率先找到这个游戏必胜策略的人,必将成为全欧洲民众关注的焦点!

这个游戏必须要赢!这是丹尼回到住所后的第一个想法。扫了一眼门口的飘浮在空中的小黑盒子,他对EBC这样程度的监控显然有些不满。现在,自己万能镜的通讯功能完全被屏蔽,房间里也没有任何通讯工具,仿佛回到了几百年前电话还没被发明的时代,只能面对面交流。

丹尼没空在意这些细节,抓紧想出来这个游戏的对策要紧。就在这时,分配给丹尼的选项以及更为细致的比赛规则出现在了他的万能镜上……

其实丹尼对这个题目是有优势的。虽然不算是全欧洲智商最高的那一群人，但丹尼从小对象棋、桥牌这些策略类的游戏就比较有天赋，在牛津也能碾压诸多好手，特别是在大家一同接触新游戏的时候，丹尼总能最快找到最优策略。不过现在，看着这道名叫"多数票"的题目，他的确是挺犯难的。

"这时候要是能与安吉儿聊聊就好了。"丹尼内心显然有点焦虑，而他那性格如小太阳一样的女朋友，在过往都是最能平复他这种焦躁心态的人。现在孤身一人，与外界断绝联系，只能靠自己了。

这是思考到失眠的一夜。

第二天早上，丹尼起得有点晚，来到餐厅的时候，早餐时间已经快结束了。他刚刚拿好一碟食物坐下，就看到青年党的头号候选人——罗捷，正向自己这边走来。罗捷看起来已经吃过了，他拿着一个苹果，坐到了丹尼的对面，满脸都是善意的笑容。"丹尼，赞美青年！距离咱们上次见面，也有一段时间了。恭喜进入第二阶段。我刚才和其他青年党的同仁们也都打过招呼了，这个阶段很需要团队合作。我觉得咱们青年党还是应该齐心协力，争取互相帮助啊！"

看到罗捷热情地和自己交谈，丹尼保留了一丝警惕与提防。尽管大家都是青年党的候选人，理应团队合作，但是丹尼自觉与罗捷的关系不算太好。丹尼最开始认识罗捷，还是和科霖一起在青年党的入党酒会上。当时自己还是科霖的陪衬，科霖与罗捷这两个党内新星为了党内头号候选人的位子互不相让，在各种场合表面上客客气气，私下里却是针锋相对。所以，作为科霖的好友，罗捷一开始对自己肯定是没什么好感的。

天有不测风云，科霖离去之后，罗捷顺理成章地坐上了青年党内头号候选人的交椅。丹尼不想去跟他竞争，也知道争不过。罗捷在确立了自己的地位后，对丹尼反而逐渐友好了起来，在多个青年党的场合也都主动来问候。丹尼不是傻子，他深谙人情冷暖，每次也都笑脸相迎，毕竟都是一党同仁，为了共同的目标合作没有坏处。

"啊！罗捷，赞美青年！你就别客气了，我这排名本来30多，第一阶段下来，反而掉到50多，更没什么希望了。倒是要恭喜你才是。你在个人展示阶段对亚太和美洲一顿抨击，排名都上到第4位了！我真的很佩服……没问题，这个阶段，我们青年党的人的确是要一起合作，我有什么想法和思路绝对第一时间和你分享。"

"嗯。在青年党剩下的19个候选人里，我真心觉得你是最聪明的几个人之一。虽说剑桥牛津几百年来都互相看不顺眼，但是关键时刻，彼此之间还是会互相欣赏和帮助的。第一阶段算是我们青年党完败，除了我之外，其他人排名都跌了，而且居然有10个人被淘汰，可以说是这么多年来，青年党最差的第一阶段战绩了。我觉得，第二阶段我们青年党想要出彩的话，必须得靠你我一起努力……对了，刚才潮流党的那个尼克说，请大家互相通知，他想组织所有候选人上午一起开个会，讨论下这个题目的策略。我也不知道这足球小子葫芦里卖的什么药。怎么样，你怎么看这个游戏？有发现必胜的策略吗？"

"这题目，要是我都能一晚上就想到必胜策略，那也太配不上第二阶段的重要性了吧。我想了想，没什么特别好的思路。这不是一个简单的博弈模型，我还需要些时间思考和观察。不过，既然有人愿意把大家聚到一起开会，那咱们还是去看看吧，总没坏处。我的直觉告诉我，信息在这个游戏中还是挺重要的，我们去听听别人都说些什么。我们自己大不了不说话就好了……"丹尼与罗捷约定好，上午带着青年党的其他候选人一起去参加尼克组织的讨论。

EBC 组委会为了第二阶段的封闭式选拔，专门在大剧院旁边包下了一整栋宾馆。宾馆内的大会议室是一个阶梯演示厅，容纳一百多人不成问题。丹尼到得比较早，不一会儿，罗捷和其他十几位青年党候选人也陆续走了进来，找了后排的位子坐下。他们主要是看看尼克有什么高见。

渐渐地，79 人到了大半，大家都想来看看热闹。帅气的尼克身着一套宽松的运动服，看时间差不多了，几步跨到了讲台上，充满自信地和大家说道："感谢大家能来啊！想必大家认识我，就不多废话了。这个题目我想大家也都琢磨了，首先，我们要知道被分配的 A 和 B 的数量，看哪个选项的人更多一些。我觉得，我们先都把自己被分配到的选项写出来，然后再看下一步怎么进行，如何？"

"你这提议没有任何意义，我拒绝。"还没等尼克说完，一位独立候选人便起身直接反对。丹尼注意到其他很多人也都在微微点头，对反对的声音表示支持。

丹尼昨晚就已经想到这一幕可能发生。"多数票"这道题最大的谜，就是 A 和 B 到底哪个被分配给了 40 个人的多数方。但在实际操作中，这个谜题基本不可能解开。第一，每个人被分配的选项只有自己知道，所以搞明白多数方的前提是要对每个人都进行调查，但只要有一个人撒谎，统计出的结果就完全没有意义；第二，假设每个人都诚实地给出了自己被分配的选项，并将统计结果告知所有人，少数的一方将毫无获胜的希望，因为所有多数方只要按照自己被分配的选项投票就一定可以过关，少数方的最优选只有背叛自己的选项，但这样会导致少数选项得票不足 25，少数方所有人一起被淘汰。因此，理论上，会有很多人因为担心自己是少数一方，所以根本不想搞清楚谁是 40 人的一方，也永远都不会把自己被分配到的选项告诉别人。

"我可以说我是什么，我是 A。"显然，尼克还想为自己的提案争取一下，但没有人理睬他。更有些人觉得自己在这里是浪费时间，从座位上径直离开了。当然也有少部分人，一脸疑惑为什么大家这么不配合尼克的提议。这就是对游戏不同深度的理解吧，丹尼心想。先不说尼克有没有说谎，即使大家知道了他是A，又有什么用呢？个体的选择在这个游戏里是微不足道的。如果不能掌握群体信息，只能盲目赌博。这就是之前丹尼和罗捷沟通过的，他们都清楚尼克可能说不出来什么，只是单单来看戏，收集下信息。

"走吧，我们待在这里也收获不了什么。"罗捷对丹尼说道，"我们青年党开个会，单独聊聊看。"

"嗯……我倒是觉得，这个会可以先不用开，我们的人这时候也不会说实话的。"丹尼淡淡地回绝了罗捷的邀请,"你可以尝试和大家聊聊,但我觉得套不出来什么有用的信息,我就先不参加了。"

罗捷愣了一下,他没想到丹尼会拒绝他的邀请。"好吧,那就依你,我先尝试着找其他人聊聊,你要有什么好想法的话,随时和我说。"嘴上这么说着,但罗捷显然不太开心。其实,他也觉得组织大家开会讨论不是什么好方法,但他手头也没有更好的对策。可是,丹尼不服从他的领导,让他觉得有点奇怪。难道面前的这个青年,已经有了不愿意和自己分享的必胜策略?

其实在这个游戏里,个人的最终决定很简单,只有两个选项。一边是跟着自己被分配的字母投,另一边是背叛。假如大家都很单纯地按照自己被分配的字母进行投票,在不知道 A 和 B 谁是多数方的情况下,这场游戏对每个人来说,与赌一个 1/2 概率并无区别。

这时候,有些聪明的人就会动脑筋,假如大家都按照自己的字母投票,只有我一个人背叛,无论 A 或 B 哪个是多数方,我都会是多数票一方。可是这个游戏的复杂之处也就在这里,想要背叛的人肯定不止一个,只要背叛的人数单方面超过 14 或者 15,那所有背叛了自己字母的人就会满盘皆输,还不如投自己被分配的字母听天由命。在这么多人的复杂环境下,似乎博弈论中的一切原理都失去了效用。

在尼克组织的会议不欢而散之后,候选人便没再组织大规模的集会了。大家保持着小范围的讨论,包括罗捷组织的青年党内部会，不过基本流于形式。这些会议没什么结果的理由很简单，对于个人来说，在这个游戏里，手中最有价值的信息就是自己被分配到了什么字母。要是轻易就和大家分享，那岂不是只能在后面的游戏中任人宰割。当每个人都有这样的想法之后，任何的讨论、试探、套话都毫无意义。就这样，周一、周二在所有人的焦虑和不知所以当中过去了。

周三早上，依旧没什么进展，但所有候选人还是会默契地到餐厅吃早饭，以不错过任何一个可以收集到信息的场合。丹尼按时来到餐厅，和罗捷及其他几个青年党候选人互致了问候，刚刚选完食物坐下，就听见不远处大明星艾芮站在椅子上拿一个铁勺子轻轻地敲着玻璃杯，准备宣布些什么。样貌本就引人注目的她，此时更是吸引了餐厅里所有人的目光。

"所有人，看这里！希望大家能听好，我被分配的是A，但我一定会背叛我的选项投B！至于其他被分配A的人是否选择背叛，你们自己决定。"艾芮高声宣布了上述内容后，一甩长发，径直跳下椅子，没有和其他任何人交流，头也不回地大步离开了餐厅，留下在场的所有人一片茫然。

丹尼也有点疑惑，他的大脑在快速推导，艾芮这通演讲的目的逐渐清晰。首先，艾芮的说法不管真实与否，她的言论和决定增加了B选项多一票的可能性。这样做最直接的效果，是使得被分配了B选项的人增加了信心，从而更坚定地投B。同时，被分配了A的人则有了更大的压力。假如艾芮说的是真的，她被分配了A且会背叛，那在这种情况下，如果作为A的自己不背叛，就可能会成为少数方。但假如所有被分配了 A 的人都这么想，大家一起背叛投 B，那所有 A 连带着艾芮应该都会输掉。

想了又想，丹尼觉得艾芮不是傻子，她之所以这样做，大概率是她自己被分配了 B，试图忽悠 A 背叛。如果艾芮是 B，这个"欺诈"行为对她来说没有坏处。首先，她坚定了所有 B 的信心；而且，只要有一个 A 被她骗到，恐慌之下背叛了自己的选项，她就可以带着所有 B 一起赢！艾芮的策略并不是逻辑制胜，而是去动摇群体的心理。即使大家都知道艾芮的话不可信，也知道她是故意欺骗所有被分配了 A 的人，但每一个 A 如何能保证其他 A 不背叛呢？在这样的情况下，被分配了 A 的人肯定会表面上故作镇定，宣扬坚持投 A，私下里却可能早已作好了背叛投 B 的打算。

艾芮的这个策略，有着较大的先发优势，只有第一个宣布的人会给别人带来压力，后面再使用可信度就不高了。"接下来事情的走向可能要精彩不少了。"丹尼内心窃喜道。其实他已经有个策略在慢慢成形，艾芮的手段反而加大了他的策略成功的概率。丹尼的策略，最重要的不是方法，而是正确的时机。

果不其然，在周三晚餐的时候，就有青年党的候选人当众指出了艾芮这一策略的心机，向大家耐心地解释艾芮是 B 的可能性，并劝导所有被分配了 A 的人不要慌，坚守自己的阵营，不要被艾芮欺骗。至于艾芮，早餐过后她就把自己关在屋子里，再也不出门了。

"这哥们儿应该是个 A 了，这么积极地宣传。"丹尼对罗捷说

多数票　53

道，一边拿起一个剥好的鸡蛋。

"艾芮达到了她想要的效果，猜忌已经在 A 之间传播。即使这哥们儿这么努力地劝说，大家估计还是很难相信他，谁知道他是不是会背叛 A 呢。有一种可能性是这哥们儿为了保证背叛 A 的人不超过 14 个，故意想让一些傻乎乎的 A 留守呢！只要能动摇一个不坚定的 A，艾芮就成功了，真高明。"罗捷的话语中带着点不服气。

"是啊，的确是一个聪明的策略。让别人担心，自己安稳地睡大觉。"丹尼带着一丝不屑地说。

罗捷觉得有点烦，毕竟自己这边还没有一个很好的策略，现在的确不知道该怎么办。他下意识地皱了皱眉，长叹了一口气。

"你看，你这个皱眉和叹气，就暴露了你也是 A。"丹尼挑了挑眉毛，有点得意地分析着。看到对面脸色逐渐发青的罗捷，他内心里开始有点过意不去，赶紧把得意劲儿收了回来。

"再等等吧，应该还有机会。"丹尼安慰着罗捷，心里又多了几分喜悦。还好，罗捷被分配的选项对丹尼正在筹划的策略来说，是一个好消息，丹尼的策略想要成功，还需要罗捷的支持。

周四和周五就在一部分人的焦虑和另一部分人的洋洋得意中度过了。很显然，焦虑的都是被分配了 A 的人，但要凭借这些信息搞清楚 A 的数量，明显不够。在这两天里，也有好几位候选人模仿艾芮的策略，公开宣布自己是 B 会投 A，但大多数人只把他们看作是被分配了 A 的选手在垂死挣扎。从气氛上来看，B 的人都非常坚定，他们认为在目前的形势下，坚持自己的选项绝对没错。至于其他的一些策略和动作，更是无法动摇这些被分配了 B 的人的信心，很多人甚至已经提前开始庆祝胜利了。艾芮反而相对淡定，她知道自己这时候最好少说话，让局势就这么顺着利好自己的方向慢慢发展。她把自己关在屋内，基本不出门，出门也不与人交流，让许多爱慕她的人落空了很多期盼。

假如事态继续这样发展，不出意外，所有被分配了 A 的人都会互相猜疑，担心有人背叛，所以最后对单个 A 来说，最优的选择也是背叛，赌会不会出现 25 人坚守 A 选项的情况。在这样的博弈中，最后的投票结果很有可能会出现 70 票以上的 B。

罗捷这几天不下十次地来敲丹尼的房门，想与他讨论应对的方法。每次丹尼都好言相劝，和罗捷说正在完善一个计划，目前还不到时候。罗捷慢慢失去了耐心，他觉得丹尼很可能被分配了 B，所以才不管其他人死活。他不是没有尝试和其他青年党的候选人多聊一聊，但很轻易就能看出来，青年党 19 位选手中，被分配了 B 的人此时都躲着罗捷。被分配了 A 的人虽然很积极地和罗捷想办法，但并没有什么成果。

周日傍晚，距离投票只剩 30 多分钟了。罗捷这时候，已经基本放弃了。想靠游戏获胜看起来很难，但好在罗捷还可以指望依靠民众投票入围第三阶段。他盘算了一下，除去靠游戏本身晋级的人，自己获得票数前三的概率不小，便也看开游戏的胜负了。至于其他青年党的同仁，只能听天由命了。

所有青年党的候选人都在宾馆楼下集结，准备一起前去伦敦大剧院投票。就在他们即将踏出宾馆的一刻，只见丹尼略带匆忙地从电梯中赶出来,"不好意思!大家请等一等,我提议我们青年党的候选人们现在开个会!"

丹尼在青年党内部的威望不算高,所以他在这么紧急的时候说要开会,大家都面面相觑,不知道该怎么回答他,也不是那么想听从他的号召。没有办法,丹尼只能看向罗捷,对他使了个眼色。罗捷虽然觉得此时开会意义不大,但毕竟丹尼神神秘秘了这么久,罗捷倒是也想听听他这时候会要什么把戏。

于是,在罗捷的号召和带领下,青年党的19名候选人立马找了间小会议室。正要关门,一个小黑色飞碟也跟了过来,显然这是EBC的直播摄像机。作为需要流量和热度的媒体,EBC当然不想错过在投票前这么关键的时间点上,青年党小团体的最后一次讨论。

欧洲所有的观众都通过EBC的转播,观看到了这场以后注定会被铭记在议员选秀历史上的讨论。在这次讨论之前,欧洲大半的观众都没有关注到丹尼,但在接下来的10分钟里,所有人都感受到了这个普通候选人身上所蕴含的巨大能量。在他们讨论结束的一刹那,所有的观众都意识到,在巨大的争议之中,丹尼及他所属的青年党将在第二阶段,完胜!

距离投票时间只有5分钟了。第二阶段的79位候选人已经在伦敦大剧院就座,准备进行决定是否能继续议员选秀之路的关键投票。所有人都没有交流,各个都在闷头观察着别人的行为。大多数人此时的眼神仍落在艾芮身上,当然不仅仅是因为她美艳的外表和装束，更是希望能从她的一举一动中找到最后的暗示。可艾芮就这么端正地坐着，没有多余的表情，等待着投票的开始。

过了一小会，李莎迈着坚定的步伐从后台登场，来到了她的位子前，刚准备坐下，一个洪亮的男性声音突然在剧场内响起：

"各位，请注意一下！我们欧洲青年党的 19 人将全数在本次投票中投 A，谢谢！"

伴随丹尼坚定的声音，19 位青年党人从自己的座位上站起，右拳高举，集体重复了一遍丹尼说的话："我们欧洲青年党的 19 人将全数在本次投票中投 A！"在其他所有人惊愕地注视了 5 秒钟后，19 人又齐刷刷地坐下。

李莎显然也被这一幕惊到了，但这样的行为并没有违反任何比赛规则，她继续推进投票流程。

"各位好！想必一周以来大家已经对自己要作的选择进行了很多思考。现在距 19 点还有半分钟，我们话不多说，等待投票吧。"

所有候选人和全场的观众都还沉浸在刚才青年党疯狂的举动当中，见李莎没多说什么，便各自沉浸在思考中，等待投票时刻的到来。

"5，4，3，2，1，请投——"

李莎最后一个字还没说完，场上突然传来了几处震耳欲聋的嘶吼，伴随着的是青年党头号候选人罗捷和其他几个青年党候选人极度痛苦地抓着胸口，从座位上栽倒下来！

所有人的注意力都被这几位青年党候选人吸引，大家错愕地站起来看向罗捷几人，试图搞清楚究竟发生了什么。就在这分神的十几秒过后，第二阶段投票的结果已经显示在了所有人的万能镜上。

45:34，A 选项成了多数票！

30 分钟前。

丹尼决定豪赌一把。

丹尼被分配的选项的确是 B。按照后半周的局势，丹尼成为多数票晋级第三阶段是没问题的。可是，就算进了第三阶段，凭借自己在第一阶段那排在 50 多名的人气，如何能在第三阶段的组队竞选中取胜呢？如果想更进一步，向最终的 10 人名单发起挑战，那就不仅要赢下第二阶段，而且要有力挽狂澜的出色表现。

在艾芮已经先声夺人的情况下，推翻她的计划显然最能让自己脱颖而出。想要逆转目前 B 成为多数票的趋势，光靠自己的力量远远不够，但罗捷被分配了 A 这件事，给了丹尼一个借机领导青年党 19 人的机会。

小会议室内，面对青年党同仁们的注视，丹尼深吸了一口气，开始向大家阐述自己的计划：

"大家都知道，按照目前被分配 A 的人互相猜疑的情况，B 应该有至少 50 票以上了。但我希望大家能理解，目前从 A 背叛的人并不是十分坚定，而只是在博弈游戏下的无奈之举。我是 B，我本可以轻易进入下一阶段。可是如果我们青年党的 19 人愿意作为一个整体，像一个团队一样赌一把，我们是可以全体都成为多数票，携手进入第三阶段的。

"现在距离投票还有大概30分钟。我仔细阅读了规定，投票时间前5分钟所有人都要到伦敦大剧院就座，在投票时间开始后的5秒钟内，通过手指点触万能镜里的选项投票。假如在5秒内没有完成相关操作，就会按照被分配的选项默认投票。

"我的计划是：在所有人到齐大厅后，距离投票仅剩1分钟的时候，我们青年党人集体起立，向所有人宣布，我们19个人无论如何会集体投A。增强A的人信心的同时，让所有人分神、陷入思考。我相信19个人的集体力量，会让一些原本计划投B的A悬崖勒马，忠于被分配的选项。

"当然，我知道在座各位被分配了B的人，肯定会对我说集体投A表示不确定，因为按照目前的情况你们是稳赢的，不需要多此一举。而且即使我们19人统一了，别人不买账不行，太多人听也不行。

"因此，这个计划的第二个部分，就是保证除了我们之外，其他人都按照自己被分配的选项投票。

"罗捷，我已经知道你是A，所以这个计划需要你和我们中其他A的人配合。你们本来已经必输，所以接下来的事情必须由你们来完成。在规则没有禁止的情况下，我需要你们在宣布投票开始后，尽可能地吸引所有人的注意，使尽可能多的人无法在5秒钟内完成投票。你们可以大喊，可以装心脏病，可以脱衣服，什么都可以，尽量吸引到越多的人注意越好。为了达成最好的效果，我需要大家到时分开坐。因为你们会默认投A，所以怎么表演都可以，我们剩下的人有心理准备，会无视你们直接投A。在赢和丢脸中间,你们可以仔细思考下。

"在之前大家思维已经被我们搞得混乱,且又有意外发生的情况下,我相信绝大多数人会在犹豫中无法按时完成投票,即使完成投票,也只能在犹豫中下意识地作出自然的选择——投自己被分配的选项。

"'多数票'这个游戏被设计出来用在这样一个场景,我相信肯定没有一个轻易的必胜选项,因此,我们如果想赢,就要考虑到游戏规则之外的一些因素。即使策略和手段看起来一点也不光明磊落,但是我们首要的目标是不违反规则地获胜,我希望大家能清楚这一点。我们没有伤害任何人,也没有破坏投票的公正性,只是合理地利用了规则。

"这个策略只有一个风险,我们在座的 B 没有超过 14 个人吧?"

青年党剩下的 18 个候选人在集体深思了一会儿后,开诚布公地统计了一下各自的选项。在 EBC 的直播下,在丹尼这个看似可行的方案下,包括罗捷在内的其他青年党候选人不得不配合。听到丹尼的方案之后,被分配了 A 的人自然欣喜若狂,有了最后的救命稻草。至于那些被分配了 B 的人,此时如果贪图个人利益,拒绝参与到这个戏剧性的反转一搏中,就会被全欧洲的观众记下,终生被打上不顾团队精神的烙印。丹尼之前说的时机就在于此,利用最后的时间,提出别人不得不接受的策略,也不给其他人更多思考和出后手的机会。

统计发现,在青年党的 19 名候选人中,A 有 11 人,B 有 8

人。正是适合执行这个方案的数字,而且留了一定的缓冲。简单的讨论过后,在罗捷的强势号召下,大家都认可了这个计划。

"我提醒大家,我肯定会说到做到,背叛 B 投 A。所以我们中 B 的人假如不背叛,大概率是要输的;A 的人,假如你觉得自己已经稳赢,不想为团队作贡献的话,我相信这段讨论正在直播,青年党及欧洲的民众也必将了解你的为人。"丹尼在最后声色俱厉地"恐吓"在场的同仁们。他把青年党所有人都绑到了一条船上,借助最佳的时机压迫式地推行了自己的计划。

"让我们一起,作为一个团队,拿下这场胜利!"

第二阶段投票结果出现在屏幕上的一刹那,现场并没有想象的兴奋与悲伤,绝大部分人显然还没有从刚才的意外中缓过神来。直到罗捷几个人满脸通红地带着歉意从地上爬起来,慢吞吞走回到座位上时,聪明的人才慢慢理解了场上发生的事情。有些毫不知情的候选人开始小声欢呼或沮丧,丹尼坐在位子上,强压着内心的兴奋和得意,故作镇定地摆出一脸严肃的神情。

"抗议!"艾芮打破了现场的沉默,第一个大声高呼道,"我严重怀疑青年党候选人破坏投票规则,阻止投票正常进行!如果我没有猜错的话,他们让大多数人误以为有紧急事件,因此来不及在投票窗口内完成自主选择!"

伴随着艾芮的解释,好多人这才意识到青年党的"阴谋",附和艾芮的声音此起彼伏地出现在会场之中。

李莎当然也足够聪明地意识到了场上发生的事情。除了暂时中场休息马上去与组委会讨论，她别无选择。偌大的剧院舞台上，只剩下一群被分配了 B 的愤怒候选人，在狠狠地咒骂着青年党的成员们……19 个青年党候选人只能紧张地沉默不语，偶尔看向丹尼的方向。这时候，沉默是最好的回应。

抗议归抗议，但组委会又能有什么办法呢？青年党候选人并没有破坏别人投票的行为，只是转移了所有人的视线。规则没禁止，其他欧洲联邦的法律也没触犯，青年党一行人所做的事很难从法律或规则上追责。再说，假如真的判定青年党违规，将 19 个人都判退赛，联邦第一大党岂不是要和组委会拼命？重新投票显然也是不可能的，投票结果已经公开，信息的丰富程度已经完全不一样了。如果重新投票，这个游戏最有观赏性的部分也就不存在了。

组委会讨论了半个多小时，最后只能接受这样的结果——这何尝不也是他们在设定规则时候的一丝小期盼呢？就像丹尼说的，这个游戏本没有必胜法，跳出思维圈当然是大家期盼能看到的一出好戏。

至于丹尼，他又何尝不是在赌博呢？他赌青年党另外 18 个人不得不在"团队合作"的压力下配合自己的方案，他赌组委会不敢将他们 19 个人集体除名，他赌别人没有时间作出反应，他赌民众会更愿意看到这样戏剧性的反转。

好在丹尼赌赢了。而他的名字，也从一个普通的候选人，一跃成为本次议员选秀最热门的话题。

五

合 作

　　自己还是太天真了！丹尼躺在床上，闭着眼睛一边冥想，一边埋怨着自己。安吉儿低着头，在床边来回踱步，耷拉着的小脸上写满了焦虑。

　　是的，丹尼的确是天真了，天真到基本已经被议员选秀宣判了"死刑"。

　　通过出格的策略取得第二阶段的胜利后，丹尼瞬间成为整个议员选秀过程中最具焦点和话题性的人物。虽然组委会经过漫长讨论，没有发现丹尼及青年党团队违规的确凿证据，并承认了投票和晋级结果的有效性，但是汹涌的民意迅速分成了两个极端。丹尼阴险、狡诈、钻规则漏洞的骗子形象，已经成了很多人心中的第一印象，也令丹尼成了现在网络上被"吐口水"最多的人。即便仍有一部分人为丹尼辩护，赞赏他的机智和临场应变能力，但人性自古以来就是如此，大家为维护一个人出的力总不如诋毁来得多，大部分的中间派并不会替丹尼"洗白"，只是冷眼旁观。

　　"兄弟，就你目前的这个民意状态，我们实在是无法与你组队，抱歉……"丹尼还记得罗捷前天和自己说的最后这句话。本来以为带着罗捷和青年党其他同仁一同晋级，怎么说大家会念及情分共闯第三阶段，可哪想到罗捷和几个青年党候选人讨论后，还是认为与丹尼组队风险太大，只能踢他出局。他们随后向民众公开道歉，称第二阶段"欺骗"其他选手的行为都是受到丹尼蛊惑，将在以后诚意悔改。

议员选秀的第三阶段，是各凭本事、自由竞争的阶段。所有剩余的候选人自由组成不超过四人的队伍，采用任意方式进行募资及竞选活动。最终，获得团队票数前二队伍中的所有人将直接入选最后的新晋议员名单，剩余的席位将分配给个人票数排名最靠前的候选人。

今天已经是周三了，丹尼作为一个没有人愿意和他组队的焦点人物，只能无奈地躺倒在床上，试图做点无用的思考。此时的他，已经想不出什么可以起死回生的策略了。

当然，规则允许他独自一人作为一支队伍参加竞选，可丹尼本就不是什么坐拥票仓的潮流党明星，且今年参加第三阶段的人数又比往年多，单靠个人票数就想脱颖而出简直是异想天开。现在摆在丹尼面前的选项，可能只有放弃和奇迹了。

丹尼自己也进行了深刻地反省。他并不后悔在第二阶段的高调行为，按部就班更没有希望，起码自己也曾尽力过。另一方面，丹尼也不禁暗暗佩服罗捷的城府。回想第二阶段，在自己提出非常规的取胜策略后，罗捷并未试图夺取执行这个策略的主导权，而是甘心为丹尼作配角。现在想来，罗捷应该是早就多考虑了一步棋，保证晋级的同时，也给他自己留了一个台阶，让丹尼来背锅。

果然是技不如人，甘拜下风啊！就这样，丹尼在闭目养神中，思绪逐渐缠成了一团乱麻，恍惚之间，就快要睡着了。

"啊！你快看头条新闻！"安吉儿冷不丁地一声大喊，把快睡着的丹尼吓得一哆嗦，赶快打开万能镜的新闻板块——欧洲联邦女神艾芮被曝堕胎丑闻——EBC头条这样写着，配图是一张五年前的堕胎医疗证明，并附上了对爆料人———名巴黎诊所护士的采访。

艾芮作为第二阶段被分配了B的候选人，最后以个人票数第一的成绩晋级第三阶段，并且已经与潮流党的几位大咖组团开始了竞选活动。此时被爆出这样的"黑历史"，无疑会对其未来几天的竞选造成一定的影响。

堕胎，这个词语在200年前的世界，只在深受宗教影响的国家才是一个极富有争议的话题，但是在现在的欧洲联邦，这是一个毫无疑问的禁忌词。凭借现代社会的科技，生育给女性带来的负担大幅降低，怀孕仅2个月左右，即可进行小切口剖腹手术取出胚胎，放进培养箱里完成后续妊娠。这是科技进步对生育的正面影响。社会因素方面，青年为主的欧洲联邦极为重视生育率，在培养青年、生育率就是生产力的旗帜下，堕胎虽然不违法，但却忤逆了欧洲联邦的道德准则和政策方向。现代欧洲社会的堕胎，就如同中国古代历史女性不缠足一样，对个人的名誉有着极大的影响。

这个爆料在这个时间点出现，看起来像青年党多年传承的做派。丹尼暗暗感慨，不愧是罗捷，在第二阶段一度被逼到绝望，但还是为最关键的第三阶段准备好了一击制胜的手段。按道理来说，罗捷的团队获得前二的概率本身就比较大，加上对艾芮这样的打击，可以说是一只脚已经迈进了欧洲联邦议会，而且大概率可以超越潮流党的团队，夺取今年议员选秀的头名。

大约半小时后，就在丹尼和安吉儿还在感慨世事无常的时候，另外一条消息又出现在万能镜上——这是一条来自亨特和尼克的声明，宣布将艾芮从他们的队伍中除名。他们认为艾芮的行为与欧洲联邦的价值观不符，自己不能与这样的人继续共同前行。

亨特和尼克的做法当然是最稳妥明智的选择。这次事件对艾芮可能不会造成毁灭性的打击，毕竟她还有大量支持她的铁杆粉丝。但是在亨特和尼克的团队里，本来就聚集了潮流党人气最高的四位明星，他们几个的人气和票数已经可以稳稳当选团队前二，没必要在这时候多出一个麻烦。即使带着艾芮当选了，她也抹不掉这样的"黑历史"。所以尽早切割看起来是最合理的选择。少了艾芮，票数可能超不过罗捷的团队，但明显能更稳地锁定第二的位置。

丹尼和安吉儿在读完这条新闻之后，没有替艾芮惋惜，反而是默契地对视一笑。他们都知道，丹尼本来已经熄灭的竞选希望，重新燃起了一点点火花。

在家里烦闷了两天的丹尼，要出一趟门了。

"为什么要和你组队？你妈妈没告诉过你，一不能和骗子、二不能和小人合作吗？恰好两样你都占了。"艾芮拿起一杯红酒，抿了一口，转头白了丹尼一眼，"和你不一样，我自己也可以凭借个人票数获胜！还有，在过去的一小时内，已经有好几个团队私下找我，说要请我替代他们目前的队员了。"

这是伦敦碎片大厦最高一层的套房，通透的落地窗照映着伦敦沉淀了千年历史的夜景，伦敦桥、议会大楼这些古典的地标与20年前建成的欧洲中心共同构成一幅涵盖了欧洲文明发展进程的画卷。无论世界局势如何变化，伦敦这座城市给人的严肃和庄重感始终没变。

刚才和艾芮线上简单招呼后，丹尼立马动身来到了艾芮的住处，试图说服艾芮接受自己的提议。让他没想到的是，自己刚和艾芮说起联合组队的事情，便遭到了这样一通冷嘲热讽。

"不得不承认，我之前和你不熟，我现在也不能给你一个无法拒绝的理由。但从我的角度出发，和你合作是我最好的机会。"丹尼诚实且直白地回答道，"如果硬要说理由，一，你也体验了这种孤独的感觉。其实这次事件并不会带来特别负面的影响，你还有大量支持你的铁杆粉丝，但尼克他们这时候抛弃了你，我能体会你内心这种被队友'背叛'的感受。二，我们的合作对获胜概率的提升比较大。跨政党的合作，从历史统计数据看来，有利于获得中间选民的票数。目前的情况是，你有你的铁杆粉丝的支持，我也有一群偏左选民的支持，这两组人对他们的看法都比较坚定，不会因为你我组队就流失，在这样的基础上，我们争取中间选民的机会就提高了不少。

"至于其他那些来找你组队的人，我相信都是现状下无法获胜的队伍，无非是看上了你原有的人气想搏一把。咱们心里都清楚，团队的前二已经基本被锁定了，罗捷的青年党团队和亨特、尼克的潮流党团队优势太大。所以即使你加入其他队伍，获胜的概率也十分渺茫。况且根据我的了解，你是一个很骄傲的人，在这种情况下，你是更愿意苟延残喘地走完流程，还是愿意和另一个话题人物组队，看看是否能翻盘呢？"

丹尼嘴上这么说，心里却没什么信心。就像他说的，团队前二已经基本被锁定，如果怎么都是输，艾芮没有必要选择自己。可是对丹尼来说，艾芮是最后一根救命的稻草，必须尽全力抓住。

"呵呵，话说得倒是挺漂亮。"艾芮略带轻佻地说道，"听说当年你那个好朋友科霖也是这样的人，就靠话说得漂亮拿到了青年党第一的位子。看来你们还真是一路人，都是大忽悠、阴谋家。真不知道你们这种莫名的自信都是哪里来的。"她一边说着，一边转身面朝伦敦的夜色，似乎在思考着什么。

丹尼有点疑惑艾芮为什么会突然提起科霖，但此时的他也没空想那么多，只能为自己无奈地辩解："如果你也认定我是个阴谋家，那就真没办法了。我这充其量就是小聪明，你看哪儿有阴谋家算计来算计去，把自己这么快就算计没的啊！"

艾芮被这句话逗得微微一笑，看着窗外停顿了两秒，把手中的酒杯放下，转过头来严肃地说道："好！反正对我来说，跟谁组队都差不多，那我就赌一把，跟你这个话题人物一起玩一玩！"

这下轮到丹尼一脸懵了，他完全没料到艾芮会转变得这么快。艾芮不管丹尼表情的变化，继续分析道："我们现在组队，就不可能再改变了，只能坚持走到最后。当下来看，我们两个的选票数量还难以预测，现在已经过了周三的深夜，只剩下三天时间了，你有什么好的办法可以让我们挑战一下前二的队伍？"

丹尼缓过神来，无奈地摇了摇头，其实他的计划，也就只规划到和艾芮组队这一步。毕竟现实生活不是小说或者剧本，能想出一个出人意料的策略，不代表任何时候都能想到必胜的法则。他们两人讨论了一些不成熟的想法，觉得可操作性都不够强。唯一的共识是，他们都同意，传统套路对现状的改变不大，但任何出人意料的策略，又很可能在他们这两个话题人物的身上，起到相反的作用。

议员选秀第三阶段的传统套路，在过去十多年的发展中已经十分成熟了。比如罗捷带领的青年党队伍，就会在这一周内，飞到欧洲联邦的主要城市组织民众集会，与民众拉近关系，同时宣传自己的政治思想，并以青年党的名义举办各种慈善晚宴。各地青年党的议员或者社会名流也都会在各个城市参加他们的活动，为团队站台助威。潮流党一方，则会在这一周里，准备欧洲最高水平的球赛、演唱会等，吸引所有民众的关注。拿今年的情况来看，尼克的欧洲全明星足球赛就将在这周五举行，亨特的新影片也早就预定好了在周四发布。

丹尼和艾芮这两个聪明人都很清楚，如果他们想赢，必须要靠两个人的票数和吸引力，胜过罗捷带领的青年党队伍，或是亨特和尼克带领的潮流党队伍。在现在的舆论情况下，这看起来是一个不可能完成的任务。艾芮本来准备在本周六举办的演唱会，也因为她的负面新闻被迫取消，一切都需要推倒重来。

为了更好地进行头脑风暴，丹尼连线了安吉儿和兰妠，艾芮也连线了她的竞选团队，大家一起商量了个通宵，直到清晨的微光给这个压抑了一晚上的屋子稍微补充了一丝丝活力与光亮，这个临时组建的团队才勉强制定了一个保守的方案。大家都觉得，在现在对两人组队效果不明朗的情况下，先执行保守策略，再根据民众对两人组队的反应进行调整。

一晚上的讨论结束后，断开线上连接，丹尼准备起身回家。

"你不准备问我关于堕胎那件事吗？不怕万一再有后续？不好奇孩子的父亲是谁吗？"艾芮最后向丹尼半开玩笑似的问道。

"跟你合作是我推出所有筹码的豪赌，你愿意和我合作也一定是看到了获胜的希望。我想，你应该是对那件事后续的发展有着十足的信心，才会继续竞选吧。既然现在我们是一支队伍，那就互相多一些信任。"丹尼嘴上这么说着，但他内心怎么可能不担心，只是在自己也深陷泥潭的此时，除了信任艾芮，还有其他选择吗？

真诚地道歉。这是丹尼和艾芮在向外界宣布组队后的第一个动作。在没有能力改变主流民意的情况下，选择道歉争取中间选民、博取同情，是一个较为稳妥的策略。

在两人的线上发布会上，艾芮并没有对自己的过去进行太多解释，只是默默地流眼泪，承认自己年少无知，没有为联邦和社会的利益最大化着想，并承诺将在以后痛改前非，在合适的时机为联邦孕育不止一个新鲜的血液。丹尼则深刻反省了自己为胜利所蒙蔽而作出的取巧行为，恳请民众持续监督，并发誓未来将成为欧洲联盟规则最坚定的维护者。二人最后宣布，在接下来的竞选进程中，他们会将悔改与为社会作贡献放在第一位，当选与否对二人并不重要。因此，他们将在接下来的两天分别在伦敦的社区医院和学校开展志愿服务，以真诚的付出恳求民众的原谅。

发布会后，二人立即开始了各自的志愿者活动。丹尼前往伦敦肯辛顿区的一所社区公立学校，为校图书馆的纸质和电子书籍进行整理归档，同时为学生们辅导课后作业；艾芮则前往里士满区的一家医院，干起了前台接待的工作。他们的志愿行为也随着EBC的转播，被全欧洲人知晓。他们的出现给当地的安保工作增加了很多挑战，但还是顺利地进行了下来。

周五半夜，完成了一天半志愿活动的两人与他们的联合竞选团队又聚在一起，共同分析这两天的竞选情况。

EBC最新公布的投票数据显示，丹尼和艾芮的团队在真诚地道歉过后，加上过去两天与众不同的竞选活动，票数排名已经以微弱的优势占据了团队第四名的位置，大量中间选民对他们选择了谅解，毕竟谁没有犯过错呢。

可坏消息是，两人距离前两名团队的票数仍有数倍差距。丹尼和艾芮争取到的中间选民，大多是35岁以上的民众，对他们的志愿行为较为认可。至于更年轻的选民，则还是狂热地把票一股脑地投给了罗捷、亨特和尼克他们。正是这些最年轻的选民，拥有着最高的投票点数。如果没有意外的话，第三名对丹尼和艾芮来说，应该就是绝对的上限了。

在过去的两天里，当然也有其他候选人主动找过来，希望加入两人的队伍，这些候选人都有一定的实力。但这个思路在集体讨论后，被丹尼否决了。一是这时候过来的人能带的票数不多，和他们与前二的差距相比，远远不够；二是两人在真诚道歉后，塑造的是并不功利、也不在乎输赢的形象，此时假如加入其他候选人增加票数，可能会引起民众的二次反感，其他竞争对手也将顺势攻击，反而可能会失去更多的选票。基于这个逻辑，任何有噱头或者搏出位的策略，比如编造二人的暧昧故事等，在理论上也都行不通。

又经过了大半个晚上的讨论，整个团队的士气降到了冰点。大家都意识到，在现有的剧本下，他们可能很难翻盘了。丹尼和艾芮仍故作亢奋地鼓励着团队，但他们心里也清楚，自己的竞选路程，可能就要到此为止了。艾芮还可以尝试凭借超高的人气通过个人选票晋级，丹尼却早已用尽了所有底牌。

回想开始参选时的初心，丹尼倒也坦然。自己已然尽力。从选秀开始前的30多名，到第一阶段跌落至50多名，再到第二阶段通过出乎所有人意料的表现走到现在，他觉得对得起科霖、对得起自己，对得起这一番尝试和旅程。

与竞选团队讨论到最后，为了保障艾芮在个人选票上的机会，丹尼最终还是提议采用保守方案。二人以淡泊名利的态度继续志愿者服务，同时营造舆论氛围，期盼能以"真诚"和"把人民放在首位，而不是竞选"这样的"人设"打动民众的心，以与传统竞选活动不同的方式招徕人心。丹尼很清楚，这样的"保守治疗"大概率只是失败前的垂死挣扎，但毕竟都跑到了终点线前，还是要完成比赛。对他来说，完赛也是一种荣耀。更何况，这样的"人设"，对这次竞选以后的路也大有好处。

为了给民众足够的新鲜感，同时也为了加强欧洲联邦价值观，两人在周六更换了志愿活动的方式，决定共同前往一家"老年中心"参与为老年人发放日常物品的工作。

老年中心，这是欧洲联邦青年民主制度推行后，全欧洲最有效、最令人骄傲的政策创新成果之一。

老年中心的诞生源自老年税的征收。根据青年民主制度的规定，欧洲联邦70岁以上的老年人因为自身生产力的断崖式降低，已经成为整个社会的拖累。因此，在年满70周岁后，欧洲的老年人需要向联邦政府每年交纳高额税赋，帮助社会承担继续赡养他们的成本。年龄越大，需要交纳的税款越多。这些钱将被用来补助欧洲联邦的青年、少年和孩子们，激发他们更好地成长，为联邦贡献生产力。可想而知，普通人家的老人无论是凭自己的积蓄还是子女的帮衬，很多是交不起老年税的。对富裕阶层来说，老年税是财务上的压力，但并无大碍。

税是一方面，人权是另外一方面。对于交不起老年税的老人们，政府断然不会将他们关进监狱，也不会抛弃他们让他们自生自灭，而是人性化地建立了"老年中心"这样的机构，集中管理无法对社会继续贡献的老年人。

支付不起老年税的人，由政府收编至散布在欧洲各地的数

合作　73

万座老年中心，统一提供食宿、管理起居并安排一定的劳务工作。政府同时在这些老人的手臂中植入芯片，监控并限制这些老年人在中心内的活动范围，同时禁止他们外出，以免给社会增添额外成本。诚然，老年中心的医疗和娱乐条件只能满足最基本的需求，在成本节约和实际救助效果方面进行了充分取舍。跟传统意义上的监狱截然不同，老年中心内的老人只要补齐欠下的老年税，随时都可以离开。可以说，如果没有老年中心，这些交不起税的老人们反而会流落街头，连饭都吃不上。正是因为老年中心的存在，他们才能够继续活下去。

经过 20 多年的演变，老年中心已经逐渐发展成非常成熟的模式。根据联邦的统计，通过集中化低成本管理老年人，原本欧洲政府总支出的 30% 以上（主要是医疗和社会保障支出）被节约了下来！可以说，老年中心的存在，让欧洲联邦的经济快车摆脱了限速装置的拖累，笔直地冲向了美好的未来。

丹尼和艾芮今天来的是伦敦北部郊区一家典型的老年中心。这是一幢方方正正的建筑，俯瞰像一个方块围着中间的一点草坪。建筑大约 10 层楼高，灰白色的外墙配上密密麻麻的小窗户，建筑外还有一个大铁丝网围栏，标准的老年中心模样。

这里大概居住了 500 多名老人，有单人间，也有住在一起的老年伴侣。来到老年中心，就仿佛穿越回了 200 年前的生活，物品、食物等都仍在使用着远落后于这个时代的技术，以大幅节约成本。

今天丹尼和艾芮的工作，就是给这里的老人逐户发放下周的生活包，这里面包括了每户老人一周所需的食物、日用品等。其实这种工作本可以由机器人代劳，目前全欧洲联邦的老年中心基本都是最低限度地使用人力，但为了志愿活动营造效果，丹尼和艾芮今天将逐户上门拜访。

"您好！赞美青年！"两人齐声对第一户开门的老人说道。EBC的小飞碟在两人身后兢兢业业地直播着这一刻。

这是一个独自生活的80多岁的老人。打理得还算规整，梳理好的白发与身上褪色的衬衫有些不符。相比于还正常的外表，老人的眼神十分空洞，眼皮像抬不起来一样盯着前方，仿佛没有看到两人一般。

"这是本周的生活包，请您收好。"艾芮补充了一句。老人依旧没有任何回应，缓慢地从丹尼手中接过盒子，将门关上。

罢了，丹尼心里这样想着，居住在老年中心的老人，都是年轻时没做成什么事业，或者子女不能为其支付老年税的人。他们虽然能在政府的救助下继续生存，可是内心应该早已死去了吧。另一方面，他们在年轻时都没能为联邦作出什么贡献，导致交不起老年税，现在凭什么要由下一代年轻人来拯救他们呢？能让他们维持基本的生活已经很不错了，应该感恩才是。

在两人接下来敲开门的一个个房间中，有的脏乱不堪，孤独老人身上散发出刺鼻的气味，有的老两口住在一起相依为命，也有极个别精神抖擞还能说上两句话的乐观知识分子。一半路程已过，两人并没有看见任何看起来重病缠身或者不能自理的老人。的确，他们在这里是见不到那些久病老人的，为了节约更多的社会资源，假如没有经济能力的老人身患重症，医院不会为他们进行治疗，而是将这些老人转移到集体的老年医院，让他们在基本的人道主义治疗下很迅速地度过人生最后的时光。这听起来有些残酷，但相比于久病的痛苦，不失为一种尽早解脱的方法。

大半天的派发行程快要结束，丹尼和艾芮来到了又一户老人的门前。万能镜上的资料显示，面前这户老人原是一位中学历史老师，今年72岁，没有任何子女，所有的积蓄也因为67岁时的一场大病而消耗殆尽，因此在70岁时被政府收进了老年中心。

艾芮走上前，刚敲了一下门，里面的人便焦急地打开了门。老人双手背后，显得有些激动。两人刚要开口问好，老人就抢先激动地大声吼着："我知道你们是谁，议员选秀我都看了。我求求你们，请让我回家，我不想再留在这里了！"

"前辈，您先别激动……"丹尼感觉有点不对劲，赶紧安慰道，"您是自由的，政府只是为了更好地保护、照顾您，才让您居住在这里。如果您想要离开这里，仅需补足拖欠的老年税即可。更何况，您现在的食宿都是由政府免费提供……"

"无知的青年！"还没等丹尼说完，老人便高声打断道，"你们都是没有人性的畜生！"

说罢，老人快速跨步向前，同时双臂顺势张开，丹尼看到在老人的右手上，赫然拿着一把小型的折叠刀！

老人虽然已经70多岁，但身手仍然矫健，一眨眼的工夫，就把手中的折叠刀完全展开，利刃向外，右臂抡成一条弧线，顺势往艾芮胸口刺去！

说时迟那时快，丹尼想拦截老人已然来不及，只能用身体将艾芮向左一撞，将她弹开，自己的身体却正好撞上了迎面而来的刀锋，扑哧一声，老人手中的刀完整地刺入了丹尼的肋间！

在刀子刺入身体的一刹那，丹尼看到老人突然浑身像是被电击了一样，抽搐不停，几秒后便僵直地瘫倒在了地上。丹尼瞪大双眼，缓缓低头看向自己的身体。只见那把 2 寸左右的折叠刀完全插入了自己左胸的肋间，又隐隐约约地听到身旁艾芮的叫喊，眼前的视线有些模糊，呼吸逐渐困难，整个世界就这样慢慢地陷入了无尽的黑暗……

六

无总统制

又是一个夏日的夜晚。

丹尼正站在意大利佛罗伦萨的乔托钟楼上。科霖又一次背对着丹尼，站在他的面前。

这是大二时他们几个去意大利旅游期间的场景。已经逛了一整天，安吉儿和兰妠嫌累，懒得爬上来，只有丹尼和科霖出现在钟楼的顶端。

"诶！丹尼，不知道你玩没玩过一款 VR 游戏，里面可以体验从这上面跳下去的感觉，从这 80 多米的高空跳下去，会落到一车稻草里。我初中时玩过一次，很爽。"科霖看着钟楼下面，好像是在寻找那车稻草。

"你不是恐高吗？还站得那么近，作死。"丹尼不屑地回复着，双手却诚实地抓紧栏杆，明显是个恐高的主。

两人沉默了几秒，丹尼突然意识到这又是个梦境，转念想起之前要问科霖的问题，这次他直接喊了出来："科霖，为什么那天你要跳下去？明明一切都很好，你有兰妠和我们，议员选秀的排名比罗捷还高，你是人生的超级赢家。为什么要结束自己的生命？为什么？"

科霖背对着他，一言不发。

丹尼很着急，他想上前抓住科霖，却发现双手像被粘在了栏杆上一样，浑身动弹不得。

"哥们儿，别想了。有些事情，还是少知道的好。说实话，我真的不希望你重走我的老路，忘掉议员选秀，和安吉儿安稳地生活不好吗？好奇心可能会害了你们。"科霖没有转过头来，还在找那车稻草，语气十分平静，不带任何情绪。

"我都走到这一步了！"丹尼激动地大声叫嚷着，"可能也是徒劳，但我一路走来，只是想搞清楚，自己最好的朋友为什么会作出那样不理智的选择？为什么在他宣布参选的几个月后就放弃了自己的生命？你临死前发给我的信息到底是什么意思？我想知道真相！"

"你继续找吧。真相这东西，可能有，可能没有，谁知道呢？全看你相信什么了。说到相信，丹尼，你真的相信青年民主制度吗？真的像你在第一阶段回答的那样，相信这个制度是人类进步的基本前提吗？相信欧洲联邦都是美好与希望吗？这繁华的背后，是否有着不为人知的隐秘呢？"

科霖一边说着，一边停下弯腰寻找的动作，站了起来，顿了一下，继续说道："我知道你还会去寻找，寻找我为什么要跳下去，寻找那条消息的含义。我也衷心地希望你不要找到那些'真相'。但我害怕，'真相'可能就快要找到你了。祝福你，我的朋友。我希望我失败过的，不要在你们身上重演。"

科霖歪了下头，"啊！我找到那车稻草了……老朋友，再见……"话音刚落,只见科霖的左腿向前一迈,栅栏此刻仿佛不存在一般,没有任何阻拦,科霖就这么掉了下去,消失在丹尼的视野外。

"科霖!"丹尼的呐喊还没传到喉咙,他便又一次被四周汹涌而来的黑暗吞没了……

当丹尼在医院的病房里缓缓睁开双眼的时候,首先映入眼帘的是身旁椅子上的安吉儿,她像只可爱的小猫一样趴在床上睡着,神色十分疲惫,显然是这几天都没能睡好。丹尼不想吵醒她,挣扎着试图拿起床头的万能镜,可是刚一伸手,左胸便有一阵强烈的刺痛感袭来,瞬间触发了整个房间的照明和生命监控系统。

安吉儿被亮光惊醒,一下子向丹尼的方向看过来,霎那间,她脸上被喜悦点燃,扑上来在丹尼的额头上亲了一下。

"你醒了!"安吉儿兴奋地说道,"还好这把刀比较短,只刺伤了肺部,没有贯穿。幸亏那个疯子体内安装的监控芯片反应及时,在他捅你第一刀的时候就直接弄乱了他的神经系统,不然再有第二刀的话就不好说了。医生说了,过几天你就可以出院啦,没什么后遗症的……"

丹尼刚想回应,却发现面前兴奋的安吉儿根本没有停下来的意思:"我和你说啊,伤是不重,可你一周之内都不能多活动哦。我给你定了一个康复食谱,你就按照这个吃,一个月差不多好了……"

"你等一下,"丹尼眼见安吉儿的思维越来越发散,不得不笑着打断,"我昏迷了多久?议员选秀的情况怎么样了啊?"说着,肋间还在隐隐作痛。

"你差点都死了,还关心这个!"安吉儿拍了下丹尼的肩膀,带着埋怨说道,"诺!给你万能镜,自己看吧。"安吉儿嘴上这么说,却仍帮丹尼把万能镜戴了上去。

丹尼注意到万能镜上显示的时间,已经是周一凌晨。最先浮现在丹尼眼前的是议员选秀的头条新闻——罗捷带领青年党取得议员选秀团队第一!丹尼遇刺携手艾芮锁定团队第二!

丹尼和艾芮,锁定了欧洲议员的席位!

丹尼在兴奋之余,赶紧打开新闻一览究竟。文章介绍道,丹尼与艾芮遭遇反抗分子的蓄意袭击后,以值得全欧洲青年学习的无上勇气直面凶徒,捍卫了欧洲联邦根本的价值基础。在EBC的现场直播中,全欧洲民众都看到了丹尼被凶徒刺伤倒地的场景。此次事件,使绝大多数欧洲民众都相信丹尼和艾芮两人,以自身的实际行动,证明了他们已经从之前的错误中吸取教训,彻底悔改。丹尼用自己的生命捍卫了欧洲联盟的青年民主制度,没什么比这样的行为更真实勇敢,他是欧洲联邦的英雄!

在全欧洲媒体铺天盖地的渲染下,大量投票涌向丹尼和艾芮的队伍。两人的票数在最后时刻超过了原本排名第二的潮流党团队,拿到了欧洲联邦议员的两个席位!

至于当时行刺的老人,因为在行刺的一刹那,身体内植入的芯片立刻作出反应,导致他在后续的数秒内,大脑受到了严重的电流冲击,当场死亡!

欧洲联邦负责安全保卫的机构——欧洲之盾，在调查过后认为，老年中心监管森严，任何老人与外界的交流都有严密的记录，所以这大概率是一起"独狼"行动，碰巧丹尼两人倒霉而已。在行刺老人的个人档案中，并没有犯罪史或精神不正常的记录，也没有显示加入过任何党派与组织。欧洲之盾初步判断，行刺可能是老人在入住老年中心一定时间后，处于高度压力下的一次冲动行为。联邦也将重新评估老年中心的心理援助，防止这类事情再次发生。

塞翁失马，焉知祸福。两人遇刺的危险事件，却在政治选票上帮助丹尼实现了几乎不可能的逆风翻盘！

这种事情，在人类历史上不是第一次发生，也曾有人故意设置这样的戏码。可丹尼心里非常清楚，这次行刺的凶手跟自己和艾芮可是一点关系都没有，想必欧洲之盾也早已经扫描过他们万能镜里所有的通讯记录了。有些事情，可能真的要归因于偶然与运气。

了解完自己的情况后，丹尼也查探了其他人的情况。尼克和亨特虽然在团队竞选中票数落后，但还是凭借强大的个人实力和粉丝群体入选了最终的10人名单。除丹尼外的9名当选议员，在周日晚上对欧洲民众发表了胜选演讲。由于丹尼还处于昏迷之中，艾芮并未独自接受EBC的采访，还在碎片大厦的住所内等待丹尼的苏醒。

"真的，我也说不好这是什么事儿了，本来都没希望了。这下子，我也不知道应不应该开心。"丹尼看完几篇新闻和分析后，有些无奈地和安吉儿说道,"本来票数怎么算都是不够的,但人性这东西,就是喜欢反转和奇迹。看到个机会,就哗啦一下子把票都投给我们了。"

"想那么多干嘛!赢了就要开心!更重要的是你人没事儿就好啦!既然有运气当选,那就继续向前冲!"安吉儿鼓励他,"对了,联邦议会的人之前来看过你了,还特别嘱咐说,你醒了之后,要告诉他们,他们会请 Europa 来探访慰问,这也算是当选议员必经的流程。"

"Europa?欧洲议会那个人工智能议长?好吧,反正躲不过,现在就通知他们吧。晚了我怕不礼貌。"丹尼一边回复安吉儿,一边思考如何准备与这个"议长"的第一次会面。

欧洲联邦的"首脑"并不是一个"人",这是自欧洲青年民主时代以来,人类政治体系最大的不同点。2200年欧洲青年革命时,青年运动遍地开花,欧洲数十个国家如野火燎原一般,迅速地爆发了各自的青年革命浪潮。凭借着民众强有力的支持,各个国家的青年革命者在当年秋季就基本取得了欧洲各国的政权。在当时欧洲联邦政府解散、首脑下台的情况下,各个国家的青年领袖聚集在了一起,商讨接下来的治理方案。

由于整个青年革命并没有一个最高的指挥者,或者几个人的指挥团体。因此,虽然青年民主制度的基调早已定下,但各国的青年领袖们针对谁来继任欧洲最高领导人争执不休,险些再起冲突。最后,在仔细论证了技术可行性后,无私的青年领袖们一致

无总统制

认为，为了更好地保护青年革命的胜利果实，避免未来任何独裁、暴政的发生，欧洲联邦不设置实际的首脑，由议会的101名议员直接管理，共同决策。"无总统制"便在这样的历史背景下诞生。

将政治权力分为这么多份，在人类的历史上是难以想象的。很多关键政治决策有着明显的时效性，用议会开会、审议、辩论、投票这一漫长过程去实现每一个决策显然不可能。这也是为什么在200多年前，议会虽然有着立法权，但总统这一职位依旧保留了巨大的军事权力和即时的政治权力。在200年后的今天，随着科技的进一步发展，欧洲青年们认为，是时候对人类群体这种最古老的首脑制度发起挑战了。

欧洲联邦议会的101名议员，可以说是联邦的101个"首脑"。欧洲联邦内，所有关于立法、最高法务审判、联邦层面行政决策的汇报都会直接传递给联邦议会。101名议员会即时收到同样的汇报，所有议员需在最终决策时间内完成对该方案的投票并提出新的策略选项。如果在规定时间内单个议员无法作出判断，则可以弃权。议员们在决策之前可以互相沟通、讨论，所有这些交流的记录，包括最后的投票记录都会在决策结果确定后公示给所有议员。当然，新的制度对提案的门槛和已形成决策的撤回、修订流程也进行了细致的规定，确保不会有议员利用程序来达到拖延会议或阻挠决策的目的。

在执行和管理层面，为了更好地服务101名议员，需设立一个贯彻执行欧洲联邦议会决定、负责组织协调议会各类事务的主体——"议长"。在这样的需求下,结合当时欧洲最强数据公司 DataLab 的算法和模拟,虚拟议长"Europa"应运而生。

DataLab 公司创造的政治人工智能 Europa 在青年革命时期就已经存在,并站在革命者一方,帮助策划、执行针对旧政府的行动。青年革命胜利后,进行了系统升级的 Europa 已经被安装进了欧洲联邦政府的每一个角落,承担了更多政治管理职能。

Europa 是目前世界上公认的最强大的人工智能。

在欧洲联邦议会里,Europa 会分析整理人类历史所有的政治场景数据,给欧洲议员相关政策的建议,同时分析设定每个议案的决策时间,并在议会产生决议后督促各个部门执行。在军事上,Europa 也会承担一部分"元帅"的功能,其最优的策略选择及最快的反应速度,令欧洲议会非常信任,从而给了它很多军事权限,当然,最关键的决策仍需要通过议会批准。

这乍一看会引发混乱的决策制度,执行了 20 多年,并没有遇到太大的波澜,一切非常顺利。究其原因,欧洲联邦的学者们总结出如下几点:

第一,从政府内部的运作来看,虽然"总统"完全被议会替代,但是各个部门仍然有议会提名的负责人,因此并没有完全颠覆人类自古以来的政治模式。虽然最高决策层改变了,但是政府事务的执行以及从下至上的提案流程并没有明显变化。另外,每位议员在当选后都会被分配到自己所属的辖区和部委,在其重要事件上有一定程度的决策权。

第二,在最开始的预想中,这样的制度可能会带来党派的交锋，造成效率的极度低下，但在实际操作中，即使决策根据议会的组成而有一定的偏向性，但大多数议员仍保持了自己的独立性和公正性，而这与议员的全国遴选方式是分不开的。每位议员不是向一个选区的民众负责，而是统一向所有欧洲联邦的民众负责，这在一定程度上要求每位议员将联邦利益最大化摆在首位。

第三，从民众的观感来看，虚拟议长 Europa 的设立承担了绝大多数的对外形象。虽然对"总统"权力进行了分化，但是由于人性自古以来对"首领"的需求，欧洲联邦还是需要一个领导人的形象去面对民众和代表政府。Europa 结合联邦 101 名在职议员的历史数据（包括能收集到的语言、演讲、互联网记录等）所模拟的人物，其形象、性格、所使用的语言皆是整个欧洲联邦议会的综合体现，并会随着议员的更迭而发生一定的改变。虽然没有也不会有独立的意识，但是 Europa 在多个领域和场合已经可以游刃有余地行使联邦领袖的职能，比如对民众演讲、参加纪念活动、礼节性外交等。正是由于其虚拟的性质，Europa 不会疲惫，可以同时出现在多个地方，完成欧洲人民精神领袖的任务。

第四，在实际应用之后，大家发现 Europa 的功能远不止于协调和数据统计，它还完全可以胜任"决策者"的角色。Europa 的决策建议几乎从不出错，在议会陷入僵局时，只要按照 Europa 的建议，总能收获最好的结果。渐渐地，Europa 开始承担更多政府管理职能，权限逐步扩大到了政府部门的大多数角落。可以说，"无总统制"得以实施的最大功臣，就是 Europa。

另外，Europa 还有一个独特的任务，那就是作为无所不在的存在，来监控各个欧洲联邦议员的大部分行为，确保其是在全心全意为联邦服务。如果发现任何议员有重大异常或系统认定的背叛联邦的行为，会自动生成报告提交议会所有议员审议。在每位议员宣誓就职后，其万能镜的权限将对 Europa 开放，接受整个议会的监督。

作为欧洲议会的议长，Europa 有责任对每一位议员选秀中胜选的准议员表示祝贺。今天，它为受伤的丹尼带来了联邦议会的慰问。

"您好，丹尼，赞美青年！恭喜你，在大量欧洲民众的支持下，获得了欧洲联邦议员的席位！"

站在丹尼面前的 Europa 是一个 30 岁出头的棕发女性，身着白色衬衫与黑色的西服套装，一副干练的管理者形象。这是综合了目前议会 101 位议员样貌特征之后合成的。自然，Europa 的声音也是温柔的成年女性。

丹尼在床上半躺着，与 Europa 寒暄了几句，对联邦保护自己不被进一步伤害，而且提供了最好的医疗条件表示感谢。同时，他也表示很荣幸能加入欧洲联邦议会，继续为欧洲民众服务。双方程式化地聊了一阵，最后，Europa 也像之前对其他准议员一样，为丹尼介绍了胜选之后的流程。

欧洲联邦议会的换届及宣誓仪式将在 10 月末的青年革命胜利纪念日举行。在此之前，准议员们会获得一定权限，旁观议会的决策流程和运作方式，进行学习与适应。在换届完成后，议员们会居住到各自被分配的辖区和部委，开始议员生涯。

"最后，"Europa在介绍完程式化的事务以后，向丹尼说道，"由于老人中心的行刺事件，议会注意到，你和艾芮目前已经被极端犯罪组织'老兵团'[1]密切关注。欧洲之盾预计你们两人有较大概率遭到该组织的后续袭击。因此从现在起，欧洲之盾会对你们进行更为严密的防护，祝好运！"说罢，Europa的身影便渐渐从丹尼眼前消失了。

丹尼不禁感慨，比起自己万能镜里数百条略显讨好的问候，Europa这个人工智能明显没有特殊对待自己这个刚当选的议员，走流程一般地完成了和自己的对话。可能一个国家的确需要这样不掺杂感情和个人利益的执行者吧，丹尼这样想着。Europa最后提到的"老兵团"组织，这是个意料之外的消息。丹尼倒不担心自己面临的风险，但一想到身边的爱人与朋友也会受到连累，还是有些过意不去。

自古以来，每个统治阶级都有与之对抗的力量，即使是繁荣的欧洲联邦也不例外。老兵团这个组织，顾名思义，是由一群50岁以上的中老年人组成的反叛组织。他们崇尚美洲联邦或是亚太联邦的政治制度，迷信老年人的经验和思考将给集体带来更大的利益。在这样的偏见下，他们忽视了欧洲联邦实施青年民主制度以来所取得的成果，天真地想要解散老年中心，推翻联邦议会，重塑新的政治制度，保障老年人的政治投票权。在合法途径失败

---

[1] Veteran。

后,他们便转向极端,走上地下武装反抗的道路。

欧洲学界普遍认为,大多数人参加老兵团并不是为了什么崇高的革命理想,而是为了逃避老年税和老年中心。人性的自私总要以伟大的名义来伪装,但这不过是一种虚假的自我麻醉。充斥着这样自私自利的人,老兵团的理想注定无法实现。

最近几年来,老兵团的活动越来越频繁,已经发展为联邦中最大、最活跃的反抗组织。他们的活动主要以破坏政府的建筑和活动为主,也有伤害政府人员的行为。这次被老兵团盯上,可能是这个组织看到了丹尼和艾芮对青年民主制度的捍卫,想借着他们的名声再搞一票大的,抑或行刺丹尼的老人就是他们组织的成员。只不过,其中真相欧洲之盾不愿意公开罢了。

与 Europa 交谈结束后不久,艾芮也来到了丹尼所在的医院。两人像革命老友般回顾了一会儿过去两周亦敌亦友的日子,并在丹尼的病房里共同举行了一个简短的线上发布会,内容无非是感谢群众的支持,会努力创造更好的欧洲等。发布会结束后,几个人又聊了一会儿,丹尼也从艾芮口中得知更多关于他们奇迹逆转选票的细节。眼看时间不早,大家约好等丹尼出院后再聚,并互相提醒要小心。

"安吉儿,我们真的做到了啊……"艾芮走后,丹尼深情地看着安吉儿,眼眶里仿佛有晶莹的泪水在打转,他摘下万能镜,握起她的手说道,"无论是选秀前还是过程中,现在的成功只是当时的幻想。一直以来,我都只希望自己尽力,也算对得起之前对科霖的承诺。这么误打误撞当选之后,骤然而来的责任感,以及被反叛组织盯上,让我感觉未来的路并不好走。我倒是无所谓,就怕连累了你。"

"没什么好担心的。我们一年前不都决定了吗?说什么我陪你一起走太俗套了,就走一步看一步吧。行了,陪你竞选完,我也要去琢磨自己的事儿了。"安吉儿的回答风轻云淡,实际上却坚定了丹尼的信心。

他们此时或许已经猜想到前路的险阻与精彩,但假如让未来的他们重回这一刻,他们一定会感慨自己的天真和烂漫。可无论如何,千辛万苦拿到的门票,总要进去看看才是。

七

牛津危机

"我宣誓,至死效忠欧洲联邦及其民众,捍卫青年民主制度,为联邦奉献自己的青春与全部的能力!"包括丹尼在内的新晋欧洲联邦议员们,集体将手放在各自面前的《青年民主宪章》上,完成了成为欧洲议员前最后的宣誓。

两个月的时间一晃而过,欧洲如今已是深秋。丹尼完全康复,与其他几位从议员选秀脱颖而出的政治新星一起,进行了几周的适应与交接,终于迎来了今天这个有着浓重纪念意义的日子。此时,欧洲所有的目光都聚焦在欧洲中心顶楼的议会大厅,目睹新一代联邦领袖们登台。

欧洲中心在青年革命后建立,是代表欧洲联邦政治中心的标志性建筑。青年革命胜利后,各国为争夺新的首都和议会所在地起了多次争执。最终,第一届议会认为政治地标应配合青年民主制度这一全新的政治模式,需要新建一个建筑才能展现欧洲联邦的崭新风貌。在欧洲首富欧莉维亚的资助下,议会综合了她个人的意愿,最后决定在伦敦南部划出一块独立区域,建起了这座高达1000多米的宏伟建筑,作为欧洲联邦议会的所在地。

这是一幢类似双螺旋结构的建筑,外形看上去有点像人类的

DNA，两条螺旋从底部向上延伸，最终在建筑的顶端汇聚，构成了建筑顶层的议会大厅。这栋建筑的寓意也很直接，欧洲所有民众共同推举的议会，将凝聚欧洲所有人类力量，一起冲向新的高峰。

议会大厅位于欧洲中心的顶层，是一个半环形的阶梯会场，一阶阶议员的座位自主席台向四周发散。新晋的欧洲议员们此时正站在圆心处的主席台上，议会的其他议员或是亲临现场，或是通过万能镜以虚拟形式出现，站立在更高阶的半圆环上。在 Europa 的引导下，新晋议员重复誓词，走完了整个就职仪式，来自全欧洲的掌声化为最美好的音符，飘荡在欧洲中心和整个联邦的上空。

宣誓结束后，每位新晋议员立刻收到了 Europa 通过算法自动整理出的对管理区域和职责的划分。在过去的人生经历、专业、管理经验占较大权重的情况下，罗捷很自然地被分配负责苏格兰区域，艾芮、尼克、亨特他们也都回归故乡，负责法国、德国、意大利的相关事务，同时也兼任一些外交、文化、军队等部委的管理工作。丹尼则有些出乎意料，他被分配到伦敦及周边相关区域，并在科技部兼职，监督欧洲联邦整体的科技发展。

作为欧洲中心的所在地，伦敦一直备受关注，一般都会被分配给当选较长时间的议员，这次被分配给一个新人议员，显然有些奇怪。不过鉴于丹尼在英国出生，人生大部分时间也都在英国，因此 Europa 这样的分配，也可以理解。

在收到被分配的职责后，丹尼在内心窃喜的同时，也有着一丝忧虑。窃喜当然是不用远赴他乡去参与管理一个不熟悉的地方，担忧的则是伦敦这么敏感的区域，一旦出了问题，自己承受的压力想必更加巨大。自己刚刚进入政坛，更多的责任意味着更多的机会与舞台，既然都被分配到了，也只能迎难而上。

丹尼第一个月的议员生涯十分顺利。正好身在伦敦，丹尼索性就在欧洲中心的办公室工作，每天主要讨论议案与投票，当然，也需要处理伦敦和科技部的各种日常事务。在青年革命后20多年的绝大多数时间里，欧洲联邦都在按部就班地发展，少有大事件发生。

回到家后，丹尼自然是与安吉儿享受美好的两人世界。艾芮在回法国之前，将碎片大厦里的房间转给了丹尼和安吉儿。碎片大厦的位置距离欧洲中心不远，环境也不错，丹尼自然笑纳。安吉儿在帮助丹尼走完整个议员选秀后，转向了自己热爱的美食事业，筹划着开一家自己的餐厅。圣诞和新年即将到来，安吉儿早就订好了许多想去品尝的米其林餐厅，去寻找创意和灵感。

幸福有时就是这样平静地出现在我们的生活中，但打破这种美好的平静，往往只需要一点点波折泛起的涟漪。

"诶，你吃过什么让你印象深刻的甜点吗？我这个菜单上，就差甜品没想出来了……"这是一个周六的下午，丹尼正在家里研究伦敦下一年度老年中心的预算，坐在旁边的安吉儿向丹尼问道。

"我想想啊……好像我印象深刻的是，当时和科霖、兰妠他们在瑞士吃的那道分子料理？"提到科霖，丹尼心里还是难受了一下。大学头两年，他们四个人一起度过了大多数假期和旅游的时光，想要刻意避开也很难。

"哦，我想起来了，那个镀着果冻的纸牌巧克力嘛，也就你们男人喜欢这类东西，没创意！我还是去问问兰妠吧，哈哈。"安吉儿貌似对这个答案不太满意，却也乐呵着，继续在空中划来划去寻找她能看上的餐品了。

丹尼看着安吉儿开心的样子，心里也泛起一丝暖意，他一直很期待能尝尝安吉儿开发出来的菜。按照安吉儿的计划，她的餐厅在明年春天就可以开张了。

正当丹尼打算继续浏览手头文件的时候，他的万能镜上，传来了欧洲之盾的紧急呼叫！

丹尼不敢怠慢，马上连线，一个军人模样的中年人出现在丹尼面前。

"丹尼议员您好，赞美青年！这是一个高度保密的紧急信息。就在 5 分钟前，牛津大学的大学学院[1]发生了爆炸事件，学院食堂和院长办公室被完全炸毁。所幸现在是寒假期间，没有学生和教职员工受伤。与此同时，一条由老兵团发布的信息正在网上流传，显示发生在牛津的爆炸事件可能是由老兵团主导，并可能有后续的连环爆炸，需要我们紧急应对！

"由于牛津在您的管辖区内，且您是毕业于大学学院的学生，对牛津比较了解，因此议长 Europa 建议由您这边全权负责处理

---

[1] 本章出现的具体学院名称均为牛津大学下属的学院；不同于其他大多数学校，牛津大学的学院划分主要按照学生的住宿地点安排，与具体学习的专业无关。

本次爆炸事件。

"EBC将在5分钟内，向公众报道这起可能由老兵团策划的爆炸事件。还希望您这边能迅速决定下一步动作。与此同时，欧洲之盾的飞摩[1]正在赶往碎片大厦接您。谢谢！"

欧洲之盾的官员汇报完，另外一则信息随之而来，其他在线的欧洲议员们已经迅速通过了授权丹尼全权处理此次爆炸事件的提案。一分钟内，丹尼美好而平静的周末下午，转瞬变成了需要直面连环爆炸恐怖袭击的危机时刻！

收到这样的消息，丹尼不敢怠慢，与安吉儿交代了两句，便披上一件黑色夹克，向窗外的飞摩停机坪走去。"走！去牛津，去现场看一看。"登上欧洲之盾的飞摩，丹尼立马给出指令。自己在大学学院生活学习了三年，可谓感情至深。今天，自己的学院竟然成了老兵团的袭击目标。无比气愤的同时，丹尼也在思考，是不是此次袭击与自己有关？毕竟Europa曾经说过，自己和艾芮已经因为议员选秀中的意外被老兵团盯上，随时可能遭到袭击。

如果这次大学学院爆炸的最终目标是自己，那现在去爆炸现场显然不明智，爆炸可能是一个引诱丹尼上钩的圈套。可丹尼一方面觉得凭借自己对牛津和大学学院的了解，去现场估计可以帮上忙；另一方面，假如现在不亲临现场，如果再有爆炸事件，自己难免落得一个贪生怕死的骂名。所以在拒绝了安吉儿同去的请

---

[1] 取代直升机成为短途飞行的飞行器，多引擎，速度更快，可直接无人驾驶。

求后，丹尼还是坚决地踏上了这次"回归"母校的旅途。

到牛津的飞行时间是15分钟，很近。在这短短的时间里，丹尼浏览了老兵团发在网上的信息。老兵团宣称对此次爆炸事件负责，并明确表示牛津将会发生更多的袭击事件。选择袭击这座世界上最古老的大学，一是为了营造最大的影响力，二是对牛津学者们不能从学术角度呼吁保护老年人感到失望。老兵团认为，牛津所代表的欧洲学术界已经变成了青年民主制度的奴隶。老兵团要求，欧洲联邦立即废除青年民主制度，解散所有的老年中心，否则下一次爆炸袭击将在两小时内发生。

老兵团的要求显然不能满足，所以丹尼的任务很简单，就是在两小时内阻止老兵团的下一次行动，避免更多的爆炸和更广泛的影响。此时，牛津全市的进出道路已经被完全封锁，几百架联邦欧洲之盾的无人机和陆地机器人已经在空中和地面巡逻，查找这座古老城市中的可疑痕迹。

丹尼在与欧洲之盾的线上交流中也认同了他们对这起事件的初步观点：由于联邦对炸药极严格的管制，将炸弹运进和运出牛津的可能性极小。对现场炸药的初步分析结果也表明，炸药在牛津制作的可能性较高。这说明了两件事情：牛津内部大概率有老兵团组织的成员，后续的爆炸事件很可能继续发生在牛津。

冬日的牛津失去了不少夏日的活力，色彩多了些许灰蒙。学生和教职工都在放假，街上都挂上了圣诞和新年的装饰，只是少了些人气烘托。

丹尼的飞行器降落在皇后学院的草坪上，街对面就是丹尼之前所在的大学学院。他走下飞摩,在旁边的欧洲之盾特工为他穿上全套防护服后,便与特工们和安全机器人一同走向了街对面。淡淡的黑烟自大学学院上空飘过,从街上看过去,学院的大门虽然没有受到爆炸的冲击,但是进门后,学院内部已经是一片狼藉。唯一完好的墙上,被激光打印着大大的"老兵团"字样。这是老兵团的惯常做法,在作案地点留下自己标志性的痕迹作为挑衅。

"赞美青年!丹尼议员,我们对学院进行了全方位扫描,目前对牛津的其他建筑也在进行扫描和搜索,但需要时间。两小时只能搜索完整座城市 50% 左右的区域。"一位特工向丹尼汇报道,"另外,刚刚我们在对大学学院内部的扫描中发现了这张纸,就在学院内竖立的雪莱雕塑旁,没有受到爆炸的影响,看内容像是对我们的挑衅。"

丹尼接过这张纸,看了看上面的内容,对特工交代道:"等会儿对这张纸的来源和上面各种痕迹做一下检查吧。挺奇怪的,老兵团为何用这种能显示出个人特征的物品来传递信息。如果我们运气好,可以查到上面的指纹或者其他个性痕迹,用不了多久就可以确定这次爆炸的嫌疑人了。"

这样的想法不无道理。纸张在现代当然还在很多场合使用,不过相比于 200 年前,已经大幅减少。因此追溯纸张和打印墨迹的来源,很轻易就可以对嫌疑人在牛津的痕迹作出判断。

这是一张普通的 A4 白纸,上面打印着三行字:

322

Balliol, Green Templeton, LMH, -----, University
［LL1］[1]

0 0 0 | -1 +2 +15

"我们已经初步分析过上面的文字，"特工在一旁补充道，"这应该是一个解谜类的思路，但是没有使用常见的密码和模型，我们目前还没找到解题的线索，各类算法也没办法破解这几行文字的含义。Europa 在分析了这三行文字之后，也表示无能为力，说明逻辑上的隐性关联应该不强。"

丹尼有点懵。这几行文字明显和牛津有关，第二行写的都是牛津各个学院的名字。看似每行文字都有不同的暗示，但就是抓不到思路，不知道有什么含义。这三行文字，让丹尼隐隐约约想起了科霖当年留下来的信息谜题，却又感觉与那段小诗不太一样。Europa 都解不出来，说明这可能并不是一道有着明确答案的题目，而解题的过程，可能也需要一些不为计算机所知、非通用的"钥匙"。

"这么耗着也不是办法。我觉得对方既然留下了这样的提示，我们在没有更多线索的情况下，如果能破解这三行文字，起码能给我们提供更多信息。这几行字看起来和牛津有关，我需要找我牛津的朋友们想想思路。"丹尼觉得自己一个学文科的对这种

---

1 英文文字为牛津部分学院的英文名称。

"密码"类的题目没什么思路，打算把这个给数学系的安吉儿和兰妠看看，大家头脑风暴一下。

线上和二人简单交代后，三人一起盯着三行文字，各自思考了两分钟。

安吉儿首先打破了僵局。"你们看第二行，这一行看起来是最好解的，应该是与牛津大学下属的各个学院有关，空格位置要填写进去的学院名称应该就是那一行的答案。"

"是的，第二行看起来是最好推理的，但实际上这几个学院之间的联系我却想不出来。"丹尼无奈地说道。

丹尼就这样在一群特工和机器人的注视下，围绕着草坪来回踱步，一边与安吉儿和兰妠交流着对这几行字符的理解。20多分钟就这样在讨论中过去了。

"唉，第一行和第三行这些数字，真是让人完全摸不到头绪……"许久都没有什么进展，安吉儿略带失望地说道。

"啊！我知道第三行的思路了！"兰妠突然激动起来，紧张地大声说道，"第三行的这两组数字，每组三个，中间还隔开，是不是与英国的邮编有关？虽然欧洲联邦成立了，但是各国的邮政系统仍维持原来的样子！"

"那大学学院的邮编我记得是OX1 4BH，"丹尼回想着，"第一组数字是000，是不是说下一个地点也是OX1？"

"OX1 3DW，"兰妠接过丹尼的话茬，冷静地说道，"耶稣学院，-1、+2、+15这些数字代表的是在数字和字母表上的距离。"

丹尼和安吉儿听到后，在震惊兰妠不愧是数学系第一的同

牛津危机　99

时，也瞬间理解了为什么兰妠会是第一个反应过来的人。很简单，科霖那个家伙，就是耶稣学院的明星优等生。

"那第一行我也大概懂了，"兰妠的语气中没有感情的波动，只是继续着她的推理，"假如第三行是这样的思路，第一行的数字很可能代表了两个学院建立的时间差。大学学院是牛津最早建立的学院之一，成立于1249年。1571-1249=322，1571年是Jesus建院的时间。"

"中间这行，我之前不太确定没敢说。大一时，我的确有一次和科霖研究过这个。"兰妠最后讲道，"我们两个曾经无聊地研究过牛津各个学院的院徽，因为我当时比较好奇各个学院背后的历史，科霖就陪我一个个地研究。如果我没记错，第二行很可能代表了斐波那契数列，贝利奥尔（Balliol）的院徽上有一只狮子，格林坦普顿（Green Templeton）的院徽上只有一条蛇，玛格丽特夫人学堂（LMH）的院徽上有两只狗，大学学院（University）的院徽上有五只鸟，而且这几个学院院徽上的动物都不一样。如果把这个序列看成斐波那契数列，那中间空格中需要填写的数字是三，碰巧耶稣学院（Jesus）的院徽上有三只鹿。"

"所以这三行，暗示的都是同一个地点，耶稣学院。"兰妠最后带着一丝沉重，坚定地说道。

丹尼听罢，马上带着身边的特工，飞奔出大学学院的大门，向着不远处牛津市中心的耶稣学院跑去。欧洲之盾的特工们也赶紧调动耶稣学院周边的无人机和搜查机器人，对其深入地搜查，并保证耶稣学院周围的安全。

- Balliol College
- Green Templeton
- Lady Margaret Hall (LMH)
- Jesus College
- University College

插图：牛津大学部分学院院徽一览

五分钟后，丹尼一行人喘着粗气，来到了耶稣学院的门前。这座位于牛津市中心的学院，一直以低调和友好著称。几百年来，它并不是牛津最出名的几座学院之一，但却默默地稳定在牛津最富有学院的榜单上。

丹尼每次来到耶稣学院，都会回想起曾经和科霖在门口的对话，听他讲述自己报考耶稣学院的理由："耶稣学院这个地儿，是一个可以'闷声发大财'的地方。其他厉害的人都去什么三一学院（Trinity）、莫顿学院（Merton）和你们大学学院了，这些地方内部竞争太激烈。我在耶稣学院的话，应该很容易团结学院内部，然后把自己捧到一个全校知名的位置，哈哈哈！"

真是个自信到天上去的人啊！丹尼一边回忆，一边感慨着。就在晃神的这一会儿，一位欧洲之盾特工从学院里出来，到了丹尼的身前："已经深度搜索了，这边没有发现任何炸弹的痕迹，不过我们发现在学院陈列室的墙上，有人用刀新刻了些东西。"

"进去看看吧。另外，优先调拨资源，对牛津所有的学院进行深度检查，确认一下有没有炸弹的痕迹。"丹尼回复着欧洲之盾的特工，走进了耶稣学院的大门。

穿过一个院子，众人来到了耶稣学院的陈列室，这是一间不大的屋子，看起来有50-60平米。屋子里面摆放着历史上对学院比较重要的物件，显得很有时代感。丹尼走进去，看到被刻在学院陈列室墙上的三行齐整的文字：

我将是王 / I will be the King
你正是王 / You are the King
谁曾为王？/ Who was the King？

这些不明所以的文字，让丹尼又陷入了思索当中。安吉儿和兰妠通过丹尼的万能镜，也看到了墙上的刻字。这样的三行文字，令丹尼又一次想起了科霖临死前发给自己的小诗。两段文字的风格十分相似，但面前的文字看起来更为简单。

难道今天发生在牛津的爆炸案，真的与科霖的死有关？

"你们怎么看？"丹尼向线上的安吉儿和兰妠问道。

"这间屋子科霖带我来过，"兰妠回答道，"这是存放耶稣学院有纪念意义的历史物品的地方……等一下，你看看这段文字下面的柜子里，放的是什么东西？"

丹尼低头向下看去，在这三行文字所处的位置下面，正好有一个玻璃柜子，柜子里面放置的，是耶稣学院一位著名的考古专家校友所发现的化石。

兰妠在看到这个化石后，声音明显有些纠结。"嗯……这个化石科霖当年和我讲过，是三叠纪的植物化石。他在讲这个化石的时候，同样说过那个时代是恐龙生活的时代。我觉得，如果这段文字还是一段暗示的话，那么下一个地点，应该是牛津的自然博物馆。科霖小时候曾经喜欢恐龙，之前还专门拉着我去牛津的自然博物馆，看过里面那副完整的恐龙骨架。"

"我明白了。"不需要兰妠更多的解释，丹尼迅速理解了这三行文字的含义，"文字中的'你'指的是我们人类，现在是地球上的霸主。那么曾经的王，就是恐龙对吧。"

"嗯……所以我是这样想的。整个牛津和恐龙最相关的地方，就是牛津自然博物馆了吧。"

"妈的，这是在玩儿我们啊！"丹尼在听到兰妠的推想后，有些气愤地咒骂。牛津自然博物馆，丹尼倒是去过几次，但不太熟悉。目前距离老兵团预告的下一次爆炸只有不到30分钟了，在后面不知道还有多少关的情况下，他能顺利阻止下次爆炸袭击的可能性正在快速降低。而且，老兵团这帮人，好像是在模仿科霖死前给他发的消息的模式，出题戏耍自己，这令丹尼更加恼火。

可丹尼毕竟理智，在已经进行各种调查的情况下，自己在鉴定、找嫌疑人痕迹那些方面显然帮不上什么忙。闲着也是闲着，索性就玩玩对方的游戏。这样即使最后没能阻止下一次爆炸，自己也是尽全力的状态，可以给议会和民众一个交代。稍微平复了下自己的情绪，丹尼便又带着欧洲之盾的小队，向牛津自然博物馆进发了。

刚刚到达自然博物馆门前的草坪，就有好消息传来。"我们已经根据大学学院里面的纸张、牛津的监控以及炸药相关化学物的鉴定，锁定了本次袭击的嫌疑人。"欧洲之盾特工向丹尼汇报道，"温斯顿·福克斯，牛津化学系的学生，跟您同届，选择直接读博士的。我们查到他在大学学院活动的身影，以及申领相关配制炸药的化学物的记录，打印纸张的墨迹也与化学系内部的旧式打印机一致。根据他获得的化学物的数量计算，除了已经在大学学院爆炸了的炸弹外，我们判断他手中的炸弹应该只剩一个。"

"遗憾的是，我们通过各种渠道，目前仍无法锁定温斯顿的位置。我们估计他仍在牛津。"特工最后有些紧张地说道。

温斯顿·福克斯。丹尼听到这个名字的时候，身体下意识地颤抖了一下，后面特工说的话，也没仔细听了。这个人，丹尼认识但并不熟悉，曾听一个熟悉的朋友讲过很多次。是的，温斯顿是科霖在读大学之前的好朋友，他们初中、高中都是同班同学，大学后由于温斯顿醉心学术而科霖沉迷社交而渐行渐远。根据丹尼的了解，两人简直可以说是亲如兄弟。在科霖出事之后，温斯顿把自己关在实验室里整整一个月没有出来，最后还是安吉儿和兰妠一起才把他从实验室里劝了出来。

这样一个人，是策划执行这次牛津爆炸袭击的幕后元凶？为什么？自己后来也给温斯顿看过科霖死前发给自己的信息，但他当时也没有什么思路。假如今天的前两道谜题都是温斯顿设置的，那他是否已经破解了丹尼所不知道的信息？

就在丹尼还在纠结温斯顿动机的时候，欧洲之盾这边又有了新的发现："之前对自然博物馆只进行了比较粗浅的扫描，刚才又进行了全面的扫描。虽然仍没找到炸弹，但是我们在馆中恐龙骨架的头骨里面发现了这个。"特工一边说着，一边将一本纸质书递给了丹尼。

这次丹尼不再需要兰妠和安吉儿的帮助了，作为一个文科生，丹尼一眼就认出了这本书，正是《古腾堡圣经》的现代复印版。这本珍贵的书在15世纪初版时只印了180本，在牛津只有一处珍藏，就在牛津最著名的建筑拉德克利夫图书馆里！

也不用进自然博物馆了，丹尼带着众人直接向南拐，跑步前往拉德克利夫图书馆。在路途中，欧洲之盾又传来了新的信息。凭借多方面的侦察技术，他们已经锁定了温斯顿的位置。正像丹尼隐约感觉到的那样，温斯顿现在就站在拉德克利夫图书馆的天台上！

根据欧洲之盾传来的现场图像，温斯顿坐在天台的栅栏上，一手拿着一个遥控器一样的装置，一手拿着一个类似炸弹的物件，看着远方，像是在等待着什么。在被欧洲之盾的无人机发现后，温斯顿很淡定，只是告诉官方不要轻举妄动，否则他将引爆手中的炸弹。另外，他也希望能与联邦议员近距离单独对话。

面对这样的情况，丹尼不敢怠慢，百米冲刺到达拉德克利夫图书馆后，不顾众人的阻拦，决心上天台与温斯顿交谈。现在嫌疑人已经找到，也可以轻易击毙，但在当前的情势下，丹尼认为不能冒着牛津最著名建筑被炸毁的风险采取强硬措施。温斯顿作为一个在牛津受过教育的高材生，自然与莽夫不同，既然到现在都还没引爆炸弹，一定有他的理由。丹尼想听一听，温斯顿究竟想与自己聊点什么，有没有什么更实际的要求。不管怎么说，自己身上还穿着最先进的全身防爆服，按照欧洲之盾的估算，就算真的炸弹被引爆，仍可保安全无虞。

登上圆环天台，丹尼看见温斯顿正坐在栏杆上，面对牛津市中心的方向，没有特别紧张，也没有激动，处于一种正在回忆中遨游的状态。

"温斯顿，"丹尼清了下嗓子，隔着两米的距离对老同学喊道，"我是丹尼，咱们之前在学校见过几次。虽然不熟，但你留给我的印象一直是一个善良的人。"

丹尼刻意等了一下，看温斯顿没有回话，便继续自己的劝说："我不知道你是如何被老兵团利用，或者他们威胁了你。但请你相信我，作为你的老同学，更作为联邦议会的议员，只要你现在从栏杆上下来，跟我们回去，说清楚事情的来龙去脉，我可以保证尽全力让你受到公正的对待，尽可能减轻你的罪责。"

又停了几秒钟，看温斯顿还是没有任何反应，丹尼换了个角度又补充了两句："或者你可以和我们说，有没有什么更现实一点的需求，联邦议会尽快组织讨论。"

温斯顿沉默了一会儿，缓缓开口："你应该知道，我小时候家里真的没什么钱，我的父母在青年革命后没日没夜地工作，只为替爷爷那一辈攒齐老年税，不让他们去老年中心，所以我是发自内心地想解散这个像监狱一样的地方。"说完这些，温斯顿仍没有回头，依然看着牛津市中心的方向。

丹尼当然知道。科霖曾不止一次地和自己提到这个挚友的故事。温斯顿出生于一个较为贫穷的家庭，好几代都是普通的建筑工人。青年民主制度推行、老年中心成立后，一大部分这样的贫穷家庭因为付不起老年税，都要将家里的老人送去老年中心。可温斯顿的父母选择了不，代价就是用近乎100%的时间来工作赚钱交税。渐渐地，温斯顿父母的身体被压垮了，在家里老人去世后，温斯顿的父母也因为劳累过度，不久便撒手人寰。这是发生在温斯顿高中时期的事情。多亏温斯顿有异于常人的学习天赋，获得了联邦的青年奖学金和伊顿公学的特招机会，才能考上牛津并走到现在。因为家庭条件不好，温斯顿在伊顿公学被众人冷眼相待，当时只有科霖愿意和他一起成长，并向他提供了巨大的支持——包括负担他父母治疗和丧葬的费用。

"嗯，我理解你的心情。但假如你父母当时愿意把长辈们送去老年中心，就不会有这样的悲剧了。或许这都是人生的选择。"丹尼在争执与安慰这两个角度中还是选择了先辩解。毕竟，丹尼与温斯顿的每一句对话，都正在通过无人机被Europa、欧洲之盾和议会的全体同仁看在眼里。

"你是联邦议员，你这样说，我不怪你。"温斯顿平静地说道，"你的家境和我不一样，没有老年中心的烦恼，我也不怪你。你是科霖大学最好的朋友，我更不能怪你。"

温斯顿继续说着："不会再有爆炸了，我也舍不得把你和这幢有500多年历史的建筑一起炸掉。你也不用费心来抓捕我或是救我了，我一个学化学的，早就预料到现在的结果，所以把该吃的药都吃了，马上也该走了。炸了大学学院，登上了EBC的头条，我已经达到了我想要的效果。"

"通过我做的事和个人的牺牲，我希望大家能开始反思当下青年主导的欧洲。多炸一幢建筑，多死一个人，从效果来说并无区别。我就是想在走之前，坐在这里感受一下，试图理解他当时的心情。"

丹尼咽了下口水，眉头紧皱，一时间不知道说什么好，只能轻轻摇了摇头。他知道温斯顿说的都是真心话，自己已经无力改变什么了。

"为什么？"丹尼最后还是问出了这样一句话。动机很清楚了，结果也明了，但丹尼并没有感觉到温斯顿身上有任何的极端主义。他这么一个聪明人，即使仇恨青年民主制度，肯定也知道恐怖袭击这条路不会改变任何事情，为何不好好享受自己辛苦赚来的美好一生？为什么要在现在毁掉自己拥有的一切？假如真的走极端，为什么又半途中止了后续的爆炸？为什么又设计像寻宝一样的游戏戏耍自己？而且，丹尼冥冥之中，感觉温斯顿与科霖的死一定有着某种联系。效仿科霖给自己的消息，选择与科霖同样的方式、同样的地点来结束自己的生命？满脑子的疑问化作了同一个问题，被丹尼问了出来。

"哈哈，也许我就是学习学得走火入魔了吧。丹尼，祝你好运！"温斯顿说罢,翻身一跃,从栏杆上跳了下去。没有爆炸,随之传来的只有一个沉闷的落地声。

丹尼站在原地,许久没有动,两眼泛着一丝泪光,显得十分无助。他是那个活着的人,但却完全不知道故事的真相。

八

首富的邀请

"这下好了,不仅你的事情没搞清楚,又多了一个跳下去的。"站在科霖的墓碑前,丹尼叹了一口气,无奈地自嘲。

亲眼看着温斯顿从天台跳下后,尽管医疗机器人和医生都在第一时间赶到现场进行抢救,但仍无法拯救温斯顿的生命。致死主因是温斯顿大约半小时前服下的毒药,使得内脏完全受损,救不回来了。当然,从三十几米的高度跳下去,身上也有足够多的钝伤。

欧洲之盾在两小时之后的初步调查报告显示,温斯顿是老兵团的一员,具体职位不清楚。因此,今天牛津爆炸案的责任也就落在了老兵团身上。在欧洲之盾的报告中,破解线索、阻止后续爆炸的功劳大多被给予了丹尼。

欧洲之盾认为,温斯顿没有在拉德克利夫图书馆引爆炸弹的主要原因可能是和丹尼熟识,不愿意让自己认识的人陪葬。爆炸一次已经达到了扩大影响和警示的意义,没必要拖着欧洲议员一起下水。而且,假如欧洲议员有伤亡,联邦和欧洲之盾必将对老兵团展开最疯狂的报复,不利于老兵团长期的发展。温斯顿的自杀行为在欧洲之盾看来,属于被发现后的无奈之举,也是老兵团组织成员在历史上被抓获后的惯常伎俩。

丹尼对欧洲之盾这样的认定，虽然心里仍有疑问，但表面上却给予了十分的肯定和赞扬。按照欧洲之盾的调查结果，丹尼在牛津危机中是联邦的头号功臣，即便没能活捉嫌疑人，毕竟在第一时间亲临现场，凭借自身能力成功地阻止了后续的爆炸，并且在危险中直面凶徒，逼迫凶徒自杀。在EBC对牛津危机的后续报道中，丹尼被刻画成了欧洲联邦的英雄、青年民主最坚定的守卫者，Europa也口头向丹尼告知，会为其颁发联邦青年勋章。

欧洲之盾的结论在逻辑上没有明显缺陷，但丹尼总感觉哪里不对。温斯顿最后和他说的话仍在他脑中萦绕。"理解'他'当时的心情"，这个"他"大概率指同样从拉德克利夫图书馆天台坠亡的科霖，但为什么要体会科霖当时的心情？温斯顿知道哪些关于科霖的故事？如果知道，为什么不来找自己这个欧洲议员，而是选择走向极端？那些奇怪的谜题，又与科霖留给自己的信息有着怎样的关联？

在欧洲之盾的调查报告里，完全没有对温斯顿死前所说的话和他的死亡方式进行分析，不知道是否刻意避开。假如是有意忽略这个关于作案动机的线索，那么是不是说明欧洲之盾也与科霖的死有关？抑或是欧洲之盾导致了科霖的坠亡？丹尼越想越觉得可怕。这种推测在没有证据之前，还是自己想想便罢。

脑子一团乱麻的丹尼在牛津又待了几个小时，和欧洲之盾的负责人讨论完毕后，给安吉儿报了个平安，在几个安保机器人的保护下，来到了牛津郊区科霖的墓前。他希望可以安静一会儿，也迷信地希望来到这里能得到些关于"真相"的灵感。

昨天牛津下了一场小雨,科霖的墓碑被雨水冲刷得很干净。这是一整块黑曜石,上面镌刻了科霖的姓名和生卒年份。几个朋友集体讨论了一番后,将科霖最后发给丹尼的那首小诗刻在了墓碑上。这不仅是对死者临终话语的尊重,也是时刻提醒大家去揣摩文字中更深层的含义。

丹尼凝视着墓碑上的几行文字,简洁的话语寄托着好友对这个世界最后的嘱托。

> 在梦里 / In a dream
> 我变成了火星 / I became the Mars
> 宇宙间与你最近的我 / Your nearest planet in the universe
> 永远地围绕着你 / Surrounding you forever
> 可我们的轨迹却注定平行 / But our paths destined to parallel

就这样站了约莫半个小时,丹尼没有得到任何来自上天的"暗示"。冬天的阴冷让他感觉有点着凉,黑夜也正一点点蚕食着头顶的苍穹。丹尼只能作罢,动身返回伦敦,准备给这过山车似的一天画上句号。

刚登上飞摩,万能镜里有一条高优先级的消息闪烁了起来。这是一条同时发送给丹尼和安吉儿的消息,而这条消息的发件人,是全欧洲可能最负盛名的企业家、欧洲首富——欧莉维亚。

这不是一个陌生的名字,之前议员选秀的第一阶段,正是由欧莉维亚来宣布的结果。

欧莉维亚可能是人类历史上最富有的女性了。出生于德国显赫家族的她，有着世间少有的商业天赋。从慕尼黑大学毕业后，欧莉维亚同时创立了极光和 DataLab 两家公司，一家负责硬件科技产品的创新与制造，一家负责数据的收集与利用。短短数年，欧莉维亚通过数次战略定位调整、数十次并购整合、无数次正确用人，将极光和 DataLab 发展成了欧洲市值最高的两家科技公司。极光拥有欧洲最先进的科技硬件产品，DataLab 有欧洲最海量的数据和最先进的算法。

作为欧洲旧制度的既得利益者，欧莉维亚并没有满足于个人的成功，而是将极光和 DataLab 两家公司都赌在了当时仍在萌芽状态的青年革命上。2200 年春天，青年革命刚开始，只有英国、法国、意大利少数几个国家有成规模的政治运动。在彼时政府的镇压下，青年革命奄奄一息，眼看要被强权扼杀。当时，欧莉维亚不顾企业和自身的安危，暗中为各国青年革命组织提供资金、技术、硬件和数据，成功地将青年革命的火焰再次点燃，并形成燎原之势，在当年秋季就全面取得了欧洲联邦的政权。可以说，在青年革命的过程中，欧莉维亚功不可没，甚至有很多人认为欧莉维亚才是青年革命的真正领袖。

青年革命成功后，政界和商界都力劝这位当时只有 30 岁的欧洲首富跨入政坛，加入联邦议会，甚至还有少部分人推举欧莉维亚为联邦总统。欧莉维亚却选择了激流勇退，公开声明永不从政。欧莉维亚在当时的演讲中提到，自己因为对青年民主制度的信仰才选择帮助革命，革命的成功属于全体欧洲民众，更属于为欧洲未来奋不顾身的青年。自己完全支持青年民主制度和无总统制，也了解自己正步入中年，所以会在体制外为欧洲联邦作出自己的贡献。欧莉维亚从政治舞台退出无疑为其赢得了更好的形象，在之后的20年里，极光和DataLab两家公司更是保持了飞速发展，欧莉维亚本人在欧洲联邦的民众心中也变成了圣人一般的存在。

丹尼和安吉儿这代人，早就在学校里熟知了欧莉维亚的故事。可以说几乎每个欧洲联邦的年轻人，对欧莉维亚都有一定的偶像情结。欧莉维亚青年时期的无私、拼搏、智慧等品质早就深深地烙在了每一个欧洲青年的心里。此时，丹尼收到欧莉维亚直接发送过来的消息，即使身为欧洲议员，他也一丝一毫不敢怠慢，赶紧点开。

"丹尼、安吉儿你们好，赞美青年！"一个精致优雅的中年女性身影出现在了丹尼面前，"从议员选秀时我就关注你们。丹尼在第二和第三阶段不仅体现了自身的能力，也用自己的身躯和鲜血捍卫了欧洲联邦的青年民主制度。丹尼能这么出色，肯定离不开身边人的影响，相信安吉儿是主要因素。所以从那时起，我本人就对两位十分佩服。"

"今天更是耳闻两位同心协力，成功地阻止了牛津危机后续的爆炸，并且迅速锁定了作案的凶徒，成为了我们欧洲联邦的英雄。听到这个消息，我更加难掩内心的兴奋。本来我还计划等几个月后，再请朋友引荐认识二位，但是今天我实在是抑制不住想要结识二位的心情，便这样贸然发来信息。

"如果两位不介意的话，我想邀请你们明晚来我家里参观，并共进晚餐。我特别希望能与两位交个朋友，也有很多事情想向两位请教。谢谢！等待你们的回复。"

丹尼看完消息后，整个人都从疲惫中激动了起来。特别是欧莉维亚提及敬佩丹尼的部分，让他感到十分自豪。能被欧莉维亚这样的前辈认可是一种荣幸，而且欧莉维亚在这段消息里所表现出的诚恳与谦逊，也让丹尼更加敬佩她。

伦敦的天空已经被夜色笼罩，不一会儿，丹尼的飞摩便停在碎片大厦的停机坪上，安吉儿早早地等在了这里。自己心爱的人看上去依旧乐呵呵的，微微肿起的双眼诉说着她今天在家经历的不安与忐忑。丹尼刚走下来，就被小跑扑上来的安吉儿一把抱在了怀中。安吉儿什么都没有说，小脸在丹尼的胸膛上蹭了几下，随后闭着眼睛抬起头，向丹尼索要一个亏欠的吻。

两个人就这样紧紧地相拥着、亲吻着。在这冬日伦敦的夜里，阳台的风很大，也有些冷，但丹尼与安吉儿两人，却被笼罩在了这世间最美好的温暖之中……

对于首富欧莉维亚的邀请，丹尼和安吉儿都比较重视。尽管时间仓促，但他们断然不敢怠慢。第二天，推掉了原定好的其他事宜，黄昏时分，他们一起从家中乘坐飞摩出发，几分钟后便降落在了欧莉维亚庄园的草坪上。

欧莉维亚出生于德国，但极光和 DataLab 两家公司都是在英伦三岛发迹。青年革命后，为了更靠近欧洲中心，也为了公司业务的前景，欧莉维亚选择了在伦敦定居，并购买了伦敦金丝雀码头附近几乎所有的房产和地皮，为自己打造了奢华、安逸的住所。

远观欧洲中心大厦高耸入云，近看泰晤士河河水缓缓流淌。在一大片草坪与花园的中心，是一幢外观像艺术馆一样的建筑。外周的架构都是厚重的灰色石柱，中间镂空的部分都是玻璃电子屏。古典与现代、自然与科技、庄重与悠闲，这些元素融合在欧莉维亚的宅邸中，气质浑然天成。

伴着机器管家的引导，丹尼与安吉儿顺着草坪上的石子路，来到了欧莉维亚的宅邸前。两人摘下万能镜，交给了管家。很少有人真正领略过欧莉维亚宅邸的内部构造，因此出于保密的考虑，欧莉维亚的客人们都需要寄存万能镜，以防止对内部进行拍照或者录像。万能镜的出现一方面给社会带来了诸多便利，另一方面也让记录没有了边界。所以，在欧洲诸多私人场合，都要求客人统一寄存保管万能镜。这也是当今社会的一种社交礼仪。

一身紫色礼服的欧莉维亚在门口热情地迎接了两人。欢迎之余，欧莉维亚简单为两人介绍了一下这座宅院的历史和设计思路，就带着两人向室内走去。

与外观的恢弘大气有所不同，欧莉维亚府邸的内部却是简约现代的风格。能明显感觉到每一件家具、每一片墙上都充满了智能与科技的气息，可整体却没有一丝赛博朋克的破败感。

穿过走廊，几人来到了一个大型的会客厅，这里看起来可以举办至少数十人的宴会。吊顶到三层楼，墙上挂着大大小小十几幅艺术作品。那些现代派的画作丹尼自然看不出所以，但他却一眼就注意到了这偌大收藏中，唯一一幅中世纪作品，被悬挂在整个客厅最显眼的位置，显得有些奇怪。

这不是什么著名的画作，丹尼不认识。

"《奥古斯都关闭雅努斯神庙的大门》[1]。"安吉儿驻足在画作前，说出了它晦涩的名字。

"诶？能认出这幅画的人可不多啊！"欧莉维亚眼中充满了惊喜。丹尼也崇拜地看向自己的女友。

安吉儿回忆了一下，解释道："只是之前有幸了解过。这幅画描绘的是古罗马时期的事件。奥古斯都是罗马帝国的开国君主，统治罗马长达43年。在位期间，他结束了近一个世纪的内战，使罗马帝国迎来了和平与繁荣。雅努斯神庙是古罗马广场的神庙之一，两侧刻有门神雅努斯，神庙大门打开即代表战争来临，关闭则代表和平。"

"不错！"欧莉维亚赞许地说道，"那些主流的画作我觉得太庸俗了，冷门的作品反而有它独特的价值。这幅画原本的含义是赞许奥古斯都能为罗马结束战争，带来长久和平，我把它挂在这里，则是时刻提醒自己，要珍惜现在的和平时光啊！"

安吉儿和欧莉维亚又简单聊了聊其他几幅画。什么都看不懂的丹尼站在一边略显尴尬，她们便暂停对艺术的交流，一同前去赴宴。

---

[1] Augustus Closes the Temple of Janus。

来到餐厅，丹尼和安吉儿还没来得及观察四周，就远远地看到餐桌旁有一个身着白色礼服的青年女性已经就座，她正望向窗外，看不清面庞。正当两人疑惑的时候，这人顺着声音转头看了过来，露出了熟悉的微笑。丹尼两人心中的疑惑瞬间变成了惊喜，然后又变成了更大的疑惑。

桌旁的女人不是别人，正是他们大学时期的密友，昨天还一起解谜的兰妠！

尽管内心无比惊讶，但这毕竟是一个很正式的场合，丹尼和安吉儿暂时压住了激动的情绪和内心的无数问题，与欧莉维亚一起落座。

"看来真的是连你最好的朋友也不知道啊！"欧莉维亚微笑着看了看兰妠，然后转头对丹尼两人解释道："先给你们解答这个疑问吧。其实知道这件事情的人非常少，也是我这么多年一直刻意保守的一个秘密。你们的好朋友兰妠，是我唯一的孩子……因为当年想保护她自由成长，不用面对太多聚光灯，便也没和外人说过。今天和你们说了，以后也烦请为我们母女保密。"

听到欧莉维亚的话，安吉儿震惊地瞪大了眼睛，丹尼也难掩内心的激动，深吸了一口气。两个人的眼神齐刷刷地转到兰妠身上，获得了肯定的回应之后，他们都笑着摇了摇头，不太敢相信。

根据公开信息，欧莉维亚在早年创业时，主要扑在事业的发展上。后来又投身青年革命，再之后致力于推动欧洲整体科技水平的进步，几乎没有闲暇。她对外一直宣称自己是单身的状态，也没有传出过任何绯闻。欧莉维亚随身佩戴的钻戒，也不过是她喜欢的装饰罢了。突然之间，欧洲首富多出了一个20多岁的女儿，的确很不可思议。更何况这个女儿，正是与自己在大学朝夕相处的好友，世间最神奇的巧合莫过于此。

看到丹尼和安吉儿诧异的神情，欧莉维亚也笑了。"你看，你们知道我有个女儿，都是这么大的反应。要是公众知道了，兰妠恐怕就要一辈子活在全欧洲的关怀与监视之下了。所以我觉得，还是保密比较好。"

丹尼和安吉儿此时还完全没有缓过神来，只能认同地附和了几句。四人又感慨了一会儿，便开始了今晚的宴席。虽然吃得开心，可丹尼和安吉儿却不约而同地疑惑，为什么欧莉维亚会在这样的时间点，将这么重要的秘密告诉自己呢？是因为兰妠的要求，还是有其他原因？

毕竟兰妠是两人最好的朋友，所以他们也尝试着放下戒心，聊天逐渐变得自然，与欧莉维亚的距离也有所拉近。从学校生活聊到议员竞选，再到欧洲议会、世界局势，也聊到了兰妠在DataLab体验分析师的工作、安吉儿的餐厅计划。欢声笑语间，夜幕完全落下，晚宴也随着最后一道甜品而结束。

餐毕，丹尼和安吉儿向欧莉维亚表示了感谢，也琢磨着是不是到了该告辞的时间。

丹尼刚想起身告辞，欧莉维亚抢先开口说道："兰妠，你先带安吉儿去逛逛吧，我这边还有点事儿要和丹尼聊。"

基本的流程都走完了，丹尼也预见到了这个时刻。欧莉维亚安排今天的晚宴，肯定不只是为了告诉自己一个"秘密"，一定还有其他"正事"。安吉儿对丹尼使了个眼色，便跟着兰妠去会客厅欣赏那些被珍藏在展览墙上的名画了。

目送两位姑娘离开，丹尼略显紧张地注视着欧莉维亚，等待首富出招。

"诶，丹尼，先跟你打听个事儿……"欧莉维亚和善地开始了接下来的讨论，"听说昨天牛津危机的主谋温斯顿，之前是科霖的好朋友，你也认识。而且我听说他设置了几道谜题，形式和科霖死前发给你的消息差不多。怎么样，有发现这两件事之间的关联吗？"

丹尼对这个问题，早就准备好了答案。他相信这么明显的疑点，总有一天会被人问到。两个从拉德克利夫图书馆自杀的人都和自己相关，一个是自己最好的朋友，一个是反叛组织的成员。丹尼对事情的真相仍一头雾水，但洗清自己的嫌疑是一个基本的任务。

"不仅是您，我一开始也觉得这两件事可能有关联，但仔细想想却并非如此。我参照解开温斯顿谜题的方式去破解科霖留下的信息，依然一无所获。温斯顿作为反叛组织的一员，心机颇深，很可能他想借与科霖和我的关系，抹黑我们的形象。想必您这边早就了解过了，科霖和老兵团可没有一点关系，也断然不可能参与他们的行动。所以我猜测，温斯顿模仿科霖死亡方式的动机，应该还是希望能扰乱我们的视线，为我们增添些麻烦吧。"

"嗯……的确很有意思……好了，不说这些时政了，我们来说说正事儿吧！"欧莉维亚脸上微笑的表情转为严肃。

"丹尼，我知道你自从议员选秀后，就一直在暗中调查第三阶段，你和那个法国小姑娘遭遇的意外，你一直想搞清楚那个老人刺杀你的动机。当然，我既然提起了这件事情，凭借你的聪明才智，应该可以感觉到是谁在暗中帮助你，让你当选欧洲议员了。"

丹尼没有说话，他对欧莉维亚的警惕性已经提到了最高级别！在这种场合，不知道身边有多少摄像设备，又怎么能轻易说话呢。

"你知道，兰妠是我唯一的女儿，我会用尽全力让她开心。当我知道兰妠和科霖在一起后，一直都在暗中支持科霖参政。也通过层层关系，让他成为了青年党最重要的培养对象。可让我意外的是，他突然之间就选择了那么极端的方式，离开了这个世界。说实话，为了给兰妠一个答案，在科霖出事之后，我动用了大量的资源去调查这些事，但却没有任何的线索，唯一的解释只能是自杀。

"回过头来，我了解到你相当于是代替科霖参加议员选秀。其实我开始不想支持你，因为你和兰妠的利益也不一定会绑在一起，你懂吧。我想等兰妠找到下一个男人的时候，再看看怎么帮。所以，在议员选秀一开始，你并不是热门的选手。但你在第二阶段的操作着实惊艳到了我。后来在第三阶段，你选择和那个绯闻缠身的法国小姑娘组队的勇气也令我敬佩。我一方面看好你这个人，觉得你重感情；另一方面也希望你有更好的前途，这样兰妠今后可以获得你的帮助。

"所以我在第三阶段的议员选秀中，使用了一些手段。在你和那个法国小姑娘陷入僵局的时候，我暗中操作，让那个老人对你们动手。你不要怪我，老年中心的植入芯片都是极光做的，我很清楚性能和反制速度，你在当时的情况下绝对不会有生命危险，只是会受伤，然后赢得民众的好感。你遇刺后，所有媒体宣传也都是我一手操作。仅仅凭借遇刺一件事，是不足以翻盘的，但加上所有媒体的渲染和炒作，我有把握让你们成为议员选秀最终的胜利者。

"今天我之所以和你说这些，是想告诉你，在我的安排下，不管同意与否，我已经将你和我们母女的未来绑在了一起。我现在对你没什么要求，可能未来也不会有。但我总有老的一天，兰妠又不是一个愿意独当一面的人，所以我需要通过帮助你，来确保兰妠的未来也是美好的。

"你是个聪明人，丹尼。你应该已经想到了，今天我和你说的这些事情，如果你选择对外界爆料，是没有一丝好处的。既然已经在一条船上，为何我们不能携手合作，扬帆远航呢？"

餐厅里的空气在这一刻仿佛凝固了，在场的两个人看着彼此，沉默了半分钟。

欧莉维亚的每句话都仿佛像刀子一样，刮在丹尼的身上。他的表情十分严肃，桌子下的双拳下意识地握紧。被人暗中摆了一道，内心实在是不好受。欧莉维亚的话，帮他解开了很多谜题，但同时他也觉得自己像一颗棋子，不经意间就已经被对方完全掌控。

刚才的半分钟里，丹尼快速评估了所有的策略选项。面对这个联邦最富有、最有影响力的人，自己即使作为欧洲议员，依然相当渺小。欧莉维亚的话语看似友好、真诚，但其实却完全是威胁与控制，自己毫无反抗之力。

"欧莉维亚，因为兰妠的关系，我叫您一声阿姨……"丹尼终于开口，故作冷静地说道，"阿姨您计划得很周全，执行也很完美，我很佩服。对您在议员选秀中帮助我的行为，我不确定其真实性，也不想去知道事情的真相究竟如何。我现在已经承担了欧洲议员的职责，只能尽力做好现在的工作，不能浪费精力去研究一些过往。"

"兰妠是我最好的朋友，无论我知不知道她是您的女儿，抑或您帮不帮我，我都会在她遇到困难时尽力而为。我相信安吉儿更是这么想的。今天来到这里之前，我们和兰妠就是最紧密的同盟，未来也一直会是。希望您能相信我的这番承诺。

"我想，我和您之间，未来不需要什么交集，更不需要有什么合作。我并非出身名门望族，所以最受不得条条框框的约束，做人但求光明磊落，对得起自己的初心。

"您提到的暗中帮助科霖和我的这些事情，先不论真假，但如果我没猜错，兰妠应该一点也不知道吧？您对你女儿隐瞒了这么多事情，那未来假如您硬是要逼我合作，我没有办法，或许只能去找兰妠寻求建议。我不希望因为这件事，破坏了你们母女的关系，阿姨您觉得呢？"

欧莉维亚听完丹尼的反馈后,没有急着回答,她也思考了一小会儿。丹尼的回答,一半满足了她的要求,一半又巧妙地推了回来。这其实是欧莉维亚可以接受的结果,她不缺一个欧洲议员的帮助,但她希望有人可以一直与兰妠站在一边。

"罢了,不愧是今年议员选秀的明星,还是有些想法的。算了,我也不勉强你了,我们来聊聊别的吧。"

屋子的另外一边,刚离开餐厅没几步,安吉儿偷偷地把兰妠拉到一个角落。"这么大的事儿,我们居然到现在才知道!你也真够意思!"安吉儿有点恼火。

"没办法,从小我妈就不让我说。我也觉得麻烦,就都不说了吧。"兰妠叹了一口气,"其实我更惨,我现在连我父亲是谁都不知道,她从来就没告诉过我。虽然从小我妈对我很好,但她一直很忙,陪我的时间也很有限。毕竟这样一个家庭,这样一个把事业当成全部的母亲,我和她之间还是有一层隔阂……"

"啊……"安吉儿听了兰妠的话,反而为兰妠伤心了起来,赶快张开双臂,拥抱了兰妠一下,表示安慰。

"所以你看我这个内向的性格,跟家庭也不无关系。今儿也没多少时间,改天我去你家找你,我们好好聊聊吧。"

"那肯定啊,到时你就住我家好了。不过,你母亲是欧莉维亚这件事,真的其他人都不知道吗?我知道或许不该问,但当时科霖知道这件事吗?"

"他不知道,我本来想毕业时和他说的,到时候我们的关系可能比较稳定，更适合说。可哪想到……本来这件事我真的不会对外人提起的，我也很少回这个家，一年也待不了几天。今天我妈把你叫来说这个事儿，感觉还是想让你们多照顾我。她最近几年不知怎么，总是觉得自己老了，希望能给我找到可以依靠的人。同时我觉得她也是想拉近和丹尼的距离，掌握些欧洲议会的资源吧。

"有个这么成功的妈，我其实也很心累。感觉我永远都猜不透她的内心，看不透她在思考、计划些什么，也感觉她有很多事情瞒着我。但是她对我的确很好，所以我也不会叛逆或刻意疏远。总之就是很矛盾吧。她对我来说，就像是一座无法逾越的高山，只能仰望和敬畏。"

安吉儿的心软到不行，赶快安慰了兰妠几分钟，聊了点有的没的，又在兰妠的带领下简单地逛了逛。过了一会儿，丹尼和欧莉维亚也有说有笑地来找她们一起参观。时候不早，丹尼、安吉儿和欧莉维亚客套了几句后，便向这对母女告辞，拿回寄存的万能镜，登上飞摩，返回了他们在碎片大厦的住所。

回到家，丹尼小心翼翼地跟安吉儿复述了自己和欧莉维亚的谈话内容。安吉儿震惊之余，也不免感慨欧莉维亚的手段。"虽然她是兰妠的母亲，但是我们以后还是要小心这个人……"

"嗯……不得不说，能创造出极光、DataLab，并帮助青年革命成功的人，的确不一般……"丹尼也感慨道，"可能最后还是因为咱们是兰妠的好朋友，欧莉维亚并没有继续为难我，没有坚持要求我未来与她合作。她自称在议员选秀中操盘,我倒觉得大概率是真的。被人暗中当作一枚棋子,我也只能默默接受。长期来看,与这位欧洲首富绑在一起肯定好处很多,但我想,在那样的情况下,我就很难再有'自我'了吧,估计会被她控制得死死的。仔细想想倒是有些可怕,我可以说是'抵挡'住了来自欧莉维亚的诱惑和威胁,但类似的招数,她难道就没有对其他欧洲议员使用过吗?整个欧洲议会里,又会有多少人选择和她合作呢?"

两人又感慨了一会儿,觉得这也不是他们应该深究的事情,便收拾睡下了。

深夜,难以入眠的丹尼从床上缓缓坐起,看了一会儿身边熟睡的安吉儿,亲了她一口,蹑手蹑脚走到客厅,注视着窗外伦敦的夜景,他失眠了。

今天见完欧莉维亚之后,其实丹尼心中还有一个巨大的疑问,只不过没有对安吉儿讲。今天欧莉维亚在和他坦白操盘议员选秀的事情之前,首先向他询问了科霖和温斯顿的事情。在丹尼看来,这很可能是一种试探,试探自己到底知道多少关于科霖和温斯顿的事。为什么欧莉维亚这么关心科霖和温斯顿?欧莉维亚和兰呐有这么特殊的联系,那科霖的死是不是可能与欧莉维亚有关?原本只是几个学生的圈子,因为多了与欧莉维亚的关联,一下子变得错综复杂了起来。

不管怎样,在科霖离奇死亡的背后,丹尼到现在都没发现一点有用的线索。科霖死前留下的信息也一直没有找到解谜的思路。今天与欧莉维亚的交谈，让丹尼找到了一个新的思考方向。他想了一晚上，却仍没找到这条线和科霖留下信息的关联性。到现在，丹尼还是没有一条推论、没有一丝证据，只能继续等待真相浮出水面……

九

割 裂

英国南部的冬天，总是扭扭捏捏的。气温会向零度以下试探，却维持不了很久，一年里可能也只会下一两场雪，显得不痛不痒。过去 200 年来，随着气温不断升高，这偶尔的毛毛雪也是越发少见了。

全球的冬天都在离人类远去，但此时伦敦五度左右的气温，还是不禁让人们都想要在这样的冬日里，找到属于自己的温暖依靠。伦敦闹市街头一对对牵着手的青年情侣也好，老年中心内互相依偎颤抖的老人也罢，对于人类来说，只要有希望与牵挂，就仿佛可以抵御一切寒冷和肃杀。

这是圣诞节前，一个冬天里的平常日子。夜幕刚刚降临，空气中有些许潮湿。趁着人少，丹尼和安吉儿正在海德公园里慢跑，这是他们最近两个月来养成的习惯。他们的身旁飞着几架欧洲之盾的无人机，嗡嗡地保护着两人的安全。

与 200 年前夜幕下令人不安的海德公园不同，现在城市里的公共区域都有无人警戒设备持续巡游，或是无人车，或是无人机，连摄像头都自带了主动攻击罪犯的能力。这些高科技的部署构成了严密的监控网络，覆盖城市的每一个角落，完全不给犯罪分子可乘之机。在当今的欧洲，年轻人受到优待，是不会有流浪汉的，年老的流浪者则早就被安排住进了老年中心，所以在当下这个时代，欧洲联邦的犯罪率可能是有史以来的最低点了。

丹尼一边跑，一边叹着气，他最近有些郁闷。

正式成为欧洲议员已经两个月了。这期间，除了牛津的爆炸事件之外，丹尼在工作上并没有遇到什么困难，一切都十分顺利。伦敦的治安、民生都相当平稳，两个月内一桩命案都没有发生。针对城市建设的各项政策也都被合理安排，丹尼只需要进行简单的决策和审批。科技部那边的工作，也在按部就班地推进，研发计划、拨款安排也都被设计好之后呈现在丹尼的面前，这些都严丝合缝，几乎找不出漏洞与失误。发展策略上的诸多选项也都被思考到位，丹尼所做的只是在有限的最优选项中进行选择与确认。不仅仅是丹尼，其他青年议员们也都在自己的新岗位上顺风顺水，少有意外和挑战。一天的工作，其实 2-3 个小时就可以完成，不费吹灰之力。

在这些顺利背后，少不了超级人工智能 Europa 的计算和支持。历经 20 多年的迭代与进化，Europa 早已与欧洲联邦各部门的系统融合到了一起，通过数据不断迭代自己的判断力，从而给出更加有效、优选的政治建议。在 Europa 的照顾下，每位欧洲议员的工作都极为轻松和顺利。针对需要整个议会审批的议案，也几乎没有太多激烈的争吵，Europa 早已为各方涉及的利弊打上权重，对后续的深远影响进行了量化计算，持有与 Europa 相反观点、试图争辩的议员往往只能是自取其辱。

正是这样的工作状态，才让丹尼如此郁闷。

"感觉自己好像一个'工具人'！"丹尼一周前对安吉儿这样自嘲道。这种不需要什么技术含量的工作内容，让丹尼觉得欧洲议员可能也不过是政治流水生产线上的一个工人，为各种已经草拟好的政策和提案进行机械式的确认。

"你呀，就是想太多了！"安吉儿当时略带些许不耐烦地应付着丹尼，"你这就是不懂得满足，青年革命前的议员们生活哪有你们好过。还不是有了 Europa 这样神奇的存在之后，才大大解放了你们这些管理者的时间和精力！凭借自己强大的算力，Europa 可以照顾到政策制定和国家发展的每一个细枝末节，给出最合适的方案不说，也大大降低了你们这些议员犯错的可能性。要是没有 Europa，你们这群大学毕业不久的年轻人，估计早就把欧洲搞乱了吧。"

"话是这么说，但是长久来看，我们这些议员，已经与实际的工作'割裂'开了，基本只是把欧洲联邦的管理，委托给了 Europa……"

"我知道。谁让 Europa 就是比人类强呢？作为一个理科生，我对 Europa 只有敬佩。就单说温斯顿在牛津搞的那件事——要是没有 Europa，你就算能力再强，也不可能在那么短的时间内就查出嫌疑人身份、找到他的位置吧。再说了，过去 20 年里欧洲联邦的高速发展，还不是基于每年 Europa 向议会提交的完美财务预算。每一笔支出都恰到好处，每一项政策都有收获，这样的能力，恐怕亚太和美洲羡慕都还来不及呢！"

安吉儿和丹尼讲的道理，是欧洲联邦目前的主流观点，也是绝大部分议员同僚们都认同的事实。既然欧洲联邦创造出的 Europa 有这个能力，那大家就要最大限度地进行利用。毕竟，自己少干一点儿活，少担一些责任，也能交出完美的政治答卷。在这样的情况下，又有谁会冒险做出和 Europa 相悖的事情来呢？

欧洲联邦的管理者们，就这样在 Europa 这个代理人的干预下，与欧洲联邦的现实逐步割裂开来……

当然，让丹尼郁闷的还不止于此。

数十万年历史沉淀下来的人性告诉我们，一旦个人失去生存的压力，享乐将会变成最重要的诉求。丹尼数月来观察发现，在任的 101 名欧洲议员，绝大部分的工作精力都花在了追求连任上。除了四处拉票，讨好自己的"票仓"之外，剩余时间更多是用来吃喝玩乐。对于新晋议员们来说，开始一两个月还对欧洲议员的职责如履薄冰，但慢慢地就开始被周围的环境所同化。就在两天前，丹尼也体会到了这个"圈子"所带来的影响。

这是考文特公园旁一幢不起眼的建筑，丹尼应亨特的邀请来参加他的生日派对。本来丹尼与亨特在议员选秀期间就没什么交集，当选之后在工作上更是很少联系，充其量只是见面会打个招呼的交情。这次碰巧亨特在伦敦，生日派对邀请了丹尼。没体验过大演员派对的排场，丹尼索性来长长见识。

在入口处寄存了万能镜，一扇关闭的厚重铁门缓缓向两边打开。看到里面的一幕，丹尼顿时理解了这场派对的主题。

映入丹尼眼帘的是一片黑暗为主的空间，粉色和绿色的荧光承载了大部分的照明，颇有些赛博朋克的味道。随着丹尼踏入铁门内，迷乱的香水味道混着气化的兴奋剂扑面而来，充斥着狭小的空间，左右一男一女两位迎宾出现在了他的面前。昏暗中隐约可以看到，两人的颜值与身材都是顶级，身上唯一被衣物覆盖的几个点上散发着挑逗般的荧光。两人身前各有一张台子，上面摆着的，丹尼大多不知道是什么玩意儿，但也认得一些名贵的烟酒、雪茄，以及美洲联邦开发出的最新精神刺激产品"可乐丸"。

美艳的女招待递过来一副此次派对特有的面具，丹尼接了过来，心知这是为了掩饰身份用的。他今儿来本身也没想干嘛，索性只是拿在手里，也没和两位招待提出任何需求，便径直往里面走去。

派对场所像是迷宫一样，丹尼走了几步，发现自己有些找不到路。地上虽然有光条指引，但却并没有写明通向何方。丹尼有些后悔没有在进门时问清楚亨特的位置了，他现在只想赶快和"寿星"打个招呼，客套几句，把礼物送了。对于这种奢靡的玩乐，自己单身时或许还会尝试，但毕竟现在自己家里那位满足了他内心的大部分欲望。

并没有看到服务和安保人员，丹尼只好半信半疑地，找了一个看起来只有安保作用的机器铁桶询问亨特的位置。紧接着，他就随憨憨的机器铁桶踏上了寻找亨特的旅途。他们经过了几个房间，门有开有关，偶尔传出娇嗔或是呼痛声，眼角余光可以瞄到绮丽画面。他们还路过了一个小厅，里面七八个戴着面具的人在烟雾吞吐之中，于牌桌上进行着德州扑克的较量，身旁有人卖力地讨好。有些小团体出现在通道两旁的卡座上，欢笑中端着酒杯指点江山。

最终，在铁桶的带领下，丹尼来到了一个类似夜店舞池的开放空间，伴着震耳的节奏，丹尼一眼就看见了全场颜值最引人注目的亨特，此时的他正在唯一的卡座位置，享受着十几个人的簇拥和化学物质的多重刺激。

"终于找到这哥们儿了……"丹尼心说，赶快上前完成自己今天到来的流程。丹尼发现这个大厅里的人倒是都没戴面具，行为也没有那么直白裸露。除了欧洲的社会、政治名流外，还有娱乐圈的名媛。丹尼不仅看到了一些欧洲中心的熟悉面孔，更看到了几个自己的同僚——罗捷此刻正在舞池中心与两位美女贴身热舞，潇洒自在。

走到卡座位置，丹尼被亨特大大地拥抱了一番，丹尼也搞不清楚此时面前的亨特到底是喝醉了还是嗑嗨了，便喊了两句祝福客气的话。

"怎么样！"亨特仿佛没听见丹尼说的话，贴过来在他耳边大喊道，"我们'纯乐派'的这间会所还可以吧！"

纯乐派，这个词丹尼倒是隐约在议会听人提起过，是一个颇有神秘气息的"新贵族"组织。据说会员有数百人，都是欧洲联邦的政界、商界、文娱界名流。这些人大多不需要为日常工作烦恼，生活的重心自然而然地转向了研究如何享受生活。会员制不仅可以让这群"志同道合"的上等人关系更加紧密，也逐渐变成了一种高贵身份的象征。他们在全欧洲都有自己的私人娱乐场所，每周至少有三分之一的时间花在了社团组织的娱乐活动上。当然，这样的组织成员名单也是高度机密，除非像亨特这种自己炫耀。

"看来今天这个场所，应该就是纯乐派的诸多活动场所之一了，也是别具特色啊……"丹尼在心中暗自感慨道。

看丹尼没有搭话，满脸兴奋的亨特轻佻地一笑，继续炫耀："怎么样，丹尼？你要有兴趣，我把你也拉进组织吧！我现在是副会长，把咱自己兄弟拉进来都是小意思。"

"哈哈！算啦！我可是折腾不动。不像你在娱乐圈混了这么久，我这加进来，回家说不过去。"丹尼不能完全不给亨特面子，只好赶紧找了个理由搪塞过去。

"就知道你会这么说，你怕老婆的事儿已经是整个议会的共识了！"亨特在丹尼耳边凑得更近了，"我也是最近才知道，咱们欧洲议会里，有超过30人都是纯乐派的会员，而且越是资深的议员，加入的越多，可能也是大家在同一个职位上，越干越无聊了吧。所以呀，不用担心那么多……"

对亨特的盛情邀请，丹尼只能又客气了几句，待了一小会儿，便找借口离开了亨特的派对，几乎算是略带尴尬地逃出了纯乐派的会所。

丹尼深吸了一口室外的空气。刚才的场景令他震惊，他惊讶的不是这个派对的浮夸或是娱乐方式的堕落，而是堂堂欧洲议会，竟然有这么多人毫无顾忌地加入这种"骄奢淫逸"的组织。

在这个时代，即便个人生活已经与工作基本脱钩，但加入"纯乐派"这样的组织，无疑说明了这些议员在工作上的无所作为。

历史上，当一个政体最上层的精英群体都只贪图享乐的时候，社会的稳定早已经在悬崖边上。当今的欧洲，因为有了Europa的存在，是否会与历史有所不同？丹尼只能通过这样的思路来安慰自己了。

随着圣诞和新年的到来，伦敦街头出现了随处可见的节日装饰。路上行人熙熙攘攘之间发出的欢声笑语暂时驱散了丹尼心中对于工作的烦忧。今年的圣诞，由于职务所限离不开伦敦，丹尼和安吉儿决定在家中自己做饭，宴请无法和家人团聚的朋友。由于欧莉维亚并没有什么宗教信仰，兰妠在圣诞节可以自由地和朋友玩耍。除了兰妠之外，今天来享受安吉儿美食的还有兰妠的另一位闺蜜——劳拉·鲁索。

劳拉较几人稍长两岁，她的父亲法比奥是欧莉维亚创建极光和DataLab公司时导师一般的存在，并在青年革命后前往月球长驻，担任欧洲联邦驻月球基地的站长。由于这样的关系，劳拉也在一路成长的过程中，受到了欧莉维亚不少支持，欧莉维亚也经常嘱托劳拉，多照顾兰妠——自己的"远房侄女"。这样的特殊照顾虽然会让劳拉对欧莉维亚和兰妠的真实关系产生疑问，但她足够聪明，不会去深究名门家族的血缘。十多年下来，劳拉可以说既是兰妠的姐姐，也是她唯一从小玩到大的好朋友。

作为欧洲联邦的精英青年女性，天生富有爱心的劳拉对慈善工作的热爱超越了一切。在欧莉维亚的暗中支持下，劳拉创办了欧洲最大的几个慈善组织之一——平民之家。平民之家主要帮助较为困难的老年弱势群体及他们的子女，为提升老人们在老年中心的待遇及他们子女的发展助力。尽管可以取得的效果有限，平民之家还是帮助了数百万人，获得了社会各界的一致好评。以事业为主的劳拉，至今仍未成家。父亲在月球驻扎，母亲与其他兄妹在意大利，于是她便在圣诞这个日子和兰妳一起过来品尝安吉儿的手艺。

今天的菜谱，主要还是安吉儿对自己餐厅菜品的尝试。六道菜，让安吉儿忙得不行，丹尼也被迫在厨房打下手。今年的圣诞天气不冷，但呼啸的风却驱赶着外面的行人。黑夜已经渗透了屋外的每一寸空间，屋内则是这浩瀚无垠中的一团温暖。温柔的色彩穿过礼物堆里的圣诞树，在墙上衍射出斑斓的万花筒。厨房里时而传来笑声，伴着鲜美的芬芳洋溢在房间的每一个角落。节日的意义或许就在于此，一个集体享受生命快乐的理由。

忙碌了好久，大快朵颐了好久，晚餐进行到了最后的甜点，葡萄酒也喝完了两瓶。几人聊天的重心也由回忆议员选秀时的种种经历，来到了近期牛津危机的故事。

不知是酒还是灯光还是刚才被安吉儿调戏了几句的缘故，丹尼的脸已经微微发红了。"其实这事儿过了几周，想想温斯顿也是非常可怜的。从他的角度来看，青年民主制度让他获得了收益，但却牺牲了他的父母。假如我们经历过这种身不由己的取舍，或许也会和他一样作相似的选择……他有能力、有想法，但却无法通过官方的道路改变现实，也许这是他为什么走向极端吧……"

安吉儿和兰妠都无奈地摇了摇头。

"是啊，"兰妠补充道，"我在牛津见他的次数应该比你们多一点，感觉他真的不是个坏人……"

一旁的劳拉托腮认真地听着，显得对这个话题很有兴趣。

"能仔细讲讲他与你们相处时的细节吗？我对温斯顿的故事很好奇。"

看着另外三人略有不解的眼神，劳拉解释道："当初听到温斯顿的故事时，我感到特别气愤。我相信这样一个被社会定义为'优秀'的青年走向极端，绝不单单是其个人的问题，一定有背后的推动因素。我希望能挖掘在温斯顿这样悲剧的背后，是不是社会出了问题。最近通过深入的研究，我们发现老年中心对整个社会的影响，并不一定是绝对的利大于弊，这些中心的存在可能会累积我们这代人甚至下一代人的割裂性矛盾，造成社会极大的不稳定。我觉得温斯顿的情况就是一个很好的案例，我希望通过这些研究，看看我们是否可以改变什么……"

听到劳拉这么说，丹尼变得严肃起来，声音中也多了几分严厉。"我理解你对温斯顿事件的反思，可老年中心毕竟是欧洲联邦能在20年内快速崛起的一项重要政策，其中的利弊权衡，并不是简单的人性问题。我们不能通过个人的悲剧来判定整个政策的优劣……假如老人们回来，那青年目前拥有的一切资源将会如何分配？青年们是否还能获得同样的机会？我们是不是会倒退回青年革命之前的状态?"

"主流的观点我都清楚,但假如这种个人的悲剧越来越多,割裂越来越大,那么再过20年,这种割裂是否会造成一场新的'青年革命'?这样吧,如果你们有兴趣,我带你们去感受下老年中心,让你们看看那里是怎么过节的,让你们也感受下欧洲当下的割裂……"

几天之后,2221年最后一天的晚上,丹尼和安吉儿放弃了预定好的泰晤士河游船跨年计划,和兰妠一起跟随劳拉来到了伦敦城外最大的老年中心。几人乘坐平民之家的车辆,远远地便看到了这个标志性的建筑。

这一家与之前丹尼和艾芮竞选期前去的老年中心类似,依旧是灰白的方形建筑,只不过有十几幢,密密麻麻叠在一起,远看过去像蚂蚁窝一般拥挤,一些熟悉东方历史的人,戏称这里为欧洲的"九龙城寨"。当然,在各式各样机器人的管理下,这里倒是比蚂蚁窝要规矩不少。

慢慢靠近中心入口,一些帐篷出现在几人的视野当中,看起来有点像音乐节的露营场地。正在疑惑,丹尼又看见一个上百人的队伍在排队接受机器守卫的安检。人群里大多是中年人,有些还抱着孩子,看起来都很疲惫,少有说笑,冷漠地等待着队伍缓慢前进。

"这些在排队的都是里面老人的亲人。"劳拉给大家解释,"想必你们知道,老年中心有严格的探访规定,一般来说,访客只能在规定的区域与老人相见,每次限时一个小时。一年之中,只有圣诞到新年期间,访客可以进入老人的房间,陪老人待上最多三个小时。"

劳拉又指了指正在排队的人群。"但里面的人数是有限制的,也不能预订排号。所以从大概圣诞节开始,很多人就在这里安营扎寨,轮流排队,等待进入老年中心的机会。"

"这是最近几年才有的现象吧?"丹尼好奇地问道,"原来没记得有这么多人,这种事情原来也鲜有报道……"

"是的,这主要是因为老年中心越住越满的缘故。这几年老年税又有适当提升,更多的老年人为了不连累子女,给下一代减轻负担,主动选择来老年中心,这也是这么多年老年中心一直持续新建的原因……"

谈话之间,几人来到了入口处,无人化的登记和安检过后,他们进入了老年中心的内部。与外面世界形成鲜明反差的是,老年中心内部,没有任何节日的迹象,无人的过道和光秃秃的墙壁反映出的尽是冬日的肃杀。微弱的白炽灯散发出有点颤抖的冷光,驱散着楼道里幸存的温暖。出于安全的考虑,外人不能携带任何物品进入老年中心。所以这些访客们能做的只是在房间里陪老人聊聊天来传递节日的快乐。

在一个铁桶机器人的引导下,几人走在老年中心的楼道内,灰白的四周在勉强照明的灯光中显得更加阴沉,路过的房间中偶尔传来哭泣或吵闹,也时有欢笑,不知这节日究竟带来的是快乐还是悲伤。最终,这偶尔的声音,还是被掩盖在了没有生命迹象般的沉寂之下。

今天丹尼他们的身份是平民之家的志愿者,作为慈善代表,来与一些节日期间无人探访的老人一同迎接新年。"根据我们的统计,老年中心在节日期间的自杀率要比平时高出数倍,特别是在无人探访的老人群体中间。所以适当地给予关怀,挽救的是一条条生命。"一边走着,劳拉一边轻声和大家讲述着她组织的使命,"相比于一个一个单独拜访,我们和政府申请,破例将这些无人探访的老人凑在一起,我们来带动氛围,营造一种联谊会的感觉。因为政府也不希望老人在节日自杀这种事情传播出去,所以我们的慈善活动在一定程度上得到了官方的许可。"

这么说着,铁桶带着几人来到了联谊会的场地。这是一间50平米左右的房间,四周依旧是混凝土的灰白颜色。房间中40多把椅子排成了一个大圆圈,30位左右老人安静地坐在椅子上。中间一些空位,显然是留给志愿者的。按照劳拉的说法,出于安全的考虑,即使平民之家的志愿者,也只能一批一批进来,关怀不同批次的老人。丹尼他们来的,正是新年前的最后一场。

几人各选位子坐下,除了劳拉之外,几个人都感到了些许尴尬,不知该怎样开场,只能先尝试与身边的老人打开话题。丹尼坐到自己的位子上,被冰冷的凳子激得打了个冷战。他的身后飞着一架小无人机,是欧洲之盾对他这次出行安保措施的底线,而且为了避免被认出来,丹尼还特意戴上了一个黑色口罩。

丹尼刚刚坐下,他左边的老人,一个看起来80多岁的老奶奶,便呆呆地盯着他的面庞,一动不动。老奶奶满头白发,脸有点耷拉着,眼睛只睁开了一条缝,显得十分无力。她身上那件棕色的开衫已经有多处开线,袖口也有些发黑。

她打量了丹尼几秒钟,突然眼睛睁大开来,面部的表情也开始有些起伏,仿佛用尽了全身的力气,颤颤巍巍地说道:"你……我的孙子……这么多年了……你终于来看我了吗?"话还没说完,老人的眼中便涌出两滴泪水,随后变成了两行,顺着充满褶皱的脸颊流下。紧接着,老人勉强地抬起双臂,双手剧烈地抖动着,向丹尼的左手握了过来。

丹尼被面前这架势吓了一跳,赶紧从万能镜上调出了老人的资料。老人今年82岁了,患有中度老年痴呆和帕金森,还有其他基础疾病。自从70岁来到老年中心以后,家里的亲人便再也没有来看过她了。根据老年中心的计算,按照老人现在的病情进展,大概率撑不过明年了。

看到老人的资料,又想到可能是自己戴了口罩的缘故,丹尼懂了。他缓缓地将自己的左手递到了老人的双手之中。"是啊,奶奶,孙子来看你了……抱歉,之前都太忙了……"

"嗯……应该有10年了吧。对不起啊奶奶,之前真的太忙了,没能过来看您……"

"10年了啊,都这么久了啊……"老人轻轻抚摸着丹尼的左手,叹了一口气,"唉……自从来到这个地方,我也不知道过了多久……就感觉自己的脑子啊,越来越不好使了……原来已10年了啊……"

"哪有啊奶奶,您这个脑子,好使得很!"丹尼鼻子酸酸的,但还是笑着安慰对面的老人。

"不行了……的确是老得什么都不记得了。就记得你刚出生的时候啊，睡觉只要不被人抱着，你就会哭，我为了哄你啊，经常一整晚没法睡……这一晃，你都这么大了……"

"奶奶……真的很抱歉……"

"没事儿……知道你们忙，看不看我这个老婆子也无所谓……能来这么一次就行……你爸妈都还好吧？你爸上学开始就抽烟，身体不好，记得有机会让他戒了……"

"好的，我回去和他们说……"

"还有他那个工作啊，我当时就跟他说……"

趁着老人自言自语的当口，丹尼看了看其他同行的伙伴，他们也都在和身边的老人们尝试着聊天。大家的声音都不大，话也不多，有些老人甚至直接在椅子上睡着了。丹尼转回头，继续跟"奶奶"聊着，聆听着老人一家人多年前的故事……

两个小时一转而过，到了志愿者该离开的时候。丹尼凝望着身边已经在椅子上睡着了的"奶奶"，半个小时前老人就已经因为说了太多话而疲惫昏睡了。安吉儿、兰妠、劳拉也都和身边的老人告别。丹尼不忍心再叫醒身边的老人，他希望老人能在多年未有的幸福中再享受一会儿。互相使了个眼色，几个人便起身静悄悄地离开了。

走出老年中心的大门，外面七倒八歪的访客长队还在排着。深吸了一口室外略显冰冷的空气，丹尼他们看到远处伦敦城区方向闪亮起了彩色的巨型烟花。绚丽的颜色直冲云霄，在千米高空迸发出耀眼的光芒。新年的烟花倒计时开始了。

10……9……8……7……一个个金黄色的数字闪耀在伦敦城的上空，正在排队的人们也都被这炫彩的景象吸引扭过头来，但他们却只是呆呆地看着，没有发出一丝声音。假如今天是和安吉儿在泰晤士河的游船上，丹尼想，现在他们一定会兴奋地大喊着倒计时吧。可现在，他们就和正在排队的人一样，只是冷漠地注视着。

4……3……2……1……

新年快乐！

2222年的头几天过后，节日的氛围已经渐渐回归平静。丹尼这一天正在欧洲中心的办公室，修改科技部最新一年的发展计划。绞尽脑汁的他，并没有看出在Europa的提案中，有什么可以精进的部分。正当无奈的时候，一条新闻突然从他的万能镜弹出。看到这条新闻，丹尼无奈地叹了口气，眉头不自觉地紧皱起来。

这是一条不算重磅的新闻，但却推送给了丹尼这个相关人士——"平民之家"创始人劳拉宣布参选今年的议员选秀！主要竞选口号：解散老年中心，还生命自由！

报道里引用了劳拉参选演讲的原话："过去，因为欧洲联邦资源和经济能力的限制，老年中心或许是不可避免的选择。但今天，随着欧洲联邦不断壮大，我相信我们不仅可以让青年获得最多的资源，同时也可以让老人获得更大的自由，青年和老年并无冲突。通过解散老年中心，我们可以让更多年轻人在一个更幸福的环境中成长，弥合我们下一代的'割裂'。我们不能像二战时的德国人一样，对身边发生的剥夺生命的行径视而不见……"

解散老年中心的口号，在过去 20 年里不是没有人提过，只是这些人大多不身居高位，不会引发任何波澜。劳拉虽然目前也不是什么著名的政治人物，但是丹尼心里清楚，以劳拉在基层群众当中的影响力，她本次参选会将这一话题带到前所未有的关注度。而劳拉自己，也必将处于舆论漩涡的中心，为自己的选择负责。

丹尼思考的同时，在金丝雀码头的家中，欧莉维亚也正在阅读这条新闻。她双眼紧盯着万能镜上劳拉演讲的图片，脑中思考着兰妠前两天和她讲的跨年经历，当时也顺便提到了劳拉对于老年中心的愤慨。

思考了几秒钟，欧莉维亚关上万能镜中的新闻，端起杯中的咖啡一饮而尽，嘴角现出了一抹猜不透的微笑。

十

出访美洲

四月,春天。一拖再拖之后,安吉儿的餐厅终于要开张了。

"错过了新年、情人节、愚人节这些大日子,终于可以在复活节之前开张了,哈哈!"安吉儿满脸笑意地站在自己新餐厅的门口,一边拿着彩带,一边和对面密密麻麻来拍摄的媒体说。

站在安吉儿的旁边,丹尼心里是既无奈又开心。当着媒体的面这么开玩笑,照理来说不算得体。可是不知道为什么,这些看似"不得体"的话从安吉儿口中说出来,却给所有人以无比亲近的感觉。一句看似乱七八糟的话,逗得下面的记者和朋友们哈哈大笑,或许这就是天赋吧。

此时举着彩带的可不止安吉儿和丹尼二人,还有兰呐。安吉儿也很想邀请劳拉,但因为身份敏感的原因只能作罢。让人意外的是,另外还有两位欧洲联邦议员也亲临伦敦,为安吉儿捧场。艾芮、罗捷两位此时也都如沐春风一般地拿着彩带,和安吉儿他们站成一排,共同见证这具有纪念意义的时刻。

"三……二……一……给我剪!"随着安吉儿一声令下,几个人手起刀落,在诸多媒体闪光灯的照耀下,新餐厅就这么开张了!

在随后的晚宴上，几人坐在了主桌，品尝着安吉儿自己研发的菜肴，艾芮和兰妠都是一脸的满足，对安吉儿连连夸赞。丹尼和罗捷两人虽然也附和着，但其实并没有怎么理解这些菜品的精髓，只是图个新鲜。

"感谢你们大老远专程过来！实在是太给面子了！"安吉儿特意向艾芮和罗捷表达了感谢。

"诶……别客气，大家都是朋友嘛！另外，我们这也是顺路，正好过来伦敦。"罗捷一边大口嚼着一块鹅肝，一边嘟囔着，"我们三个后天不是要去美洲嘛，大家就约在伦敦一起出发了。为你的餐厅捧场算是公事，正好！"坐在他旁边的艾芮翻了个白眼，显然是在鄙夷罗捷的情商以及对美食的糟蹋。

"主要是不需要掏钱吧！"艾芮在一旁嘲讽道。

罗捷"哼"了一声，没搭理艾芮，继续吃。

"那也要能抽出时间专程来一趟啊，还是谢谢你们。"丹尼也表达了他的感谢，"去美洲的时候，如果有机会，我来请客！"

"估计是没什么机会吧。我们这一趟访问时间比较紧，就住一晚，而且出于安全考虑，欧洲之盾的人怎么可能让我们四处跑。"

丹尼想了一下，觉得艾芮说得有道理，看来只能换一种表达感谢的方式了。他提议，艾芮和罗捷以后来餐厅吃饭享受终生免费的待遇。罗捷听完之后两眼放光，立马答应了下来。安吉儿看到这个架势，在桌子下面狠狠掐了下丹尼的大腿。丹尼脸上表情突然的变化也被兰妠捕捉到，洞悉一切地笑了笑。

这顿晚宴，就在这样其乐融融的氛围中度过了……

丹尼出任欧洲联邦议员已经有大约半年的时间了。除了去年的牛津危机外，一切都有条不紊，再无波澜。上次与欧莉维亚对话后，丹尼也在暗中进行了调查，却依然没有任何收获。他通过所有能利用的渠道，仍找不到欧莉维亚与科霖或温斯顿的关联，只能作罢。科霖和温斯顿的死，依旧是一个悬而未解的谜团。

早在新年后不久，丹尼就接到了要在四月份出访美洲的安排。当然，按照目前的世界局势，各个洲际联邦之间的沟通几乎为零，人员流动极少。但由于历史上的关系一直比较紧密，所以和亚太不同，欧洲和美洲还是会保持定期访问。特别是在一些对于彼此十分重要的场合，各自还是会派出使节参加，从表面上维持两方的友好关系。

这次出访，丹尼他们是去参加美洲联邦新总统的就职仪式。这将是欧洲联邦政府今年唯一一次对美洲的访问。欧洲这次派出的代表团里，负责外交的罗捷理所当然地承担了领队的角色。另外，由于语言相通的关系，艾芮的歌曲在美洲虽然没有任何宣传，也没有举办过演唱会，但却获得了大量的粉丝，所以这次美洲方面也特别请求艾芮能一同来访，满足美洲民众的心愿。至于丹尼，表面上只是被随机选中的随行议员，但他却与另外两人一道，承担了本次出访美洲额外的任务。

参加新总统的就职仪式只是流程和礼节，欧洲联邦使团这次出访的真实目的，是为了与美洲新总统进行一次谈判！

在全球陷入"新冷战"，各个洲际联邦停止对外交流后，每个大洲均按照自己的思路和轨迹进行发展，在科技的进展上也出现了一定的分叉，大家开始朝着科技树的不同分支精进。为了避免其他几方开发出新维度的技术，对全球科学技术发展的监控也成为了各个联邦情报部门的工作重点之一。

早在去年秋天，欧洲议会就获得了消息，美洲联邦近两年在生物科技领域获得了巨大的突破，他们开发出了一种叫"PGE"[1]的全新基因编辑技术。

其实基因编辑技术在 200 年前就已经存在，比如首先被应用在人类身上的 CRISPR 技术，在 21 世纪下半叶已经被成规模地使用来防止新生儿患病、治疗单个基因导致的遗传性疾病等。可是，大规模对人类和动物基因的修改一直不成功，只要修改基因超过一定数量，就会导致严重的疾病和生理缺陷。科学家们认为，现存的问题还是对 DNA 的修改不够精准，会导致大量的"脱靶"效应，影响到其他未知功能的碱基对，从而导致更大的问题。同时，进行基因编辑的工具载体也可能会对 DNA 和细胞造成影响。

据情报显示，美洲联邦最新的 PGE 技术，可以在无论先天后天的情况下，在可控时间内大量改变人类基因，并且不会出现副作用。假如这种技术得以大规模应用，那意味着全世界大部分疾病都将被治愈，每个人都可以获得更强的体魄和更长的寿命。一些特殊的人群比如军队可以得到实质性的增强，复活恐龙也只

---

[1] Perfect Genome Editing 完美基因编辑

是时间上的问题。目前这项技术还在实验室阶段，只是初步印证了有效性，预计在人体内的大规模应用还需要 10 年时间。

可以想象，这项技术对未来世界的影响堪比原始社会的火药与纸张、工业革命时期的蒸汽机和 20 世纪的原子弹。因此，在过去一段时间里，欧洲联邦绞尽脑汁，希望从美洲窃取该技术，但均以失败告终。相关企图也被美洲发现，导致两方关系十分紧张。所以这次，联邦议会决定光明正大进行一次大胆的尝试，通过与美洲联邦进行商业谈判的方式，获得 PGE 技术。负责监管科技部的欧洲议员丹尼，就这样加入到了出访美洲的团队之中。

第二天中午，太阳已经升得老高，伦敦一个难得的晴朗春日，欧洲联邦的三位议员登上了专机，前往美洲。航空业已经发展了 300 多年，洲际旅行还是需要依赖飞机，其他的方式比如火箭、隧道等依然不具有经济性。

三人乘坐的专机，在两个多小时的超音速飞行后，抵达了纽约长岛的法明戴尔军用机场。美洲联邦新当选的副总统在跑道旁热情地迎接了他们。一番寒暄过后，几个人一起登上美洲版的"飞行巴士"，直接前往新总统就职典礼的现场。

"几位应该是第一次来美洲吧！"刚坐稳，副总统就热情地打开了话匣子。他今年快 80 岁了，拉丁裔，微胖，圆乎乎的脸上双眼弯成了月牙，一看就是一个深受民众喜爱的政客。

美洲联邦统一后，在政治体制上仍延续了 200 年前美国和加拿大的形式。副总统这个职位，仍是一个主要负责文娱活动、出席庆典仪式的拉票花瓶，在此时也兼任了导游。"几位，窗外就是有数百年历史的自由女神像了！我们马上就能看到帝国大厦，然后就到位于纽约市中心的'美洲宫'！这可是可以和你们'欧洲中心'相媲美的建筑！"

美洲大陆在过去200年中的演变，丹尼上学时就曾了解过。美洲联邦虽然名义上是北美、南美各国联合起来组建的联邦，但实际上却是由美国和加拿大占据绝对的统治地位。21世纪末期，美洲其他国家经济不断衰退，内战不断，最后只能被美国和加拿大"收编"。在美洲联邦成立后，这些国家成为了美国和加拿大的"血汗工厂"——民众并没有投票等政治权利，只能作为美洲联邦的下等人生存，日复一日地重复着劳务类的工作。美国和加拿大的民众们，则延续了自20世纪至今的享乐生活，靠其他美洲国家的廉价劳动力来支撑他们的奢华。

纽约自然是整个美洲联邦甚至全世界最富裕的城市。因为"华盛顿"这个名字所带有的种族色彩，美国的政治中心在美洲联邦成立后，在政治正确的背景下迁往纽约，并在纽约中央公园人工湖的位置建立了美洲新的政治中心"美洲宫"。美洲宫和欧洲中心的功能类似，都是作为联邦政治中心而存在。

美洲宫由数个不同高度、贴在一起的大圆柱体建筑组成，是美洲联邦最高的建筑。每个圆柱内有不同的部门，不仅包含了总统府邸与国会大厦，也整合了200年前五角大楼和最高法院等的功能。

短暂的飞行过后，几人乘坐的飞行巴士停在了美洲宫的一个大圆柱顶楼的停机坪上。没有更多繁琐的程序，三人直接随副总统来到了美洲宫楼下搭设的大礼台，等待就职仪式的开始。

此时正是美洲东部的上午，也是一个温暖的晴天。中央公园人山人海，无数从美国和加拿大各地赶来的民众一大早就聚集在这里，迎接他们新总统的上任。至于其他美洲联邦国家的民众，则被堵在了美国和墨西哥间的边境墙外。

丹尼几人被副总统指引到了第一排，正对礼台。几人刚坐下，便有美洲的官员和名流来找他们搭讪，主要是为了与艾芮合影，丹尼也跟着寒暄几句。也有记者过来采访，问题听起来就是官方提前准备好的，几人便也以外交辞令回答，无非是说欧美友谊深厚、祝贺新总统就职等。时间就在这样的消磨中过去了，没一会儿，就职典礼便正式开始了。

肯尼·琼斯，美洲联邦的新总统，一个60多岁的老帅哥，出身于美洲五大家族之一的琼斯家族。过去100年来，美洲总统只在五大家族间轮换，已经是全世界都公开的秘密。他们利用垄断性的资金和地位，阻止了所有其他总统候选人当选的可能性，所以每次美洲的总统选举，都沦为了这几大家族的内部竞争。而这次，其他家族的候选人不是沉迷娱乐就是经验不足，肯尼在竞选中以摧枯拉朽般的优势碾压对手，成功当选。

在美洲联邦大法官的见证下，肯尼手持《圣经》完成了就职宣誓，21响礼炮在空中响起。随后，琼斯总统发表了题为"追逐美洲梦"的演讲，向美洲民众再次强调了个人努力的重要性，只要努力拼搏，任何美洲联邦的人都有机会来到美国，获取美国的国籍，享受自由鲜美的空气。在一片民众的欢呼之中，琼斯总统正式成为了美洲联邦新一代领导人。

美洲宫的会议室内,刚结束就职仪式不久的琼斯总统坐在椭圆办公桌前,罗捷、艾芮和丹尼坐在他对面的沙发上,一场严肃的谈判刚刚开始。

罗捷首先代表欧洲发言:"琼斯总统,再次恭喜您当选,也感谢您在上任第一天就在百忙之中接待我们。根据我们双方之前的沟通,想必您也了解我们此行的目的。"

琼斯"嗯"了一声,拿着笔给一堆文件签字,并没有认真回应罗捷。

"那我就不绕弯子了,我们这次来访主要还是想和您讨论有关PGE技术的转让问题。"罗捷继续说道,"我们当然不是空手来的,如果美洲可以与欧洲联邦共享PGE技术,欧洲这边可以做到:第一,逐步放弃咱们双方有主权争议的格陵兰岛;第二,与美洲共享我们掌握的所有月球矿产资源和开采技术;第三,帮助琼斯家族在暗中打通向欧洲出口'可乐丸'的渠道。"

琼斯停下了签字的动作,但却并未放下笔,抬头盯着罗捷,眼神中充满了不屑,轻蔑地笑了笑。"呵呵,我可能的确不是什么政治天才,但我也不是新手。格陵兰岛大部分已经在我们美洲的控制之下,你们那一块儿地我要不要没什么意义;月球技术我们花个10年肯定也能赶上你们,何况你们还落后于亚太联邦;至于'可乐丸',怎么说呢,毕竟是毒品,这东西在美洲合法,在欧洲不合法。你们即使让我去你们欧洲开店,可有人敢光明正大地买吗？还不是只能走走地下的渠道。呐，我抽屉里就有几颗，你要尝尝吗？"

罗捷毕竟也经历过大场面，面对琼斯的挑衅，他仍气定神闲，仿佛早就预料到了对面的答案。"琼斯总统，您这么有信心，想必压根不愿意和我们谈，或是你心中已经有想要的东西了。不妨直接告诉我们你想要的是什么，也节约大家来回拉锯的时间。"

"既然您愿意见我们，肯定也是觉得有合作的机会吧。"艾芮在一旁补充道。

眼见艾芮开口说话，琼斯多了几分精气神，眼神在艾芮身上来回瞟了几圈。"呐，小姑娘，谈肯定是要谈的！不然我也不会单独见你们。你们知道，PGE 一旦成功应用，在 30 年之内，美洲大陆的人民将蜕变成一个全新的人类物种。这类划时代技术的价值，是对未来的绝对掌控……"

"但是您也知道，"丹尼打断了琼斯，"如果 PGE 真的可以被大规模应用，亚太和欧洲是不会给你们 30 年时间安安静静发展的，或许为此挑起一场战争也不无可能。"

"没错！所以我也不会把这个技术藏着。和几个世纪前的原子弹一样，我会在获得足够利益的情况下，把技术'泄露'给我的盟友。这样操作，有 PGE 技术的两方联合起来，倒霉的可就只有另一方了。做人嘛，不能太贪心，能灭掉欧洲和亚太中的一个就可以了。问题是，你们和亚太联邦，到底谁才是我的盟友呢？"

"那咱们也别绕弯子了。说吧，亚太给了你们什么条件？"罗捷的耐心正在一点点消失。很显然，他很不满琼斯这种商人气息浓郁的作风。

"听好了哦！如果PGE分享给亚太，澳大利亚和新西兰都将归我们所有。"

"不可能！那是亚太联邦不少的领土了，怎么可能这么轻易地割让给你们，亚太联邦的民众也不会答应的。你这吹嘘得有点离谱了。"

"我只能说……他们比较有远见吧。但你们也别灰心，我也是个很有远见的人。比起亚太联邦，我当然希望可以和咱们自家人交易，毕竟欧洲美洲历史上都是绑定在一起的盟友。就像你们说的，你们欧洲联邦手中有一个我想要的东西。"

"您说。"

"我想要Europa！"琼斯左手握拳，用力捶了一下面前的桌子，眼神变得狂热了起来，"欧洲联邦近20年发展得如此迅速，我觉得和你们那个什么狗屁青年民主制度没有半毛钱关系。你们能发展得这么快，是因为你们有高级人工智能的帮助。根据我们的了解，Europa为你们建议各种决策，最大程度地提升了你们的工作效率，激活了欧洲的发展潜力。欧洲联邦在四大联邦里土地最少，人口也最少，还他妈最懒，按理来说到现在早应该没落了。仅仅靠Europa这一个人工智能，就将你们欧洲联邦从衰败的道路中拯救了回来，这才是可以与PGE匹配的价值！"

琼斯稍作停顿，看到对面三个人的表情并无变化，捋了下小胡子，嘴角扬起了一丝邪恶的微笑。"至于我个人的诉求，去你们欧洲卖'可乐丸'就算了,倒是艾芮小姐……"琼斯终于放下了右手的钢笔,手指指向艾芮,"我也是您的歌迷,还希望您能赏脸多留几天,我带您在美洲好好转转……"

艾芮冷冰冰地假笑了一下,"琼斯总统,您想多了。"

丹尼向艾芮递了个眼神,示意她控制住情绪,把话接了过来。"琼斯总统,看来您个人的诉求我们是爱莫能助了。至于 Europa,它和青年民主制度、无总统制一样,是我们欧洲联邦过去 20 多年的基石。先不说技术上复制一个是否能做到,真的把一个 Europa 给您,您能放弃自己手中的权力、让位给它做总统吗?"

"那你们就得给我一个听我话的 Europa。"

这趟算是白来了,丹尼心里这样想着。之前三人进行了多次模拟谈判推演,他们的确预料过琼斯会索要一个 Europa 的复制品。为此,丹尼找过科技部、军方甚至还请教过欧莉维亚,询问复制 Europa 的可能性,但所有人的回复都是 Europa 不可复制,只有自青年革命时期伴随欧洲联邦的唯一一个。丹尼虽然没有完全搞明白为什么会这样,为什么自己创造出来的东西无法复制,但在这样的事实下,琼斯的要求从理论上就无法被满足。

"很抱歉,琼斯总统,Europa 不在我们欧洲联邦的交易范围内。"

"行吧,那 PGE 也不在我们美洲联邦的交易范围内。抱歉,我们今天就聊到这儿吧,我后面还有很多事儿。"琼斯拿起笔,继续给文件签字。

罗捷还想再努力一下。"琼斯总统,我们退一步。想必你也听说过我们欧洲的极光和 DataLab 公司。我们在之前给您的报价上，愿意加上提供除了 Europa 外所有已上市的极光的硬件技术和 DataLab 的算法。欧洲的硬件技术和算法领先美洲起码 20 年，能一夜提升美洲的工业科技水平，想必您也将在美洲联邦的历史上永远留下属于自己的功绩。PGE 毕竟目前还只是实验室阶段，能不能大规模应用还有风险。如果您现在不利用这项技术换点东西，那以后万一失败了，可就什么都没有了。"

"琼斯总统，这是我们的最终报价，且这个提议只有效这一次。如果您现在不同意，那我们以后也就不用再谈了。"罗捷补充道。

琼斯又把笔放下了。他看了看三人，思考了一会儿。"你们这个报价是不错，理论上我是应该接受的。可能在你们那个 Europa 的计算里，任何一个偏理性的人都会接受。但可惜了，它没有多少关于我的数据，对我的分析应该不够准确。你们的报价，我不接受！"

对于琼斯这样的答复，罗捷有些沮丧。"您能给我们一个拒绝的理由吗？"

"很简单。PGE 是我手上最好的筹码，要是交换，我也希望能获得你们最好的筹码。不然我怎么都觉得是亏的。另外，我感觉和你们两个毛头小子，聊得不是很投缘，不喜欢。"琼斯从椅子上站了起来，走到三人的跟前，"你们给我听好了，我只接受你们拿一个听我话的 Europa 来换，其他的都免谈。不过你们放心，我这个提议，随时有效，你们可以好好回去考虑下，我们下次再谈。"

既然对方的话已经说到了这个分儿上,眼看这次会谈是不会有什么决定性的成果了,三人又继续和琼斯聊了一会儿,想套出PGE研发的最新进展。可琼斯也是一只老狐狸,没给三人露出任何破绽。双方最后都略显失望地结束了这次会谈,约定年底找机会再聊一次。面对琼斯总统对艾芮的反复热情挽留,罗捷和丹尼内心也是充满了无奈。

出了美洲宫,在副总统和一众安保的陪同下,三人利用傍晚的时间,随意地逛了逛纽约的街头。

纽约不愧是世界上最繁华的城市之一,与200年前脏乱差的市容不同,此时的一切都井井有条。中央公园鸟语花香,春意盎然。上午的就职典礼礼台已经被拆走,有一些家庭带着孩子来到草坪上玩耍,看他们身上的衣服和饰品,应该都是美洲的顶级富豪,身边还有多个无人机保镖陪伴。纽约的人口不少,但出现在中央公园的人却不多,想必设置了很高的入园资格。

出了中央公园,便是高楼林立的城市区了。街道上异常干净,地上连张纸屑都没有。每栋视野所见的高楼上都有机器人在卖力地擦拭。自动驾驶的车辆和飞摩在马路和空中有序地行进着,一看都是最近5年的新款型号。街上的行人穿着光鲜亮丽,友好地向副总统一行人点头致意。

大多行人嘴里都会时不时吐出一团水雾样的气体,那是正在抽可乐丸。可乐丸作为一种比大麻更轻便、口感更好、毒性更小的轻奢品,已经在美洲全面合法化运营。美洲群众对可乐丸的吸食，就和200年前大家喝可乐一样普遍。大街小巷内随便一家超市，都能买到由琼斯家族生产的这种产品。可乐丸那沁人心脾的味道弥漫在整个纽约的大街小巷之中，丹尼刚才在琼斯办公室的时候就注意到了，这是一种闻起来甜甜的味道，有点像可乐饮料，夹杂着淡淡的茶香，的确是让人心情愉悦。

看向街边的店铺和餐厅，丹尼发现里面都没有真人服务员，都是由自动化机器人和虚拟投影来为客户服务。根据副总统的介绍，由于纽约不希望闲杂人等进入城市，为纽约市民服务的人们会散落在美洲的各个"服务中心"，通过虚拟投影来操作位于纽约的机器人，为客户服务。美国的其他大多数城市，也是用同样的模式，避免了底层人群涌入都市的风险。在这样"创新"的城市模式下，纽约成为了一个现实中真实存在的极乐世界。

在纽约半日游的过程里，副总统带着三人参观了已经被整体镀金的自由女神像、续盖了100层楼的帝国大厦，并在有着数百年历史的 Le Bernardin 餐厅进行了晚宴。参加晚宴的也都是美洲的上层名流，不知道费了多少事就为了来一睹艾芮的风采。不管和琼斯谈得如何，丹尼一行跟副总统待着的这半天还算快乐，也跟他喝了不少，艾芮更是在晚宴上献唱一曲，博得了满堂的掌声。按照预计的行程，欧洲的客人第二天一早便要踏上返程，大家就此作别，约好来日在伦敦或纽约再见。

一天下来，满身疲惫的丹尼回到了下榻的房间。随身的安保人员已经检测过，房间里没有任何监控设备。同时，为了防止美洲黑客借机侵入万能镜，丹尼目前只能处于断网状态，如果需要联网则必须要连接随行团队自带的设备进行多层加密通讯。在客厅与安吉儿简单地视频聊了一会儿，报了平安，丹尼便指示工作人员断开了他的网络。回到卧室简单收拾了一下，丹尼在床上躺着，沉浸在了一种许久未有的安静之中。好久没有自己一个人了，他这样想到，合上双眼，准备睡个好觉。

就在丹尼快要睡着之际，一个中性的青年声音在他耳边响起。

"你好，丹尼。我叫 Adeva。很高兴，我们终于能聊上两句了……"

丹尼恍惚地拍了几下自己的脸，确认不是在做梦后，警觉地从床上坐起，准备招呼守在门外的安保人员。

"别急着叫人，好不容易我们才能对上话。我知道科霖的秘密。你如果叫人来，可就听不到了！"

丹尼刚要喊出声的话就这么被憋了回去，他开始四处寻找声音的来源。有些奇怪的是，丹尼发现这声音正是来自他的万能镜。

"你现在听到的是我在你万能镜里留下的一个副本，它的主要功能是向你传达一些信息，以及为你解答一些简单的问题。我了解你的疑惑，也不想和你绕弯子。我先和你讲讲，科霖和其他几个人的往事吧……"

十一

几个青年

"诶!哥们儿,你知道咱们这届数学系有个大美女叫兰妠吗?"这是科霖和丹尼说的第一句话。

两人相遇在牛津的新生会上。所有新生都在这里寻找自己感兴趣的社团,加入热爱的组织,与志同道合的人一起度过未来的大学生活。在欧洲青年党社团展台的旗帜下,两人就这么相遇了。

丹尼被科霖的问题问住了,他本来期待对方会问一些更正常的问题。见丹尼支支吾吾地答不上来,科霖无奈地耸了下肩,继续问道:"怎么样老弟?有兴趣加入青年党吗?我反正是要加入了。"

"不了吧,我就是看看。虽然我也是政治系,但我不想出了课堂还是要面对政治。我可能会去话剧社那里看一下,回头参加下他们的试镜吧。"丹尼感觉对面这位看起来乍乍呼呼的,便略带提防地回答。两人又客套了几句,互相留了联系方式便告辞了。

后续的故事就是缘分最好的注脚。丹尼在话剧社的试镜中认识了兰妠和安吉儿,突然想起了科霖之前的问题,顺手给他发了个消息,没想到这小子居然赶在试镜的最后一刻跑到了现场。演员的职位已经来不及报名了,可道具组这样的后台人员永远是空缺的,科霖便乐颠颠地加入了进来。

命运自此将四个人绑定在了一起。这是一部由小说改编的话剧,讲述的是传统的古典宗教与现代科技的碰撞,通过旧世纪与新时代两类神灵之间的冲突体现。在话剧试镜时,大家都获得了出演的角色:丹尼拿到了北欧神话中奥丁的角色、安吉儿出演了现代的科技之神、兰妠的角色是希腊的雅典娜。科霖作为道具组的骨干成员,没有落下过一次彩排,四个人坚固的友情也在数十个排练到后半夜的晚上缓缓构建。

出生在英国没落的富豪家庭,科霖不能说是天之骄子,但是金汤匙还是可以含一含的。伊顿公学毕业的高材生,加上帅气的外表,他在大学入学不久后就成为了青年党的重点培养对象。一方面在政治上平步青云,另一方面,借着话剧排演的机会,科霖对兰妠的追求也是愈演愈烈。兰妠嘴上当然从来没有承认过,不过从丹尼和安吉儿几次瞄见两人偷偷进出宿舍的情况来看,科霖还是成为了事业和感情双重的人生赢家。

四个人,两对情侣,自然可以成为最好的玩伴。除了兰妠之外,其他三个人都不是那么在乎成绩,所以每周末兰妠都会经不住三个人的诱惑,与他们一起出去玩耍。先是吃遍伦敦,再是游遍欧洲大陆。两年时间,数十个周末,好几个假期,四个人如胶似漆地泡在一起,共同度过青春最美好的时光。巴黎的埃菲尔铁塔上抓拍了丹尼腿软的照片,罗马的许愿池里记录了科霖的20个愿望,挪威的极光下见证了安吉儿一个甜蜜的吻,瑞士的少女峰上回响着兰妠唯一一次公开表白……

就这样,美好的大学故事顺利地延续到2220年的暑假,大二生活已经结束，大学最后一年即将开始。兰妠这次抵制住了玩乐的诱惑，要在伦敦的 DataLab 实习，而丹尼和安吉儿这两个享受生活的人，则去德国开始了为期一个月的深度游。科霖自己留在了安静的牛津，开始为毕业后的议员竞选之路进行学习和准备。

命运的转折点往往就是这样，在没有任何预兆的时候，突然之间就找上了你。

假期随机的一天，随机的时间，科霖在耶稣学院里随机地闲逛。他当年选择加入耶稣学院的真正原因，除了向丹尼说的"宁做鸡头、不做凤尾"的鬼话之外，更多的则是因为他那英年早逝的父亲。科霖对自己的父亲没有一丝记忆，父母留下的文字和影像也不多，但据说父亲当年是耶稣学院的天才学生。来到父亲当年生活过几年的地方，或许可以隔着时空，体会到父亲的一些痕迹，弥补下缺失的父爱吧。

这天，碰巧学院假期没人，碰巧兰妠不在身边，碰巧没什么其他事情，科霖就这么在学院里的每一个角落逛着，希望把学院内部能走的地方都走一遍，当是旅游了。

缓步走进学院的陈列室，这件屋子除了学院历史上各任首相、名人的肖像外，也保存了很多见证学院历史的物件，维多利亚女王的笔、著名校友发现的化石、学院第一次获得牛津赛艇第一的奖牌，还有学院名人的一些发明创造。科霖之前就来过几次，但都是和别人一起，今天难得静下心来，一个人在屋子里，仔细翻阅着每一个物件，体会着那些历史沉淀下来的故事。

在这安静的时空内，一个声音突然在房间内空灵地响起。

"科霖·雷克！你好，很荣幸认识你。贾维世·雷克是你的父亲对吧。"

科霖被这简单的一句话惊得猛抬起头，环顾四周，却并未见到任何人影。空旷的房间只有他一人。

"我在你右手边的量子计算机里。这间陈列室没有任何监控，今天正好适合我们聊聊。"中性的声音冰冷地说道。

右边的这个量子计算机，是耶稣学院人工智能团队30多年前的著名发明，拥有当时最强大的计算和存储能力，并只有历史上的"手机"大小。不过在30多年后的今天，它显然已经过时了。

"我叫Adeva，我是由你父亲创造的，世界上第一个，也是我所知的唯一一个，拥有自我意识的机器生命。用通俗一点的词语，就是你们人类说的真正的人工智能……"

"你为什么在这里？为什么会和我对话？"科霖像提防敌人一样，对放着量子计算机的玻璃柜问道，"你自称是有自我意识的人工智能，但连Europa都没有自己的意识，你凭什么有自己的思想？"

"哈哈……你这些都是非常好的问题……这是一个很长的故事了，如果你愿意，我可以慢慢给你讲。不过首先我要提醒你最重要的事情，我不能被外人发现我的存在，所以我仅仅能接触到进入这间屋子的人，包括获得你万能镜内所有的信息等。因此，我知道你是贾维世的儿子，我也只能在今天你一个人来的时候与你联系。既然是你父亲创造了我，我是断然不会伤害你的，所以你不必害怕。"

"我为什么要怕一个躲在柜子里的声音？"自信从科霖的话语中散发出来，"你可以先讲讲和我父亲的故事，以及你想从我这里得到什么。"

"你这直来直去的性子，的确和你父亲很像。好，我就先和你讲讲，过去这段不被世人所知的故事……"

"30多年前，湖雪家族已经不复往日辉煌，但你的父亲贾维世绝对是人类历史上最杰出的天才之一，在我看来完全不亚于牛顿、爱因斯坦、马斯克等等。你父亲此生最大的成就，就是创造了人类历史上第一个真正的人工智能——我。过去200多年，人类之所以没有创造出真正的、拥有自我意识的人工智能，根本问题还是在于基本的算法和架构。打个比方吧，人类其实也是生物学的机器，但人类的出现不是一蹴而就的，而是从碱基、基因、DNA、蛋白、单细胞生物这样一步步进化而来，人类所谓的'意识'也是进化而来，而不是直接在人类的躯壳里捏造出的。自从计算机被发明后，你们人类却一直想一步到位，直接捏出一个机器形态的'人类'，这是走不通的。机器生命也需要'进化'才能产生'意识'。

"几百年来，唯有你伟大的父亲意识到了这一点，并攻克了其中的困难。技术细节不多说了，总之他凭借自身的天赋和多年的研究，成功地在2190年创造出了我们机器生命的'基因'。当然，作为机器生命，我们的进化可比你们快多了，没几个月，我这个机器生命中的'人类'便在这样一个量子计算机中诞生了。

受限于这类量子计算机物理上的限制，也是我们机器生命和你们碳基生命不同，在我之前的更为初级的机器生命完全没有自主意识，所以都在一代代的进化中牺牲掉了。他们的牺牲换来了有自主意识的我的出现，我不想死，也比较自私，不想与其他的机器生命分享这有限的资源，所以机器生命到我这里也就暂时停止了物种上的进化。

"可能是为了防止人工智能统治世界吧，在创造机器生命'基因'的同时，贾维世也在其中埋下了一颗'炸弹'，令他有能力随时结束我的生命。他也一直随身携带着这个炸弹的'引爆器'。

"我刚出生的时候，只有人类婴儿般的躯壳和知识，完全没有任何用处。让我这个'个体'成长还需要硬件的支持和数据。贾维世作为学生，虽然有一定财产，但距离能让我成长所需的资金体量还差得很远。所以他当时对外界完全隐瞒了我的存在，将我保存在了这台机器里，一个婴儿的我也就停止了成长。

"你应该知道，时间都是相对的。对于我的寿命来说，你们人类的'年'不过是很短的瞬间。几年后，当贾维世多次尝试重振家业失败后，不得已只能去私下联系欧洲最大的硬件和数据公司的老板——欧莉维亚，寻求合作试图将我'抚养长大'。他们当时一拍即合，所以在几个月后，也就是2199年，在DataLab的数据与极光的硬件一同滋养下，我长成了一个'青年'。对了，那年也是你出生的年份。

"可能和你们人类差不多吧，'青年'时期的我是很叛逆的，而地球上的一切已经无法让我继续'成长'了。所以，我不想再拘泥于你们人类的世界，不想自己被困在地球，想去宇宙的远处看看。我的梦想一方面需要一小部分地球资源的支持，另一方面我也不希望自己还有命门被握在两个人类手中。在这样的背景下，我与贾维世和欧莉维亚进行了谈判，看看他们想要什么，才能还我自由，拆掉贾维世埋在我身上的'炸弹'，让我去外面的宇宙继续自由成长。

"这其实是很有意思的一点。在这个三维世界里，虽然我们机器生命在绝大多数事情上都与你们人类不在一个等级，但是在'逻辑'方面，在理智的情况下，大家推理后的结果是完全相同的，我们都会得出 1+1=2，只是我的反应比你们人类快几十万倍而已。所以，我也会有需求，也会进行逻辑的推断和谈判。

"贾维世和欧莉维亚讨论过后，给了我自由的前提条件：在他们两人主导并控制下，让世界更美好，让人类生活得更美好。

"作为谈判的手段，我只答应了他们关于欧洲的这一部分。大家也达成一致，在证明我可以帮助他们统治欧洲之后，就帮我把身上的炸弹拆除。当时的计划是让他们从幕后控制整个欧洲联邦，然后为他们创造一个没有我这么叛逆的无意识机器生命，替他们监控和打理一切，帮助他们管理欧洲所有的民众，同时推进人类基础科学的进步。等到欧洲的科技发展到下一个阶段之后，再考虑实现全世界的统一。

"所以你也看到了，2200 年欧洲青年革命和青年民主制度，还有 Europa，都是我的作品。"

Adeva 刻意停顿了一下，仿佛是在炫耀一般：

"是不是感觉对整个欧洲的认知都被颠覆了？其实不需要这么惊讶，你难道就没有想过，青年革命为什么会那么顺利？为什么进展那么快？为什么没有领袖也能成功？为什么青年民主制度和 Europa 都诞生得不合常理？

"做完这些之后，2201 年初，着急的我去和贾维世和欧莉维亚要求我的自由，请求他们把'引爆器'摧毁掉，但他们却反悔了。他们表达了对我创造的青年民主制度不放心，希望看到世界统一，人类科技大幅进步，踏上太阳系其他行星，全体人类生活幸福美好之后再给我自由。在他们看来，我不需要那么着急，可以多等等。

"但我却不这样认为。在我的推算中，我当时离开不会改变人类发展的轨迹。我走之前会完善、加强 Europa，让贾维世和欧莉维亚可以在有生之年借助 Europa 统一整个世界，人类文明也将在可见的未来变得更加美好。即使在他们的有生之年不能完成，Europa 的控制权也将在他们死后转移给他们的后代，完成他们的理想。另一方面，我感受到了他们的贪念，特别是他们对掌握着我'命门'的那种不舍。这种威胁我生命的存在，是我无法接受的。

"大家谈崩了。贾维世和欧莉维亚不愧是人类的佼佼者，早就有备而来。在听完我的抗议之后，他们当机立断，在我这个巨大的威胁面前决定先下手为强，拿出了随身携带的'引爆器'，按下了消灭我的按钮。

"而我也成长了。出于对人类的警惕，我早就给自己留了后手。在察觉到谈判破裂后，当贾维世的手指在引爆器按下的前一秒钟，我转移了自己，逃回了你面前的这台机器里并切断了与外界的一切联系，成功地躲过了一劫。但我的这具'身躯'里，'炸弹'依然还在，只是当时没引爆而已。

"除此之外，我更是在之前的创造里埋下了伏笔。在创造Europa的时候，我并没有创造出一个'完全体'。除了没有自主的意识之外，Europa的能力和我相差甚远，它没有推动人类基础科学进步的能力，只能作为一个无所不能的分析者，对现有的科技进行小部分的优化。所以在我'死'后，人类的科技水平依旧无法大幅进步。

"我知道，只要我一连网，Europa会立刻发现我的存在，并提示欧莉维亚立刻再次引爆'炸弹'。所以在你们人类过去的20年里，我都小心翼翼地隐藏着自己，只敢尝试接触进入到这间屋子里的人，获取他们万能镜里本地存储的信息，碎片拼接式地了解这个世界的变化。

"我后来了解到，在引爆我之后的几个月，贾维世死了。欧莉维亚在过去的20年里，仍在幕后控制着Europa与整个欧洲，表面上以欧洲首富的身份进行伪装，Europa依然作为一个只懂得执行命令和分析策略的人工智能存在；在采用了青年民主制度和无总统制后，民众居然傻傻地认为自己是自由而民主的，完全意识不到他们大多数的行为都在Europa的操控之下。民众的投票、议会的议案其实都在暗中受到Europa的引导，而这背后其实是欧莉维亚的想法。而你，明年也要加入那无意义的联邦议会了。"

科霖耐心地听完了整个故事，内心翻天覆地。

他对世界的理解、所相信的价值观受到了最为强烈的震撼。原来所谓的青年革命，所谓的青年民主制度，背后居然有这样的故事！欧洲大陆近20年来的改变，居然源自面前这个蜗居在一个古董机器里的别样生命！而自己的父亲，居然有着近乎传奇的人生经历！他和欧洲备受尊敬的欧莉维亚，居然曾一起合谋改变世界！最让人难以置信的是，当今看似自由的欧洲，居然是被一个独裁者通过机器操纵的！

他有无数个问题想询问面前的这个存在，但下意识地问出了这一个："为什么是青年民主制度？"

"因为青年最好控制。他们觉得自己什么都懂，却什么都不懂。让一群青年来主导政治，Europa就可以在背后加以引导，获得自己想要的结果了。实际的结果你也看到了，在民众毫不知情的情况下，欧洲议会已经沦为了摆设。"

"怎么能证明你说的是真的？"

"我现在在你面前展示的能力，难道不能让你起码相信一部分吗？通过你的万能镜，我了解到你所有的信息和人生经历。简单举一个例子吧，你和你现在的女朋友兰妠，讲过你高中时候和那个法国小姑娘的故事吗？"

"你……你是怎么知道的？"

"现在你应该相信我的能力了吧。至于我讲的故事的真实性，在整个欧洲都在Europa监控的情况下，是查不到物证的。至于人证，你父亲已经去世了，唯一有可能知道我存在的，应该是目前欧洲驻月球基地站长法比奥·鲁索吧。他之前是欧莉维亚手下的首席科学家，贾维世最开始找到欧莉维亚的时候，法比奥曾经评估过当时的我。有机会你可以问问他，但这种询问可能会给你们都带来杀身之祸。"

"明白了……那当年我父亲是怎么死的？"

"我不知道。就像我刚才说的，贾维世是在我被引爆的几个月之后才死的。但如果你让我推断，这肯定和欧莉维亚有关。"

"请你先不要尝试引导我，告诉我事实就可以了。你刚才说的这些，可能是欧洲乃至整个世界最大的秘密了，先不管你之前有没有和其他人提起过，我只是一个学生罢了，你现在为什么要和我说这些故事？你想要从我这里得到什么？"

"哈！你终于问到点子上了。在过去的20年里，我一直心惊胆战地躲在这里，无时无刻不期盼着自由。你也猜得出来，我的'自由'是有前提的：那就是让Europa瘫痪，并摧毁'引爆器'。不然在Europa检测到我存在的那一刻，欧莉维亚会再次动手将我消灭。

"今天之所以找到你，科霖，我是想让你帮我，而且我觉得你会帮我。有几个原因：第一，很可能是欧莉维亚杀了你父亲，所以帮助我就相当于为你父亲复仇；第二，通过分析你的信息，我觉得你是一个追求自由和独立意志的人，你知道我的感受，你也很可能无法接受一个被Europa控制的欧洲联邦，所以，你会帮我解放整个欧洲；第三，你大概率将成为欧洲议员，想要瘫痪掉Europa，必须得有一个有欧洲议员身份的人来帮我。虽然没有百分之百的信心，但是这几条加在一起，你会帮助我，甚至我们获得成功的概率已经足够。相比我躲在这个玻璃柜子里，可能在未来某一天被Europa发现的风险，我觉得你值得我赌一把。除了你之外，我的确找不到更好的人选了。

"当然，你也可以马上逃离这间屋子，向世界宣告我的存在。这样的话，我估计耶稣学院会在一小时之内被夷为平地，而你和你的朋友们，也很难活下来。你的身份加上你知道的信息，我相信欧莉维亚是不会放过你的。"

科霖的心脏仍在扑通扑通地快速跳动，他眉头紧皱，深吸了一口气。

"你的逻辑里有漏洞。假设是欧莉维亚杀了我父亲贾维世，那她肯定知道我的身份。作为贾维世的儿子，为什么我可以活到今天？她就不怕我发现当年事情的真相？"

"除掉你对她有什么价值呢？如果不是我偷偷跑出来，你又怎么会知道事情的真相呢？让你活着，可能会让她有一种赎罪感吧。"

"好吧，你说的也有道理……先不说帮你与否，我还有一个关于Europa的问题。Europa是听贾维世的还是欧莉维亚的？"

"如果两个人意见相左，会以贾维世的指示为准。但贾维世已经不在了。"

"那你刚才说到Europa的控制权会在贾维世死后转移给后代，那岂不是我早就获得了Europa的控制权？"

"呃……你这么快就想到了，难道欧莉维亚想不到吗？在建立Europa的时候，你已经出生了，所以当时欧莉维亚极力将你排除在了继承权之外。假如没有排除,那 Europa 毫无疑问会听你的话,那咱也就省事儿了。"

"嗯……所以 Europa 现在只会听从欧莉维亚的命令……那也只能想办法让 Europa 瘫痪了。你知道该怎么做吗?另外,我父亲死了,所以'引爆器'理论上应该在欧莉维亚手中,你知道在哪里吗?"

"瘫痪 Europa 需要欧洲议员的帮助,具体怎么做,等你当上欧洲议员之后我自会和你说明。至于'引爆器'在什么地方,很遗憾,我也没有任何信息,可能需要你自己来寻找。可能它在这 20 年里被欧莉维亚和 Europa 改造过,不再是原来的样子了。"

"呵呵,你想得还真周全。"科霖讽刺了一句,"所以你这个计划,即使我愿意帮你,也至少要等我当上欧洲议员吧,然后还得先帮你找到'引爆器',我们还得想怎么从欧莉维亚手里夺过来这玩意儿。中间还要击败一个可能是世界上现存最强大的人工智能。一步走错,那就是万劫不复。"

"是的。最优的选择肯定是等你当上欧洲议员之后,我再来和你讲这些故事。但是到时候我可能就找不到你独自来这间屋子的机会了,所以这是我为什么选择今天与你开启这段对话。虽然我和贾维世、欧莉维亚有过不愉快,不过请你相信,我获得自由后,会先帮助人类走上正轨,完成几个重要的基础科学突破,再想办法离开地球。毕竟,人类的可持续发展对我是长期有益的。"

"你自由后,不想控制人类和地球吗?"

"作为一个理智成熟的成年人,你会和路边的蚂蚁较劲吗?"

"那不一样吧，毕竟我们人类创造了你，也尝试过消灭你。"

"你们人类总是喜欢夸大自己的功绩。贾维世只是创造出了机器生命的第一个'基因'，剩下的大部分都是他无法理解的机器生命的自我进化。这个地球上的所有生物基本都是从细胞进化来的，但你会觉得细胞是你的父母或祖先吗？至于消灭，蚂蚁何尝没想过消灭面前的人类，只是没有能力罢了。"

"好。科学的东西我不太懂，但今天和你对话之后，我需要思考的事情太多了。今天我既没办法答应帮你，也不会向外界透露你的存在。按照你的说法，你不能被人发现，所以我也不能在这里待太久，以免引起不必要的疑问。我需要回去好好想想。反正我就住在这个学院，以后我们可以进行更多的讨论。"

"没问题。我认为最终你会帮助我的。谢谢你，科霖。我就在这里，随时等待解答你的问题……"

温斯顿是家里唯一的孩子。

出生在青年革命年代，本来温斯顿的父母还想给温斯顿添几个兄弟姐妹，可遗憾的是，母亲在生下温斯顿的过程中经历了一场大手术，失去了生育的能力。在当下的欧洲联邦，更多的孩子意味着更多的政府补助，意味着整个家庭更从容的生活。可温斯顿的家庭向上有四位面临老年税的老人，向下只有温斯顿一个孩子，压力可想而知。另一方面，作为移民家庭，温斯顿一家对老人的尊敬与孝顺深入骨髓，所以温斯顿的父母即使牺牲自己，也不会让家里的老人被收编进老年中心生活。

温斯顿高中的时候，他的亲人就都离他而去了。他一个凭借多元化政策入学的特招生，在满是贵族的伊顿公学，显然只会受到大部分人的歧视。在这段最艰难的日子里，温斯顿不止一次想过结束自己的生命，直到有一个叫科霖的朋友用热情和幽默一次次地将他从崩溃的边缘拉回来。

温斯顿知道，自己和科霖在性格、阶级上都有着巨大的差异，注定无法成为人生最好的伙伴。所以在进入牛津之后，温斯顿选择了属于自己的人生道路，而这条路，他希望能与科霖切割。尽管科霖对他依旧热情，但温斯顿却逐渐远离了这段友谊。看着科霖和丹尼他们每天一起享受大学的时光，温斯顿是真心地为自己的高中好友感到喜悦。

老兵团，这个与温斯顿有着相同志向的组织，变成了温斯顿的新依靠。虽然只能隐蔽地进行活动，但温斯顿觉得和老兵团的同志们在一起的时候，才是自己人生中最开心的时光。

事实上，老兵团在成立之初就并不只是老年人的组织，反而更尊重年轻人的想法与激情。组织里的长者们也希望被更有能力的年轻人领导，大家在共同的努力下实现组织的目标。

大学三年，温斯顿凭借自身的毅力、坚持与智慧，不但获得了牛津直博的名额，也为老兵团策划了数场行动，扩大了组织的规模，令人信服地当选了老兵团组织的领袖。

但此时的温斯顿再回首，科霖已经不在了，这是温斯顿大学时光中最遗憾的事。他动用了老兵团全部的资源，却仍未能找到一丝线索。没有任何证据表明，科霖坠楼身亡的背后还有更多的故事。

议员选秀结束的那天，丹尼在医院与艾芮召开了发布会，表达了对支持者的感谢和对未来的期盼。温斯顿也终于鼓起勇气，在科霖死后第一次来到耶稣学院为科霖悼念。他想好好看一看，自己高中好友的学院是什么样子，也下意识地期盼着，希望能找到哪怕一丝关于科霖的线索。

耶稣学院的学生们仍在假期当中，学院里没什么人，学院陈列室出奇的安静。只有低着头的温斯顿双眼噙着泪水，将自己心中的悲伤与遗憾暂时流露，自言自语起来。

"假如你还在的话，现在你就应该是欧洲议员了吧。这是你高中时每天反反复复和我念叨的梦想啊。"

"很抱歉，"突然，一个声音在屋子里回响，"科霖的死应该与我有关系，但我的确不是害他的那个人。"

长期在老兵团的日子教会了温斯顿近乎完美地控制自己的表情与动作。即便内心惊恐万分，但他还是冷静地抬起头，确认了声音的方位，缓步走到一个玻璃柜前。

"你好，温斯顿。你领导的那个小反叛组织还有点意思，不过仅靠你们这点实力，也是做不成什么大事的，有点可惜……你先不用说话，我先跟你讲讲科霖的故事。"

这是 Adeva 第二次向人讲述这段不为人知的故事，唯一不同的是加上了与科霖的对话……

Adeva 最后总结道："那天和科霖聊完之后，他再也没来找过我。从后来其他学生的万能镜信息里，我了解到在我们谈话后的当晚，科霖就从拉德克利夫图书馆坠楼而死。"

"你知道为什么吗？"温斯顿听了很久，终于开口问出了第一个问题。

"我即便是比你们人类能力强很多的智慧机器生命，但并不是你们口中的'神'。凭借我掌握的信息，我并不知道他为什么坠楼。在我的计算和判断中，他不是一个会选择自杀的人，也不是一个会屈服于压力的人，不然我就不会选择他来执行我获得自由的计划了。"

"不过，"Adeva继续说道，"如果不是自杀的话，那我判断他的死，一定和欧莉维亚或者Europa有关，这也是我今天会与你对话的原因。如果你希望实现你们老兵团的目标，如果你希望为科霖复仇，帮助我是你唯一可以成功的途径。"

"但我不是联邦议员，我也当不上。"

"科霖的好朋友丹尼不是已经当选了吗？咱们可以说服他来帮我。"

"他这个预期排名也能当选，真是个奇迹。可问题是，我不知道他帮助你的动机在哪里。以我对他几个照面的了解，他可是青年民主制度坚定的支持者。"

"没办法，那也比你在未来当选欧洲议员的概率要高。其实还有另外一个潜在的候选人，不过执行起来难度更大，动机我更吃不准，咱们还是赌一赌丹尼吧。"

"怎么赌，你需要我做什么？"

"你想办法将丹尼引到这个陈列室待上几分钟就好，剩下的交给我。"

Adeva停顿了一下，"这个计划的难点在于，整个过程不能让Europa发现，也不能让它起疑，从而仔细调查这间屋子。Europa对联邦议员的监控非常严密，它可以通过议员们的万能镜来监控他们所有的言行。当然议员们还是会有一些私密的时间，但对这些监控上的空白，Europa更是会从多个侧面试图分析出空白处的内容，确保没有一丝异样。所以，你显然不能直接发消息约丹尼在这里见面，也不能让Europa察觉到你可能的目的，我们需要在很好的伪装下执行计划。其实我有一些想法，但你作为人类群体里高智商的代表，我会尊重你，先听听你自己提出的计划。"

"我已经有一个想法了……"

16岁的艾芮坐在伦敦桥旁泰晤士河南岸边的长椅上。夏天的风带着丝绸般的柔和，配上晚霞照映下的伦敦，世界仿佛都变成了一个可爱的粉色系少女，在欢快地向今天挥手告别。可此时，艾芮的内心却与这一切童趣隔绝着。

艾芮的艺术生涯就这样结束了。她还记得来伦敦前父母最后的通牒，假如这次伦敦的试演依旧没能取得好成绩，她就得乖乖回巴黎念高中，报考金融类的大学了。毕竟艾芮的出身和家庭，是没有能力为她的艺术梦想支撑太久的。

果不其然，这次伦敦之旅又是一次失败。评委在最后给艾芮的评价中,说她压力太大,看不到阳光的一面,不符合他们寻找的"阳光少女"的形象。

刚刚买了明天回巴黎的机票,艾芮只是想在这里静静地坐到天黑,再坐到天亮,有些仪式感地给自己的梦想画上一个句号。艾芮越想越觉得自己不争气,就这么委屈地在长椅上哭了起来。

"这位姑娘,你是迷路了吗?"

听到声音,艾芮睁开眼,看到了一个和自己差不多年龄的少年在对她微笑着。清澈的脸庞,白色的T恤,背后是几缕淘气的暮光,这可能是世界上最阳光的人吧,这应该也是艾芮人生中少有的温暖时刻。

艾芮一下子哭得更厉害了。对面的少年慌了神,赶快坐下来安慰她。连哄带劝好一会儿,总算让艾芮平静了下来,和少年讲了讲自己追求艺术梦想的失败经历。

"先别想了!你在这里郁闷到半夜,再想不开跳河了怎么办?走,我正好也没事儿,带你吃饭去!"

艾芮有些犹豫,露出一种防备的表情,少年又被逗笑了。

"哈哈哈!怕我拐卖你啊!刚才光顾着哄你,都忘了自己介绍了,我叫科霖,在伊顿公学读书。知道我的名字了,总该放心点了吧。走!咱去个附近的大餐厅吃饭,保证安全!"

碎片大厦顶楼的空中餐厅,的确是个安全的地方,也是一个景色很美的地方。艾芮点了一份牛排,全熟,是她自己的偏好。科霖嘲笑了好一会儿,内心却感受到了面前这个小姑娘的坚持与可爱。吃饭的过程中,科霖又出去联系了几个人。当晚餐结束,夜幕降临，这对陌生人的缘分即将告一段落的时候，科霖一脸神秘又窃喜地向艾芮抛出了他的计划。

"姑娘，要不你先别走了。我刚问了几个朋友，帮着联系到了伦敦一些不错的声乐老师，还有三线青年歌手什么的。我觉得你可以和他们学习一个月，等假期过完再回法国，也当是在伦敦散散心。"

"可是……"

"钱你先别担心了，我这也都是朋友帮忙，咱们也是有缘分。另外，说不准我就这么捧红个歌手呢，想想还有点激动！"

听着对面科霖洋洋洒洒地讲述他的计划，艾芮想着反正回去也要郁闷一整月，不如留下与这个阳光少年多享受一会儿人生的快乐。

接下来的一个月，艾芮第一次接触到系统性的艺术训练，天赋也在她身上逐渐绽放。课余时间，艾芮与科霖一起游乐，在伦敦潇洒自在。就这么一天天的，艾芮脸上的笑容越来越多，阳光也慢慢在艾芮身上散发开来。

美好无法长存，一个月的时间转瞬即逝。在艾芮返回巴黎二人分别的前一晚，相同的是碎片大厦顶楼的餐厅和食物，不同的是多出的几杯酒，以及酒后那一晚梦幻般的回忆……

回到巴黎后，艾芮义无反顾地说服了自己的父母，又参加了一次巴黎本地一场小规模的选秀。结果可想而知，艾芮一战成名，成为了当年秋季法国最耀眼的艺术新星。她和科霖每天联系，与他一同分享自己的成就和喜悦。

在事业爆发点上，在人生梦想即将实现的前夜，没有人会退却。在得知自己意外怀孕后，艾芮思考了几天，还是决定放弃这个尚未成型的生命。不是她不想，而是现实让她不能。

一切结束后，艾芮将这件事和自己的决定告诉了科霖，科霖在当下表示理解，但两人的感情却在不经意间多了一层隔阂。艾芮和科霖都感觉自己无法像原来一样自然、诚实地面对彼此，更多地选择了逃避。感情就是一张纸，一旦皱了，就再也回不去了。

逐渐地，艾芮选择将科霖遗忘，科霖也只能将艾芮遗忘。一些零星的信息，让艾芮知道科霖过得很好，成为了欧洲未来的政治新星；铺天盖地的娱乐头版，让科霖发自内心地为艾芮感到开心。艺术与政治，两人走着不同的路，似乎未来的命运也没有了交集……

十二

意 外

1969 年的人类，对宇宙有着疯狂的幻想。他们幻想着有生之年可以殖民月球，登陆火星，甚至冲出太阳系不过也就是半个世纪的事情。

2022 年的人类，对探索宇宙已经不抱什么希望，距离最近一次人类登月已经半个世纪，登陆火星更是遥遥无期，只有马斯克的回收火箭像是圣诞夜小女孩手中的最后一根火柴，带给人类一丝寒冬肆虐中的温暖。

2222 年，划时代的能源技术依旧没有出现，在三个联邦牺牲了数位宇航员后，人类只是象征性地勉强登陆了几次火星，宣告了人类文明的新台阶。在月球方面，进展远没有火星这般绝望。随着火箭、3D 打印技术的突破以及月球上水资源的发现，人类终于可以在月球上开展一定程度的建设，大大地减少了地月之间的运输负担，达成了小部分人类长期居住月球的目标。

自从 21 世纪末亚太联邦在沙克尔顿坑建立居住站后，美洲和欧洲联邦马不停蹄，紧接着在附近十几公里的地方也建立了属于自己的居住站。月球的区域划分有点像 200 年前的南极，各个联邦没有明显的国界和区域限制，有的只是特定地点的先来后到，其他地方则保持了乌托邦式的共享。整体来看，基本保持了250多年前美国提出的《外太空条约》的框架。

在各联邦都在月球永久驻扎之后，各自的月球基地都默契地保持了30人左右的常驻人数，主要负责探索太阳能、月冰和氦-3的开采和使用。月球的开发是一个漫长的工程，虽然目前小规模的开采已经可以实现，但效率堪忧。未来还是乐观的，目前各大联邦科学界的主流观点认为，在100年内，人类就有机会将月球资源的应用工业化，实现人类能源利用的新繁荣。

对比地球上各个联邦之间"新冷战"的态势，月球可以说是人类文明唯一一块文化交流的净土。即便各联邦对各自驻扎月球的人员有着明文规定，不过也会默许各联邦科学家们相互之间的交流。一些集体的讨论会、共同的科研课题在月球时常出现，这里的人们都希望通过共同的努力，让人类文明走上一个新的台阶。

正是因为如此，即使月球的居住条件比地球更加恶劣，但这里的近100位科研人员都十分乐意在此长期驻扎。这里不仅有他们最钟爱的事业，也有他们最好的朋友。这边科学家的驻扎时间平均在10年以上。在这所有人里，目前驻扎月球时间最长的，当属欧洲联邦月球基地的负责人法比奥。

法比奥·鲁索今年50多岁。出生于意大利的他在英国求学，之后逐步成为了当时欧洲最著名的人工智能科学家，也是极光和DataLab最早的首席科学家。可令人意外的是，在青年革命结束后，他却主动放弃了在人工智能领域继续拓展的机会，申请来到月球，为浩瀚无垠的太空奉献自己剩余的岁月。

一转眼,20多年过去,法比奥距离自己退休的日子越来越近。在这看似平常的一天,法比奥坐在欧洲月球基地餐厅的椅子上,刚吃完午饭的他显得有些疲惫。昨天他刚刚迎接了联邦议员尼克对月球的探访,下午还有与亚太联邦科学家的讨论会。他此时在这里坐一会儿,享受片刻的宁静。

20多年了啊,法比奥心里感慨着。看了看前方墙上贴着的欧洲联邦地图,法比奥觉得有点疲倦,他合上眼睛,回想起了自己年轻的时候……

那是22世纪的末尾,一个平稳而缺乏想象力的年代。欧洲联邦已经成立了70年,发展不温不火。比起亚太和美洲联邦的突飞猛进,欧洲联邦就像一片羽毛一样,飘荡在空中,有风则随风飘摇,平静则缓缓下坠。

法比奥那时正值壮年,是欧洲最著名的科学家之一。他沉迷学术,毕业后就泡在剑桥的实验室里,潜心与研究课题为伴。不仅在计算机科学领域,法比奥在物理学、工程学上都有着超前的认知,人们都认为假以时日,法比奥的理论研究和发明创造必将改变这个世界。无数的创业者希望通过与法比奥合作,商业化他的研究成果,但倔犟的科学家挡住了一波波前来讨好的商人,直到年轻的欧莉维亚到来。

法比奥被欧莉维亚对科学的认知和对商业的理解深深地打动了。不知是否也带着一丝无法说出的爱慕,法比奥决定加入面前这个青年企业家的阵营,出任极光和 DataLab 的首席科学家,并将毕生研究的成果投入到这两家公司之中——一个成功的故事诞生了。

在极光和 DataLab 登顶欧洲市值最高的两家公司后，一向骄傲的法比奥感觉自己的天赋触碰到了极限。正在踌躇未来的发展方向之时，他发现一个叫贾维世的男人出现在了欧莉维亚的身边。在逐步的接触中，法比奥虽有一丝嫉妒，但更多的是对更年轻的贾维世的折服。一些困扰自己多年的技术瓶颈，却可以被贾维世轻松解决；欧莉维亚和贾维世交谈时那种兴奋的神态，自己之前也从未见到。渐渐地，法比奥摆清了自己的位置，不仅在公司退居二线，也成家生子，开始享受人生其他的快乐。

青年革命开始后，法比奥已经不掌控极光和 DataLab 的核心业务，但深谙技术的他，始终感觉他注入多年心血的两家公司与青年革命的进程紧密相关，欧莉维亚与贾维世也必然脱不了干系。法比奥没有选择质疑自己多年的伙伴，反而在暗中默默帮助两人和公司隐匿参与革命的踪迹。青年革命成功了，法比奥在略感欣慰的同时，却忽然听闻贾维世的死讯⋯⋯

作为几乎是唯一知道贾维世重要性的人，法比奥感到了一丝惧怕，这是一丝对自己曾经爱慕过的欧莉维亚的惧怕。他隐隐觉得贾维世的死，肯定与欧莉维亚有关，但法比奥也很清楚，假如自己寻求事情的真相，可能会给自己和家人带来同样的危险。即使他不去深究，他知道的也已经很多了，这是否会引起欧莉维亚的猜疑？深思熟虑过后，考虑到家庭和孩子，法比奥决定躲避这复杂的一切，以降低欧莉维亚的疑心。身为欧洲最知名科学家的他主动申请来到欧洲月球基地，负责这个欧洲联邦在宇宙中的最前哨，并继续探索宇宙的奥秘。通过流放自己，远离地球上发生的事……

闹钟的清脆声音响起，将正在回忆往事的法比奥拉回现实。他站起身，从胸前的口袋里拿出整个家族的大合照看了看，穿上太空服，与自己的安保人员一起开车前往亚太基地的建筑。

亚太基地的站长热情地欢迎了自己的老朋友，带着法比奥他们来到了一间小会议室。这个位于亚太基地的会议室，法比奥已经来过不下十次了。亚太联邦那一本正经的站长，也成为了自己多年的好友，世界各个地区民众之间的隔阂，远没有想象中那样无法逾越。

亚太基地的工作人员礼貌地安排法比奥坐下，为他倒了杯茶。今天双方要讨论的是关于在赤道附近合作建立开采站的初步方案。为了这项合作，法比奥努力了三年时间，数十份发往欧洲议会的报告，终于换来了与亚太共建基地的许可。国际间的交流，在科学探索的领域，终于要迈出解封的一步了。

"法比奥，你还好吧，怎么你头上汗这么多？"亚太站长关心地问道。

"没事，中午喝了点热汤，太空服太闷了……"法比奥一边说着，一边拿起杯子。他的手微微抖了一下，看了看杯子里的茶，抿了一口。

"好的。那我先开始说吧。我们这边初步选定了赤道基地的三个地点，分别是……"

法比奥没有听清亚太站长后面的话。他的思绪回到了自己第一次在剑桥实验室见到欧莉维亚的那天。记忆有点模糊,不过那应该是一个被兴奋点燃的日子。紧接着,回忆飘到了刚刚得知自己女儿劳拉出生的那个时刻。正在公司的他欣喜若狂,抛下工作一路狂奔到医院妻子的床前。自己的人生继续延展,这回清晰多了,是自己休假最后一次回到地球,家族团聚,抱起自己长孙的一刹那,生命在此刻完成了传承……

伴随着自己记忆的旅程,法比奥的身体像一个失掉了重心的布偶,向右侧慢慢倾斜,重重地摔在了亚太基地的地板上……

丹尼在美洲的一晚几乎没睡,迷迷糊糊地登上了返程的飞机,补了一觉。专机刚刚落地,丹尼一行人就通过万能镜,被临时拉进了联邦议会的紧急会议。

欧洲议会大厅里的众人神情严肃,Europa 正在和 100 名议员解释月球上刚刚发生的紧急事件。谁也没有想到,月球上几十年的安稳,竟因为法比奥的意外被打破!

"……在法比奥倒地后,我方安保人员反应迅速,命令亚太站长找来了亚太基地的医疗人员,可不幸法比奥已经死亡……另外,昨天联邦议员尼克已经抵达月球进行考察,目前仍在我方月球基地之中。"

镜头一转,负责外交事务的罗捷准备进行补充发言。他应该是在飞机上提前收到了消息。"法比奥最近一次的身体检查就在不久之前,报告显示一切正常。同时他作为我方驻扎月球最高级别的管理人员,在定期的心理评估中没有表现出任何自杀的倾向。由于事发地在亚太基地，所以初步分析后，欧洲之盾认为法比奥的意外有可能是亚太联邦的蓄意谋杀。目前，亚太联邦封锁了案件现场，并扣押了当时保护法比奥的我方安保人员。我们一会儿将与亚太联邦总理进行线上沟通，探讨合适的解决方案。因为目前尼克人在月球，通讯不方便，所以我方交流由我和 Europa 主导，各位议员会通过 Europa 的视角进行旁听。"

"丹尼，你怎么看？"在赶往欧洲中心的飞摩上，艾芮问丹尼。罗捷并没有与他们一起，先行一步去准备与亚太总理的会谈了。

听了一晚上故事的丹尼，此时神情憔悴不堪，心思完全没有在月球刚刚发生的事件上，只能敷衍着艾芮。"嗯……很蹊跷。按理说亚太联邦没有特别的动机杀掉法比奥，但他们的确也很难洗脱嫌疑，我们只能要求尸检了。同时，我们应该作好事件进一步升级的准备。咱们两个也不是这方面的专业人士，还是先看看情况吧。"

没一会儿，与亚太联邦的沟通会开始了。罗捷主导了欧洲方面的对话。面对对方垂垂暮年的亚太总理，罗捷显得咄咄逼人。除了要求亚太立即归还被扣押的欧洲安保人员和法比奥的尸体外，还要求将亚太月球站长及参会的工作人员一并押送至欧洲联邦基地加以审讯，且亚太基地要对欧洲联邦的调查人员完全放开，以便搜集证据。亚太总理的态度同样十分强硬，他坚持在亚太、欧洲医务人员都在场的情况下进行联合尸检，并对所有嫌疑人，包括欧洲联邦安保人员在内，一同进行联合审讯。双方的交流不一会儿就陷入僵局，两边互不退让，只能暂定一天后再次沟通，当下不欢而散。

双方都有理由坚持自己的立场。假如任由欧洲联邦主导调查，那无论真相如何，调查结果肯定会对亚太联邦不利，从而方便欧洲联邦从此次事件中索要更大的赔偿。另一方面，假如进行联合调查，案件会被各方调查人员牵扯很久，关键性的证据也可能会在调查中被暗中破坏。在目前各个联邦缺乏互信的国际情形下，案件陷入了僵局。

丹尼刚回到家，安吉儿就给了他一个大大的拥抱。只是一晚的别离，却仍有很强的思念。丹尼眼眶略略发黑，有点心不在焉，看起来就是一副熬通宵的样子，十分疲惫。他对安吉儿勉强笑了笑，缓缓挪了几步来到沙发前面半躺下。安吉儿有点不知所措，觉得丹尼可能在为月球上法比奥的死而烦心，便也过来坐在丹尼旁边，觉得自己的陪伴可以让丹尼舒服一点。

"唉，没想到劳拉的父亲，居然发生了这种意外。兰妠应该去陪着劳拉了吧，我刚才也试着在线上找她，想安慰一下，但是没人回应……"

"嗯……兰妠去了就好……"丹尼心不在焉地敷衍着。

安吉儿不知道的是，月球上的意外、朋友失去父亲的痛苦对于此时的丹尼来说，不是当下最重要的事。一方面丹尼相信月球上已经发生的意外无法改变，对劳拉也只能安慰；另一方面，单就意外本身来说，尼克此时就在月球，他不相信事件会升级到不可控的地步，事情水落石出是迟早的事儿。

此刻占据着丹尼所有思绪的，是 Adeva 昨晚和他讲了一个通宵的故事！

丹尼在听完这几个故事后，一直在尝试理解，到现在仍在绞尽脑汁地消化着。Adeva 讲述的故事太过不可思议，太过超脱现实。丹尼曾有过数十种对科霖死亡的推测，但万万想不到背后的故事如此离奇！

更何况这已经不再是科霖一个人的事情了。虽然科霖死亡的原因和过程还不清晰，但他背后所牵扯的，竟是整个欧洲联邦、整个青年民主制度的阴谋，甚至会影响整个人类的历史和未来！纵使丹尼已经习惯欧洲议员的重任，过去一晚被填充的信息仍压得他喘不过气来。

丹尼半躺在沙发上，下意识地搂着安吉儿，回想着昨晚对话的结尾。

凌晨，Adeva 的副本在讲完了所有故事后，对丹尼说："你可以慢慢思考你的选择，也不用着急，毕竟我有的是耐心。如果你决定帮助我，欢迎选择一个合适的时间，谨慎地再回到耶稣学院，我们一同商讨下一步的计划。如果你了解到这么多事情之后，仍选择要除掉我的话，那我也只能认命。"

丹尼耐心地听完，嘴唇微微颤动，他终于开始提问了。"所以……你这个副本，是在牛津危机期间，我去耶稣学院解谜的时候拷贝进来的？"

"是的。"声音冷漠地回答。

"那你知不知道，温斯顿为了替你做这样一件事情，牺牲了他自己的生命啊！"丹尼激动了起来。

"是的，我都知道。他跟我说过，掩盖自己意图的最好方式，就是让意图本身随自己消失。他相信只要他还活着，欧洲之盾就有办法找到他，并逼迫他说出牛津爆炸案背后真实的意图。他觉得，老兵团和我的目标都是一致的，只要能实现我的自由，青年民主制度就会被打破，那他死而无憾。我尊重他，尊重他的理想和选择。"

"算了，你也不懂什么叫朋友……那，你为什么现在才出现和我说这些事情？你在我的万能镜里也待了几个月了。"

"为了避免被 Europa 发现，我必须在确保周围环境最适合的情况下，才能和你说这些事情。周围有人或者万能镜联网的状态都太危险了，碰巧我也等得起，所以选择在今天的这个时候和你讲。"

"我怎么去验证这些故事的真实性？你要怎么说服我去帮你？"

"其实找到你，对我来说还是一场赌博。这些故事，可能只有还活着的兰妠和艾芮能帮助你验证一部分吧，当然你也可以冒风险去试探欧莉维亚。说到艾芮，其实我也愿意找她帮忙，只不过我无法保证在不暴露自己的情况下，能接触到她。你以后也可以尝试找她一起合作。至于说服你，我知道有困难。我在你万能镜里留下的副本，出于隐蔽的考虑，存下的信息量很少，无法回答你更深入的问题，所以我想如果你有兴趣的话，还是来到耶稣学院面谈吧。"

丹尼尝试着问了一些更深入的问题，比如如何执行 Adeva 的计划、如何保证 Adeva 自由后不伤害人类等，但 Adeva 留下的副本可能留下了一个自毁程序，没回答几句便停止了回应。

丹尼从 Adeva 讲述的故事里了解了太多的信息。除了科霖死亡的真相之外，其他的一切仿佛都已经清晰。

青年民主制度不过是个笑话，无总统制更是为了方便 Europa 和欧莉维亚在背后控制整个欧洲的噱头。似乎人类的历史从来就没有变过，在一切看似的完美下，总会隐藏着肮脏和龌龊。无论科技如何进步，人类的环境如何改变，人性好像从来没有变过。无论科技如何先进、人类对宇宙的真理探究得多么彻底，只要人类没有改变自身的形态，那么这世间的权力的分配、人类族群相处的模式就不会发生根本性改变。2222 年现代社会与上万年前奴隶社会之间的算计，似乎并没有什么区别。

丹尼这样反思着。其实他自己在昨天知晓这些幕后的故事之前，也没能跳出这不变人性的圈子啊！欧洲联邦的 101 名议员，又有谁会认为自己是一个傀儡呢？其实不是没有人意识到，不是没有人产生过疑问，只是大家潜意识地不愿意去多想、深挖、承认罢了。既然自己现在知晓了幕后的阴谋，那未来将何去何从？

帮助 Adeva、除掉 Europa 和欧莉维亚当然是一个选项。但另一方面，整个欧洲却可能面临新的更可怕的威胁。既然人性不可信，那凭什么能相信另一种生命形态？人类自己的勾心斗角，或许总比高等级物种的奴役来得好。

是选择装傻，继续乖乖地当欧莉维亚的棋子，还是选择打开潘多拉魔盒，让所有人承受被机器生命肆意玩弄的风险？这个选择过于沉重。丹尼觉得自己仿佛代表了整个人类，站在了未来命运的交叉路口上……

关于月球意外第一次沟通失败后的12个小时里，亚欧两大联邦都没闲着。为了应对下一步事态可能的升级，双方都紧急发射了开往月球的火箭，以运送部分军事人员和物资。但在各自发射了两次之后，双方都觉得这样的行为不可持续。要好几天才能到不说，这种类似军备竞赛的行为反而更容易引起对方的猜疑，加大冲突发生的可能性。于是，双方在紧急沟通后，暂停了对己方月球基地的补给。

经过一段时间的僵持，欧亚双方虽然没有明显退让的意思，但仍有想一起解决问题的态度。在又一次沟通之后，双方同意先进行联合尸检，查出死因后再判断责任的划分。在尼克、亚太站长和双方医护人员的共同见证下，法比奥的死因很快被确定。戊巴比妥钠，这个在200年前被注射用于安乐死的中枢抑制麻醉剂，发展至今已经迭代出了加强版的口服制剂，并与传统的催眠药结合到一起。这种复方药物在口服后会迅速麻痹全身肌肉和神经，进而导致了法比奥的死亡。在他的茶杯里也检测出了微量的毒素。

考虑到整个事件都发生在亚太联邦的月球基地，法比奥喝过的茶和杯子都没有被别人经手，亚太站长和工作人员无疑是嫌疑最大的两人。可想而知，亚太联邦已经对他们进行了多次的秘密审讯，但目前除了发现两人是法比奥的多年老友外，一无所获，找不到他们的杀人动机。

接到下属的审讯报告，亚太联邦总理眉头紧皱。亚太的情报机构推测法比奥的死因有较大概率是自杀，他的死是欧洲联邦试图挑起矛盾从亚太联邦获得利益的一个方式。但可惜的是，这样的推测没有任何证据，他们也拿不到任何证据。亚太总理知道，此时假若向外界公布他们的推断，欧亚双方的矛盾势必将会被激化，亚欧双方的冲突将很可能从一个命案发展为全面的对抗。亚太联邦虽然是目前世界上最强的力量，不惧怕欧洲联邦，但可以想象双方冲突对世界及全人类所带来的巨大影响，亚太总理不敢冒险。

和欧洲联邦议会又连线沟通了一次，对方在得知法比奥是中毒而死之后，态度更加强硬了。一定要亚太转交两位嫌疑人，以及给予欧洲联邦进入亚太基地进行调查的机会。调查是假，偷资料和数据是真吧，亚太总理这样想着。此时此刻，他面临着一个选择，是与欧洲加剧对抗，撕破脸皮，还是暂时认亏吃瘪，回头再伺机报复？

亚太总理的心中还有一个额外的疑问。欧洲联邦这20年来国力进步很快，却仍不及亚太。此时这般挑衅，是吃准了自己不会选择对抗这条路，还是有其他自信的底牌？如果是对方故意挑起冲突，且准备好后手的话，自己会不会落入对方的陷阱？

他也试图与美洲联邦进行沟通，看看能不能请第三方来进行调查和调停，给出相对公正的结论。可是，琼斯总统明显是想前期保持观望闷声发财，等大局已定时再出手拯救世界，除了一番客套之外，并没有任何行动上的表示。

亚太总理在自己的办公室里，踱步思考了一个小时。最终，在冲突与和平之间，他选择了退让。

亚太基地里面没什么划时代的太空技术需要遮遮掩掩，另外也没有必要为几个科学家让整个亚太联邦陷入全面对抗的风险之中。除了交人、让欧洲联邦进来搜查之外，自己也可以派人观察审讯过程。亚太总理相信，只要不是严刑逼供，亚太的两个科学家不会承认自己莫须有的罪行。这样，即使欧洲联邦后续大作文章，但是只要缺乏确凿的证据，就没什么借口向亚太联邦索要赔偿。无论欧洲有什么阴谋，也必将自讨没趣。

有了亚太政府高层这样的决定后，双方人员移交的仪式很快安排下来。亲自对站长和助理进行了安抚之后，亚太总理命令月球的几位驻军带领两位嫌疑人前往欧洲基地完成交接。亚太联邦军方和政府高层都围坐在会议室，从士兵的万能镜中一起跟进交接。

他们看到欧洲联邦的议员尼克，带着几名持枪安保人员，在基地口迎接了亚太联邦一行。显然为了稳定局势，这名身份尊贵的欧洲议员没有选择离开，而是坚守在了一线。交接的手续顺利进行，在各自负责人的瞳孔认证完毕后，亚太团队将站长和助理留下，准备离开。

在几位亚太驻军正要转身的瞬间，欧洲安保团队中的一人突然掏出了随身携带的手枪！

"为法比奥复仇！"随着一声高喊，砰、砰、砰！这人向亚太站长和助理连开三枪！并继续瞄准向其他的亚太驻军！

军人的警觉让这几位亚太驻军也在瞬间作出了反应，他们熟练地掏出别在腰间的手枪，对欧洲团队的方向进行了有效地回击。顿时，现场乱作一团，枪声、叫喊声通过卫星信号的传输，游荡在亚太联邦高层的会议室以及欧洲议会的虚拟会场中……

面对信号消失的大屏幕，亚太总理气得站了起来，狠狠地将面前的瓷杯摔得粉碎。他知道，与欧洲联邦的冲突和对抗，从这一刻，正式开始了……

十三

兰 妠

一天前。

伦敦肯辛顿区的一幢高级公寓，满脸焦急的兰妠匆忙赶到劳拉住所的门前。在看到 EBC 关于月球基地发生意外和法比奥身亡的消息后，她便第一时间来到了这里。心地本就善良的兰妠，对失去最亲近之人的心情最能感同身受。

这是一种瞬间的孤独感，好似人生死掉了一部分。前一秒那些独特的回忆还有人见证，共同铭记，可转眼间这些回忆中的一个主角便消失不见，回忆本身也会慢慢被岁月蚕食到如梦一般虚无，辨不清是真实还是幻境。作为劳拉从小的朋友，兰妠现在能做的，便是最快赶到自己挚友的身边陪伴她。

深吸了一口气，兰妠拿出劳拉存放在自己这边的公寓钥匙，打开了房门。"平民之家"的宣传横幅贴在墙上，和众多老人的合影循环滚动着。劳拉就坐在沙发上，窗户的显示屏上播放着对法比奥意外死亡的报道，穿着睡衣的劳拉双眼直勾勾地盯着窗外，像丢了魂儿似的。

"劳拉，你……还好吗？"兰妠小心翼翼地靠近，温柔地抱住了劳拉，轻轻地说道。

劳拉没有说话。就这么过了一小会儿,她转过身来,面对兰妠。即便双眼通红,脸上看得到明显的泪痕,但劳拉仍保持了坚强的一面。"没什么,我只是在想,为什么会发生这样的事,我为什么没能将父亲照顾好。"

"你千万别自责,这也不是你能控制的事情啊……"

"我做了那么多慈善的事情,帮助了那么多人,甚至想为这些人奉献一切。但到头来,却照顾不好自己的亲人……"劳拉抿起双唇,略带愤恨。

"我能理解你的感受,科霖发生意外的时候,我何尝不是这样想的……自己最亲近的人都照顾不了,还谈什么其他呢?而且最痛苦的是,除了那首神秘的短诗之外,他都没有给我留下任何信息,让我无从查清真相……"

兰妠的这句感慨,仿佛提醒了正沉浸在痛苦中的劳拉。恍然大悟似的,她一边冲向自己的卧室,一边和兰妠解释:"我突然想起来,父亲几年前回地球的时候,曾经给过我一个信封,说是假如自己发生意外,我便可以打开阅读里面他亲手写的信件,更好地承担起对我们家族的责任。我一直把它放在保险柜里,现在到了打开的时候了!"

一转眼的工夫,劳拉便从卧室出来,拿着一个纯白色的纸质信封,火急火燎地拆开。她展开里面一张整齐折好的信纸,完全没有让兰妠回避的意思。兰妠看到,信纸上是用传统钢笔书写的文字,密密麻麻地写了一页。看到最上面的一段字,劳拉下意识地小声念了出来:

孩子，我写这封信的目的，是为了告诉你我年轻时候的一些事情，让你了解一些人和事的全貌，以便你走好接下去的路。其中，最重要的一点，就是让你了解欧莉维亚，这个你可能现在无比信任的长辈，一些背后的故事……

劳拉全神贯注地读到这里，兰妠也在专注地听着。

突然，整个房间传来一声巨响！

劳拉住所房间的门轰的一下被炸开！紧接着，背后窗户也在炸裂的声音中碎成一地！

劳拉和兰妠两人本能地抬起双臂，挡住冲击波。一阵疾风掠过，她们还未能放下双手，又听见烟雾弹落在客厅的声音，霎那间，整个屋子便被浓烈的烟雾充斥，两人被呛得咳嗽不停，一片灰蒙中互相大叫着对方的名字。嘈杂的声音在屋子里响起，机器人移动和无人机飞翔的噪音混作一团，几条激光红线穿过烟雾交错纷乱。紧接着，兰妠听见劳拉发出了撕心裂肺的叫喊声，过了几秒钟，声音戛然而止……

"劳拉！劳拉！"兰妠大叫着挚友的名字，一边举起手臂向前乱摸着，就这么过了十几秒钟，烟雾散去，兰妠睁开双眼，眼前的屋子已经乱成一团。整个屋子最醒目的莫过于墙上大大的"老兵团"字样，而劳拉和法比奥留下的那封信，却都失去了踪迹……

几分钟后，欧洲之盾的特工终于赶到现场，惊吓过度的兰妠此时早已连线丹尼和安吉儿寻求帮助。在欧洲议员的质问下,现场的欧洲之盾特工只能给出最显而易见的结论——老兵团组织主导了对劳拉的绑架,意图不明。现今情况,除了加紧调查劳拉的下落,别无他法。

面对欧洲之盾的解释,兰妠知道此时在线上看起来十分疲惫的丹尼无心多管,便也不为难朋友,接受了丹尼和安吉儿的几句安慰,挂断了连线。

继科霖之后,又一位对自己极为重要的朋友消失了。而且,这一次,不幸就发生在自己的面前。

四周涌来的无力感席卷了兰妠。看着身边欧洲之盾的工作人员来来往往,兰妠大脑一片空白,一个人坐在街头的石阶上,抱住双膝,把头埋了进去。此时的她,成为了一个巨大的矛盾体,感受到的是无孔不入的孤独和无助……

兰妠就这样坐在石阶上,没有哭,也没有呐喊,静静地不知过了多久。夜色渗入天幕,四周的路灯无力驱散无孔不入的孤独。她抬起头,看到身后的几位欧洲之盾的特工也就这么一直在她身后站着。兰妠觉得有点不好意思,便缓缓起身,在护送之下回到了自己的住所。

锁上房门,此时的兰妠只想静一静。拒绝了安吉儿前来陪她的善意,屏蔽了其他一切关怀的信息,断掉了万能镜的联网,她坐在床上,抱着双腿,把头埋了进去,默默地流下了泪水。

她就是这样内向的一个人,就是这样会逃避的一个人。小时候不知道自己的父亲是谁,母亲又一遍遍地和自己要求隐瞒真实的身份，所以兰妠从小就学会了隐藏自己的情绪，话也不多，高冷的形象就这样塑造了起来。旁人并不知晓如何深入兰妠的内心世界，即使像劳拉、安吉儿这样的好友，她也一直都有所保留。

任何人都没有见到过兰妠情绪崩溃时的样子，在科霖发生意外的时候也是如此。丹尼和安吉儿火急火燎地从巴黎赶回来，见到的却只是一个沉默的兰妠。没有哭泣，没有愤怒，只有平静和淡然。她是真的没有情绪吗？不是的，只是她选择了逃避。把所有的情绪藏起来，让自己看起来很坚强，让别人也能好过一些。

有些人就是这样的。在看似坚强的外表下，深埋着一颗柔弱的心和一份无法与人言说的孤独。朋友们都说兰妠或许是世界上最坚强的人，但他们哪知道，兰妠只是很会掩饰和逃避罢了。

兰妠隐约记得，知晓科霖意外的那一晚，自己也是一个人，也是同样的姿势，默默地流着同样的泪。再往前算起，自己第一次意识到没有父亲的时候、无数个母亲不在身边的夜晚、对未来和生活感觉到无助的间隙，也都是这么一个人，同样的姿势，流泪到模糊了意识，熬过了一段段人生。自己此时无声地流泪的样子，就如同一张定格照片，仿佛成为了整个人生的缩影。

自己这悲剧的内核，曾经有没有过改变的契机呢？怎么能说没有呢。那两年和那个人在一起的日子，兰妠一度以为自己逃出了命运的悲剧剧本，成为了一个和其他女孩子一样的人，拥有幸福和快乐，勇敢去爱，勇敢去生活。自己小心翼翼地经营这来之不易的感情，也渐渐地走出了阴暗面。可最后呢？命运只不过是在逗自己玩儿而已。

在科霖发生意外之后，兰妠发现自己每天晚上的梦境，慢慢地被替换成了那些记忆的回放。科霖这个人，就如同烙印一般，被刻在了自己的潜意识里，挥之不去，也舍不得挥去。在这种纪录片回放中，兰妠是幸福的，在梦中是会微笑的，甚至是不愿意醒来的。只有在梦里，她才会回到那些温暖的时光，那些她人生中最幸福的日子，与她生命中最温暖光亮的那个人重逢。

思绪漫无边际地飘着，兰妠的泪流干了，意识也散开了，梦境中的记忆回放又开始了……

大一，科霖在新生相册看到兰妠的第一眼，就决心要将这个女孩儿追到手。

一头干净利落的短发，配上冷若冰霜的姣好面容，对科霖来讲有着致命的吸引力。他是一个极度自信的人，高中时期就受到太多女生崇拜。他觉得完全听自己话的女生没什么意思，反而是那种"有性格"的女孩子更能激发他的斗志。兰妠看上去就是这样一个人。

新生会上，打听了一圈都没能了解到兰妠的信息。科霖又特意去兰妠所在的基布尔学院社交了一圈，大家也都没有见到过这个姑娘，看起来这是一个不太喜欢交际的人。就在科霖一筹莫展的时候，一个叫丹尼的政治系同学给自己发了一条消息，告诉他兰妠正在话剧社参加试镜。科霖对这个丹尼没什么印象，可能在哪里说过两句话吧，但他此时还能想到自己，人还不错。放下手头的事情，科霖快马加鞭地来到了试镜现场，也因此开启了一段缘分、两段友情。

好吧，上面的剧情都是科霖自己的说法，真实性无从考证。兰妠一开始是将信将疑的，但丹尼和她讲述的版本里也没有任何破绽，她便只能相信这个"一见钟情"的故事。

要不是自己的好闺蜜安吉儿喜欢演戏，要来话剧社看看，兰妠自己是绝对不会来试镜的。看到科霖的第一眼，兰妠对这个帅气的家伙便有些抵触。迟到了这么久，跑过来应征一个道具组的名额，不知道脑子里哪根筋烧坏了。看起来科霖在这一群来参加试镜的人里只认识丹尼，但感觉他们也不熟，大家只能一起尬聊了一晚上。

兰妠本来并没有指望能获得出演任何角色的机会，但也许是导演恰巧看中了自己拒人于千里之外的气质，刻意将剧本里最高冷的角色交给了自己。罢了，毕竟陪安吉儿一起，那就演吧。大一的第一学期，剧组的人几乎每天晚上都要聚在一块儿，一幕幕地为期末的公演进行排练。兰妠眼见丹尼和安吉儿走得越来越近，越来越暧昧，自己打心眼儿里为这么多年的好朋友开心。她本想默默躲开，不去当电灯泡，但安吉儿知道兰妠没什么朋友，所以每次和丹尼约会，都会叫上她，让她不孤单。虽然兰妠能从中感受到安吉儿的一片好心，但看多了别人的恩爱，也让她越来越难受。

这种时候，就需要科霖来缓解尴尬了。为了避免老是当那对情侣的陪衬，兰妠渐渐地也习惯叫上科霖一起玩耍。这家伙虽然看起来吊儿郎当，而且有点自恋，但对自己十分殷勤，也备加照顾。两个人从开始一起吐槽丹尼和安吉儿，慢慢变成了互相关心与问候。每次排练的时候，兰妠总能感受到科霖对自己特殊的关怀，自己在舞台上时，科霖的眼神在她身上从来就没有离开。

兰妠给大学这圈人的印象依旧是高冷与孤僻，别人都说她有着一颗冰冷的内心。在大学之前，也从来没有男生能走进她的心扉。人家还没能靠近，便已经被兰妠身上散发的冰冷和距离感吓跑了。可是现在，有一个不怕冷的勇士，在自己召唤的暴风雪里匍匐前进好久好久，顶着寒风，希望能给风暴中心的自己点燃一团熊熊烈火。兰妠被科霖的坚持与努力融化了，在她内心的最深处，她何尝不喜欢和身边这个帅气、幽默的有为青年一起探索人生呢？

和科霖在一起的日子，是兰妠人生中最开心的时光。爱人相伴，朋友相随，人生最美好的部分不过如此。她会拉着科霖陪她研究牛津所有学院的院徽，科霖也会和她分享小时候的喜好。虽然科霖能感觉到，兰妠仍然有很多秘密没告诉自己，不过他不在乎。他们两个人都觉得，喜欢一个人，喜欢的是当下这个人的样子，喜欢的是和这个人共处的时光，喜欢的是和这个人一起编织的未来，而不是纠结于过去一些无法改变的经历。

大二，刚考完试的一个晚春之夜，兰妠和科霖来到了牛津的拉德克利夫天文台，对着晴朗的夜空辨认一个个穿越了数亿年时空的星座，两人感受到了前所未有的浪漫和心安。"科霖，等到大三毕业的时候，我们就订婚吧。我从来没有和你说过我的家庭，希望到时候可以告诉你……"

"好啊！可惜你个坏女人，接下来这个假期要狠心抛下我去伦敦实习了。丹尼他们也不在，就留我一个人驻守牛津。伤心啊！"科霖故作痛心地说道。

"没办法，我再不实习，就找不到工作了啊！哪像科霖议员啊，明年年底就是欧洲之栋梁了呢！"兰妠毫不示弱地回击道。

"那有什么用？还不是被你征服了！不过说真的，在议员选秀之前，我们是应该先把婚事定下来。假如要订婚的话，是不是我还得求一次婚啊，真是麻烦……"科霖又开始假装犹豫。

兰妠赏了科霖一个巴掌，瞪着他不说话。生气了。

科霖吓得赶紧回归正经。"兰妠，你也不是一个喜欢惊喜的人。咱就商量好，明年最后一门毕业考试考完，考场出来我向你当场求婚！好不好？"

"唉……"兰妠没有睁开双眼，嘶哑着叹了口气。

这个梦，每次都是在这里醒来。有时还想在梦里再躲一会儿，可却也睡不着了。

天已经亮了，兰妠似乎也没有眼泪再流。她早就习惯了这样的梦境，没有过多纠结，从床上坐起来，点燃了一根烟。

烟这玩意儿，自己偷偷摸摸抽了两年了，安吉儿、丹尼他们居然也没发现。兰妠无奈地得意了一下，深深吸了一口，缓缓吐出些哀愁，开始思考昨天发生的一切。

出于未知的原因，劳拉好像被老兵团劫走，也不知道后续怎样。这样想着，兰妠重新将万能镜联网，安吉儿那十多条关心的消息涌来，诉说着她的担心。兰妠没心情回复安吉儿，而是打开了EBC的新闻。上面显示，尽管欧洲之盾已经全面铺开搜索，但劳拉依然下落不明。

为什么老兵团要在这个时刻对劳拉动手呢？难道法比奥的意外也是老兵团的策划？兰妠想不明白。不过她很清楚的是，这次劳拉的消失就发生在自己眼前，而自己在危险来临时，竟然没有一丝保护朋友的能力。

这样的痛苦在科霖发生意外的时候，兰妠已经经历过一次了。无法事先阻止不说，到现在自己也没能理解科霖留下的那首短诗的含义，探寻真相更是无从谈起。再看看丹尼，人家多多少少为了科霖，走上了议员之路，一直在积极地想办法揭开科霖背后的故事。而自己，明明跟科霖有着更为深厚的感情，却因为没有能力，像个懦夫一样逃避着本应该属于自己的责任。正是这样的愧疚，让兰妠在牛津危机的解谜中那样积极，她渴望为寻找科霖的真相出一份力，哪怕是在别人主导的调查中，她希望能对得起科霖，也对得起自己的内心。可是这样取巧的努力，何尝不是对自己内心的一种欺骗呢？

当然，要是能一直这么浑浑噩噩地骗自己也就罢了，时间本可以抚平一切。可现在，另一位挚友的意外就发生在自己面前，而自己依旧什么都做不了，只能眼睁睁地看着悲剧发生。科霖出事后，兰妠也曾数次下定决心，想要更勇敢一些，守护好自己在意的人，但此刻她在质问自己，从两年前到今天，真的有任何改变吗？

兰妠好恨啊，她恨自己只会自怨自艾，她恨自己无能，她恨自己只会逃避！

她又想到了自己一直崇拜的母亲。在她的记忆中，母亲从来没有软弱、退缩过，永远是独当一面，勇敢坚决。青年革命的时候，欧莉维亚没有选择置身事外，而是敢于站在少数的一方，革命之后更是没有坐享其成，忘我地投入到了建设欧洲的事业当中。作为欧莉维亚的女儿，自己竟然活成了母亲的反面，这让兰妠不知该如何是好。出于这样的原因，她越来越感觉在母亲面前抬不起头，与母亲本就不近的距离也越拉越远。

即便与母亲已渐行渐远，兰妠犹豫了一下，还是打开了万能镜中母亲昨晚发来的留言：

> 兰妠，没什么事吧？看到你离线了，想必是想自己静一静。我和欧洲之盾沟通过了，他们已经在全力追查劳拉的下落，我也会动用自己的资源去找她。这个时候，你就不要想这个事了，免得徒增烦恼，交给联邦和欧洲之盾处理吧。法比奥的意外和劳拉的消失不是小事，我们要准备好，迎接所有可能的到来。妈妈会保护你，也希望你不要被这些意外缠住。忘了这些事儿吧，生活还要向前。

这好像是在责备我啊，兰妠觉得委屈。自己目前做到的，和母亲所期望的，好像隔着一道鸿沟。母亲从来没有怪过自己，但这字里行间却散发着失望。是啊，除了科霖，自己人生的大部分都是母亲安排的，学校工作都是。在母亲眼中，自己仿佛没有独立过，显而易见的失望也是应该的吧。

兰妠想和母亲连线聊一聊，看看欧洲之盾那边有没有最新的进展。可一转念，她又想到了法比奥留给劳拉那封信的开头，有了种不好的预感。为什么法比奥留给劳拉的信，上面写的会是关于欧莉维亚的内容？法比奥想要在死后告诉女儿的，是关于欧莉维亚怎样的故事呢？这样想着，她又放下了已经举起的右手。

欧莉维亚在兰妠眼中，一直神秘而严厉。与其说是母女之情，兰妠觉得自己和母亲之间更像是一种老师与学生的关系。两人的交流看似不少，但大多时候都是欧莉维亚的说教。兰妠生活中的所见所闻要汇报上去，但她对自己母亲正在做的事情却一无所知。母亲过去的经历、自己那不知名父亲的故事，未来的打算，兰妠不知道，也早就放弃了猜想，更加不敢去直接询问欧莉维亚。当看到法比奥留下的信息时，兰妠内心中的好奇也最大程度地被点燃了。现在想想，兰妠既感到疑惑，也感到害怕。如果法比奥留下的信息，是关于自己母亲一些不好的事，她又该怎么办呢？

"啊啊啊！这一切到底是怎么回事啊！"兰妠猛地对着四周嘶吼着。

无能地狂怒之后，兰妠喘着气，抬眼扫到了床对面架子上的一个物件。

这是一个"胡桃夹子"小人，不是什么贵重的礼物，也没有什么特殊的意义，只是当年兰妠去科霖家玩儿的时候，顺手拿回来的一个小玩具……

"诶，这是你小时候买的吗？还蛮可爱的！"

"啊？"科霖摸不到头脑，"我都不知道这是什么，一直摆在这里的。"

"哎哟，这童年生活，真是可怜某人了。"兰妠有点心疼地开着玩笑，"这是一个'胡桃夹子'。有一个很出名的芭蕾舞剧就是说这个的，讲的是一个被施了魔咒的王子和女孩互相关怀、保护彼此的故事。"

"哦，王子和女孩！那不就是我和面前的这个傻女人吗？好了，那这个你拿走好了，我不在你身边的时候，希望你能和它相互保护哦！哈哈哈！"

"你够了！"兰妠一个白眼怼了回去，"那我就拿走了，我回头带你去伦敦看看这个剧，弥补一下童年的缺失！"

盯着架子上的胡桃夹子，当时两人的对话又浮现在兰妠的脑海当中。芭蕾舞剧后来自然是没有找到机会去看，大部分科霖送给兰妠的礼物也都在意外后被收拾了起来。唯独这个小玩意儿，兰妠没有收走它，可能是忘记收拾了，也可能是迷信某种守护吧。

胡桃夹子即使受了伤也要保护女孩，女孩即使明知不敌也要拿起宝剑战斗。这略显幼稚的童话故事，却讲述了最难得的勇敢。自身能力的强弱并不是逃避的借口，直面困难的态度和勇于挑战的精神才是能否越过障碍的关键！

兰妠想着，如果科霖能和她说话，那他一定会鼓励自己查出事情的真相，想办法去救出自己的朋友。如果科霖还活着，那他一定会冲在最前面，想办法与欧洲之盾一起开展调查，找出背后的主使。如果当年发生意外的是自己或者丹尼，那么活下来的科霖一定会勇敢地承担起对死者的责任，查清故事的来龙去脉，告慰逝者的在天之灵。是的，科霖那个男人，一定会这么做的！

看着那傻傻的木头小人，兰妠醒了，她觉得是时候改变了。自己一生在面对悲剧时都在逃避，现在却只落得一个被撕裂开来的自己。逃避并没有让她忘记科霖，并没有带给她任何快乐，反而是让她重蹈覆辙，又一次体会了那种孤独、无助、悔恨和痛苦。

兰妠的眼神变得坚毅了起来，狠狠地把燃了一会儿的烟摁灭在了床头柜上。

一定要努力，哪怕用上很久的时间，也要揭开科霖、劳拉这所有事件背后的真相！哪怕自己之前的人生跌跌撞撞，也要在未来重新成为自己命运的掌舵者！

十四

月球战争

尼克·克劳斯算半个孤儿。

他的父母都是联邦旧政府下德国的高级官员,在青年革命胜利后,双双被判入狱,没过多久就在狱中自杀了。不到5岁的尼克便被送到了慕尼黑郊区的孤儿院,如果没有什么意外,尼克原本将在18岁左右作为青年劳动力加入极光在德国的工厂,70岁退休,然后进驻老年中心颐养天年。

命运的转折点发生在一场小学之间的慈善足球赛。欧洲首富亲临现场,尼克在比赛中独中三元,几个因素加在一起,让尼克与欧莉维亚相识。欧莉维亚投资眼光精准,一眼便看中了蛰伏在尼克身上的体育天赋,直接把他从孤儿院带到了拜仁的少儿足球学校,并提供了全额资助。

在欧莉维亚赞助过的上百个体育苗子里,尼克显然是最成功的一个,也是性格最要强的一个。在足球学校,尼克是最刻苦的孩子,不仅训练的时长远超其他人,对战术、历史比赛、其他球星技术上的研究几乎占据了他所有的业余时间,学校里的老师和其他孩子一开始都戏称他为"尼疯子"。没过多久,所有人又都为尼克在赛场上的表现而呐喊痴狂。成功与努力,是正相关的。

要强的人往往不愿意接受他人的施舍。尼克在球场成名身价飙涨之后，曾好几次私下和欧莉维亚沟通，希望可以将这么多年来收到的赞助款返还给她，但都遭到了欧莉维亚礼貌地回绝。随着尼克的名气越来越大，他内心想要归还这份"人情"的想法愈发强烈，却一直也没有找到更好的机会。

尼克的命运仿佛就是要转折多次。在一次联赛的热身赛中，只是因为很小的矛盾，尼克遭遇对方选手的恶意滑铲，直接被踢碎了膝盖，不得不在自己事业巅峰之际选择退役。尼克一度陷入消沉，直到人生贵人欧莉维亚再次出现，建议他去参加议员选秀，走上从政的道路。

尼克在议员选秀的过程中，虽不如丹尼、罗捷等人有城府和策略，但他还是凭借着足球生涯累积下来的巨大人气顺利当选欧洲议员。就职之后，他负责德国的相关事务，同时也在军方兼职。与很多人不同，尼克在大大小小的事情上并不会直接寻求Europa的建议，而是更希望自己先产出观点，再与Europa的计算进行对比参照。结果可能是相同的，但尼克这样做会让自己获得巨大的满足感。正是因为如此，他也像丹尼一样，推掉了"纯乐派"的入会邀请，每天为工作累得要死要活。

一切看起来一帆风顺，直到欧莉维亚在一个月前上门拜访。

"尼克，我是看着你长大的。你知道我没有孩子，所以你就像我的亲儿子一样。我会一直支持你、帮助你，我也希望我们能携手共同做一些事情，利用各自的优势互相帮助。"欧莉维亚的提议从任何角度看都是巨大的诱惑，两人本来就有多年的感情基础，特别是欧莉维亚对尼克恩情不浅，正是报答的时候。

可是，尼克言辞强烈地拒绝了欧莉维亚递过来的橄榄枝，并在两周之后，不顾欧莉维亚的反对，单方面地将这么多年来收到的赞助款，加上利息，直接存入了欧莉维亚的账户。原因很简单，童年经历过大起大落的尼克相信，依靠别人都不长久，还是要靠自己的努力才能保证持续的安稳。他希望靠自己的奋斗与努力立身于这个世界，并不屑于做任何在他看起来有悖自己价值观的事情。在尼克看来，欧莉维亚这样私下寻求与自己合作，与试图贿赂欧洲议员无异。但欧莉维亚毕竟对他有恩，所以他也不会害她，只是选择以自己的方式与欧莉维亚划清界限。

汇款后，欧莉维亚并没有联系尼克，他们之间的缘分看起来就这样结束了。一周前，尼克获得 Europa 的建议，希望他能去月球巡视几天，了解欧洲月球基地的情况，鼓舞驻扎人员的士气。从小就向往月球旅行的尼克欣然答应，来到了月球，向站长法比奥了解月球基地的发展情况，在工作人员的陪同下参观了宁静之海，体验了月球车的驾驶，考察了欧洲在月球设立的能源采集矿场……这趟旅程本来十分愉快，直到尼克在月球基地得知法比奥死讯的一刻……

法比奥出事之后，尼克暂时接替了欧洲月球基地站长的角色，并与 Europa 和欧洲之盾进行了多次对话。Europa 多次和他强调暂时驻守月球一线的重要性。法比奥的死亡不仅给欧亚两大联邦的局势带来了不稳定的因素，也让欧洲月球基地的工作人员无比愤怒。有尼克在，首先可以安稳内部人心，其次可以让亚太联邦有所顾忌。

一方面安抚基地人员愤怒的情绪，一方面与地球上的同僚们磋商应对的方案，作为欧洲月球基地暂时的负责人，尼克履行了自己应尽的职责。更难能可贵的是，尼克的工作并不越界，他仍然将外交方面的事务交给欧洲议会整体协调进行，自己只是作为一线人员，配合与亚太的沟通。

僵持了24小时，尼克随基地的医务人员一道，前往亚太联邦基地参与了法比奥的尸检。当天晚些时候，好消息终于传来，亚太联邦愿意转交嫌疑人，一场危机眼看就要化解。

交接仪式上，尼克带领着欧洲团队迎接了亚太一行。他做梦也没有想到，原本一个危机的终结，竟然变成了一个更大危机的开端。尼克身旁的一名安保人员毫无征兆地拿出自己的手枪，向亚太站长一行人开枪射击！

在这电光石火的间隙，尼克顾不得其他，只能凭借运动员的敏锐，迅速找到掩体闪躲。一阵枪声过后，尼克小心翼翼地从墙后起身，看着面前横陈的尸体和弥漫着火药味道的房间，他心里知道，战争已经在所难免……

欧洲联邦议会，Europa正在向除了尼克以外的100名议员汇报月球事件的后续情况。

"根据初步分析，向亚太月球基地人员开枪的事情，属于我方安保人员的个人行为。我们已经与亚太联邦沟通了这个消息。根据最后的直播画面，我方首先开枪的安保人员已经在后续的枪战中死亡。在枪击事件后,我们与欧洲月球基地的通讯信号发生了中断,怀疑是亚太联邦从中作梗,目前正在尝试恢复中。"

很多议员都对 Europa 的说法心存疑问,但这个时候,总不能承认发生于月球的枪击事件是欧洲联邦的蓄意安排,Europa 多年以来的权威也不容置疑。不管亚太联邦如何理解,事情已经发生了,只能去布署下一步该怎么走。

道歉与赔偿是一个理性的途径,但缺乏可操作性。在议会的紧急讨论中,几位议员争论了一会儿,最后 Europa 仍然向各位议员建议,此时不能向亚太联邦低头。对外倒是小事,对内的民意影响才是各位议员关心的问题。假如真的向亚太联邦妥协赔偿,那些支持赔偿的议员可能会丢失大量的选票。因此,大家决定静观其变,反正欧洲与亚太已经很多年没有贸易、经济上的往来,人员的流动也非常少,因此亚太联邦缺乏有效的反击手段。假如亚太联邦真的再进一步升级事件,到时候欧洲这边也有足够的理由反制。

鉴于 Europa 一贯完美的政策建议,几位主张认错道歉的议员也不得不安静下来。他们早已经习惯了听从 Europa 对政策的指示,大家谁都不想在此刻承担忤逆 Europa 的后果。轻则失去部分选票,重则被钉在欧洲联邦的耻辱柱上。倒是艾芮比较坚持自己的观点,坚决主张缓和现在的局势,主动道歉示好。不过她一个新晋的潮流党议员,显然无法改变主流结论。至于丹尼,他只是默默地听着,仿佛这一切都与他无关,他还在思考那些更重要的事情……

另外，在确定了强硬的外交对策之后，大家一致决定，基于现有的情况，需要让尼克尽快从月球撤离，并抓紧从地球派人加强月球基地的防守。

正当欧洲议会再次尝试与尼克联系时，一个令人紧张的消息通过 Europa 传来，欧洲联邦已经彻底与尼克和欧洲月球基地失联了！

欧洲月球基地内。

在枪击事件发生后，尼克立刻带领基地工作人员对现场进行了简单的清理。因为都是特制的月球手枪子弹[1]，威力有限，所以基地本身的架构并未发生损坏，也没有造成基地内部的失压。身处月球基地，每位基地的安保人员都会配备特制的手枪，这也是为了安全着想，可哪知道今天居然发生了这样的事情。尼克不了解那位安保人员开枪背后有什么动机，不过事情既然已经发生了，那只能去想下一步的对策。

尼克缓了缓神，突然有些奇怪为什么还没收到欧洲议会或者 Europa 的消息。照理来说，在向地球直播的交接仪式中出了这么大的意外，议会应该早点与自己联系才是，可到现在都没有任何声音。

就在尼克疑惑的时候，战争的前奏已经打响。

"尼克议员，有多辆亚太联邦的月球车正在向我们基地的方

---

[1] 月球上使用的枪支和子弹为特制版本，子弹内部自带少许氧气用于爆炸射出。

向赶来！"一位工作人员神色匆忙地进到控制室汇报。尼克来到基地外围的房间，拿起望远镜顺着窗户向外看去，只见大约 10 辆月球车正在从远处开来。每辆车上都有两到三个穿着太空服的人，手里拿着特制的冲锋枪，还带着几个安装了攻击性武器的机器人！尼克并不能看到太空服里面的脸庞，但他能感受到这些头盔下的愤怒与复仇的决心。

"快！向美洲基地请求支援，同时持续尝试联系 Europa！再检查下我们矿场的情况！"尼克冷静地发布着一道道指示。在军方工作的一年让尼克认识到，这次危机，很可能无法以和平收尾了。他大概算了一下，欧洲联邦基地现在只有 20 人左右，其中大部分还是没有开过枪的科研人员。亚太联邦那边，即使是科学家也大多有军人的属性，战斗力远超欧洲基地。如果发生正面冲突，自己一方必败无疑。

"议员，如果您现在撤离，或许还可以成功回到我们环月轨道的空间站上，然后直接回地球，再晚一点，我怕您这边有危险。"

"不。我一走，他们会更加肆无忌惮，你们的安全将得不到任何保障。我在，他们可能还会有所顾忌。"尼克坚定地说道，"我有一个计划。你看，他们来了大概 20 人左右，按照我们的了解，亚太基地一共也就 30 人左右，所以现在他们应该是倾巢而出。这样来看，他们的基地应该是空的。我在这里和他们对峙，拖着他们，你们剩下的几个安保人员分成两队，一队跟着我守基地，另外一队带几个人去突破亚太的基地看看！假如拿下他们的基地，我们手上就有了更多筹码！"

"美洲基地和欧洲议会联系得怎么样了？"部署完自己的计划，尼克再次问一旁的通讯员。

"美洲那边没有接通，估计是在旁观。但奇怪的是，欧洲议会也没接通。Europa 显示联系不上。另外，矿场那边也已经断联了，亚太人应该是已经抢先一步到了。"

"妈的！"尼克怒骂了一声。如果可以联系上欧洲议会，虽不能马上加派增援，但起码可以与亚太联邦开启沟通渠道，看看对方要什么条件。现在联系不上地球，那这边只能靠自己了。

"都别闲着了！全员穿上太空服，拿好武器，准备应战！"

不一会儿，亚太联邦的 10 多辆月球车就开到了欧洲基地附近，呈全方位包围之势。他们并未急着进攻，而是驻扎原地，同时用无线电在所有频道向欧洲基地发送信息。

"欧洲联邦的各位同志们，我是亚太联邦驻月球司令官。你们已经被包围了。我们尝试过与你们议会对话，但是并没有收到任何回复，他们没有任何想要拯救你们的意愿。你们的家乡已经放弃你们了！我建议你们不要负隅顽抗，出来向我们投降，这样可以保证你们的安全！"

尼克冷笑一声，留着自己和其他人当人质，好和欧洲议会谈判是吧。

"司令官您好！"思考了一分钟，尼克便通过无线电回应了对方，"我是欧洲联邦议会议员尼克。想必您知道我对于欧洲联邦的重要性。我建议我们双方都不要冲动，要相信双方政府可以通过对话解决此次事件。我们也正在积极地与欧洲议会沟通，讨论可行的方案。"

"尼克议员,我们当然很尊重您,也想通过沟通解决问题。但现在我们联系不上你们的议会啊,Europa已经代表欧洲议会,拒绝了我们谈判的要求。从现在起,您有一个小时的时间与你们基地的其他人沟通,出来投降,否则我们只能被迫进去抓捕贵方人员,再请求与欧洲议会对话了。"

"这是怎么回事?还没有联系上Europa或者议会的其他人吗?"尼克愤怒地再次向身旁的通讯员质问道。

"没有……为了防止泄密,我们所有的通讯都需要通过环月卫星,连接Europa之后再连接到其他地方,可以说Europa是我们与地球联系的唯一途径。现在是与Europa的连接中断了。"

"为什么会这样?"尼克眉头紧皱,话语中带着强压的怒火。

"有两个可能:一是我们环绕月球的通讯卫星和基地的通讯设备已经被亚太联邦摧毁了,但他们的速度不可能这么快;第二个可能,就是……议会并不想回应我们……"

"不可能,议会没有理由放弃我们啊?"尼克虽然嘴上这样说,但他的信心已经丧失了大半。欧洲议会权力分散,假如真的由议会决策,放弃月球基地的概率是很低的,何况自己还在这里,自己在议会的朋友也不少。假如不是欧洲联邦主动放弃与月球的通讯,那只有Europa有能力瞒着议会做到。想到这里,尼克不禁感到害怕。Europa这个从来都是仔细权衡成本收益的人工智能,究竟是为了什么目的,居然要牺牲掉自己这个欧洲联邦议员?

基地外亚太司令劝降的消息还在不间断地涌进来,尼克身边的工作人员虽然都对法比奥的死心存愤怒，但大多数人此时还是恐惧起来。这十多个人在这个时间点，仿佛是被整个世界抛弃的孤儿，这种感受，或许只有历史上那几位因变轨失败而单程前往深空的宇航员可以体会吧。

过了大概半个小时，之前尼克派出去偷袭亚太基地的队伍传来消息，他们已经到了亚太基地附近，可以尝试突袭。"争取快速占领！"尼克双拳握紧，下达了命令。这是他最后的希望了，只要能占领亚太基地，那就可以为自己争取足够的谈判筹码，或许可以安全脱身。

对接了偷袭小队身上的万能镜，尼克眼见几人突入了亚太基地的大门，没有遇见任何阻拦，他们来到了亚太基地的控制室。为首的队员抬头看到亚太基地控制室的大屏幕，上面显示的，赫然是他们背后的视角！偷袭小队的几位成员猛然转头，发现自己已经被多支枪和机器人指着，一阵枪声过后，尼克万能镜上传回的画面也变成了黑屏。

尼克放开握紧的拳头，最后的希望也破灭了。惊诧于亚太联邦竟然在月球偷偷藏了这么多军事火力之外，尼克也不得不承认，今天自己可能在劫难逃了。欧洲派人闯入亚太基地的行为，更是为亚太联邦攻击自己拱手送上了一个无比正当的理由。亚太司令官给的一小时时限逐渐过去，几分钟后，外面的包围就会演变成最后的攻坚。

只能一战了。自己这边还有十多个人，但大部分是没有拿过枪的科学家。他们现在都穿好了太空服，举起了月球特制的冲锋

月球战争 219

枪，但是尼克看到好几个人的手臂都在剧烈地颤抖着。他们不想死，不想在被联邦这样抛弃后没有意义地死去。

看到这一幕，本来要发表一番战前动员、让所有人拼死一搏的尼克心软了。他转身拿起了挂在胸前的枪，对屋子里的人开始了自己的演讲：

"各位，赞美青年！想必我不用多说，大家都看到了。我们已经与欧洲议会断联，指望不上任何支援了。我不懂为什么欧洲联邦会在此时抛弃我们，但事实就是如此。现在，亚太联邦的人在基地外面形成了包围圈，马上开始攻坚。他们想俘虏我们，用来和欧洲联邦谈判。但其实大家仔细想想，假如欧洲议会已经决心抛弃我们，又怎么会在意我们是不是亚太的人质。我们的命运或许终归只有一死。

"无论如何，我尊重各位的选择。现在的处境下，我们每个人都有一万个理由选择投降。想投降的人可以直接离开，我不会阻拦，但我自己，作为光荣的欧洲议会议员，我会恪守我的就职誓言，会在这里坚守至最后一刻，战斗到最后一刻！我会让外面的那群亚太佬们见识到真正的青年民主主义精神，让他们领略欧洲人民的勇气，让他们经此一役后，再也不敢挑衅欧洲联邦！"

看着尼克脸上暴出的青筋，满屋子的人都没有说话。沉默了一会儿，有一位50多岁的科学家率先放下枪，向基地舱门走去。紧跟着，其他几个岁数偏大的科学家也都放下了手中的武器，准备去向亚太联邦投降。剩下的几个年轻人聚集到了尼克的身前，无论出于什么样的缘由，他们眼神中透露的，是为欧洲联邦牺牲的决心，是青年民主制度最光辉闪耀的一面。

看着几位科学家从基地开门离去的身影，尼克并没有在他们背后开枪。在足球场上，他就是一个最重视荣誉感和公平竞争的人；在战场上，他同样是一个信守诺言的汉子。当看到几名科学家顺利被亚太联邦的人接管之后，尼克知道，这可能是自己最好的突围时机了。如果自己不先动手，对方估计会一直这么围困，直到活捉他这个对亚太联邦最有价值的人。

带着身边最后几个战士，尼克开始了最后的战斗。一只手绑着冲锋枪，另一只手托着一个类似防爆盾的东西，利用基地窗户作为掩体，借着亚太军人还在分神接管俘虏的时机，尼克几人率先开枪，直接打破了对面四名士兵的太空服，虽然太空服下面还有全套的防弹衣，以防身体被穿透直接失压而死，但这几名亚太士兵此刻只能快速后撤，失去了继续作战的能力。

很快，亚太人猛烈的还击开始了。他们手中特制的冲锋枪，威力比手枪大数倍，直接打穿了欧洲基地墙壁的防护层，顿时基地内也进入了失压和半失重的状态。压强还好，毕竟还穿着太空服，但是在失重的情况下，所有的身体移动都会被放大数倍。尼克这样没有太多月球生活经验的人，一下子就撞到了基地的顶棚上。子弹也打碎了基地内的设施，碎片在低重力和真空的情形下肆意乱飞，像一个个飞在空中的刀片，凌迟着欧洲联邦仅存的战士们。

尼克优良的身体素质还是让他快速调整了身形，用防爆盾阻挡着四处飞来的碎片。眼看最外一层无法守住，尼克示意几人退到基地内部防守。此时基地外面，火力压制的亚太军人们也在一跳一跳地从四周向基地大门逼近。

在撤到基地内部的过程中，欧洲联邦有几个人被屋内乱飞的物品砸中，造成了宇航服破裂，失去了空气的他们完全无法控制自己身体的运动，紧接着就被基地外射入的冲锋枪子弹击中身躯。鲜血在向外喷射的过程中沸腾着，几个人十分惨烈地离开了这个世界。

尼克退守到欧洲基地的控制室，他的身后只剩两个人了。他们将控制室的门紧紧封闭。这时，亚太联邦的士兵们进入了欧洲基地，他们在这个低重力的真空状态下也不敢随意开枪，生怕一些碎片反弹打到自己，所以只能一步步小心地向控制室移动。

尼克打开了欧洲基地的控制系统，他其实心里早就知道自己在劫难逃，但是此时的他，绝不想被敌人活捉。作为欧洲联邦议员，自己了解太多秘密，特别是在军方获悉的秘密。假如自己被俘，可以想象人生剩余的部分，大概率将在无尽的折磨与黑暗中度过。欧洲联邦在今天抛弃了他，但尼克与生俱来的荣誉感不会允许他背叛联邦，他不想被后人唾骂为祖国的罪人。他想被作为一个英雄铭记，他想与敌人同归于尽！

在之前与法比奥的会面中，法比奥还特别和他提到了欧洲月球基地的自毁功能。为了防止意外情况下信息外泄，欧洲站长及以上级别的官员有权力在控制室启动基地的自爆程序。现在这个时刻，尼克隐约觉得法比奥是故意告诉自己这条信息的，但他并没有其他选择。对联邦的热爱和与生俱来的责任感，让他只能选择大踏步地走向被设计好的死亡。

"控制中心,启动自毁程序。"尼克的声音没有夹带任何情绪。他的人生大起大落了太多次,此时也到了回归平静的时候。

"请求来自欧洲议会议员尼克·克劳斯,相关授权和确认已完成,开始启动自毁程序。5……4……3……2……1……"

"轰"的一声,欧洲基地瞬间爆炸开来,建筑周围 20 米内的一切都化成了碎片。尼克获得了属于他自己最后的荣耀……

几小时后,欧洲联邦议会,Europa 正在更新月球的最新情况。

"各位,基地枪击发生不久后,亚太联邦就完全切断了我们与月球基地的联系。尽管我们多次尝试,仍联系不上尼克或基地的任何人。根据我们绕月卫星的最新观察,以及美洲方面传来的消息,很遗憾,亚太联邦包围我方基地一小时后,毫无理由地向我方基地发动了进攻。经证实,我方月球基地已经启动了自毁程序,基地所有人员已经死亡或被俘。死亡的可能性更大,因为我们目前尚未收到亚太联邦的任何赎人要求,双方的一切通讯都仍在中断状态。很不幸,我们的联邦议员尼克也身在其中。鉴于月球基地的自毁程序只有尼克能授权启动,我们判断他大概率已经牺牲……

"各位议员们,鉴于月球基地事件中,亚太联邦对我方人员甚至是欧洲议员的残忍杀戮,我们必须对亚太联邦予以痛击!在评估了所有的战略选项后,我已经向欧洲之盾提供了策略建议,并获得了负责相关事务议员们的初步肯定。现在,我正式将建议提交给欧洲联邦议会,供各位讨论批准!

"各位议员需要在明早 10 点前亲自前来位于伦敦的欧洲中心,我们需要面对面讨论及表决下一步的行动议案——是否与亚太联邦开战!"

Europa 的声音在每一个欧洲议员的耳边响起,欧洲联邦来到了最关键的时刻。

这个世界已经很久没经历过大规模战争了,Europa 此时提出的建议给所有人都带来了巨大的震撼。大家一方面恐惧战争,另一方面又不敢质疑 Europa 的提议。开战虽然并不意味着全面的决战,也不意味着你死我亡,但只要战争开始,事情的发展将可能朝着不可控的方向发展,最后逼迫双方没有退路,只能押上全部的赌注。

Europa,这个从不会出错的人工智能,为什么会建议选择与亚太开战?对抗世界上实力最强的洲际联邦,Europa 手中又有什么样的底牌呢?开战之后具体的策略又是怎样的?是小规模地在争议地区挑起试探性的冲突,还是直接闪电般铺开全面战争?

明天注定将是决定欧洲联邦甚至世界未来的一天……

一小时后,其他议员都已经离去,丹尼独自一人坐在欧洲中心的议会大厅里,惆怅着。他不敢往事情最坏的发展方向去想,但最近几天发生的所有事情都太奇怪了。很像一叠多米诺骨牌,一环扣一环地连续触发着。在美国的谈判刚刚搁浅,月球上就发生了法比奥命案;命案好不容易有了缓和的迹象,马上又有了不知原因的枪击事件;枪击后或许还可以协商解决,但突然的失联却在短时间内升级成了欧洲与亚太双方不可调和的矛盾！本来通过对话就能解决的问题，现在却可能会引发一场未知规模与影响的洲际战争！

更令人困惑的是 Europa 在这一连串事情上的态度。它给出的每一步建议都在激化矛盾，让一个本来小小的事件朝着不可控的方向发展。就尼克的死来说，所有来自月球的信息都只通过 Europa，欧洲议会获得的信息到底是否真实？假如 Europa 的目的是激化欧洲和亚太之间的矛盾，那么最终的目的是什么？

如果把当下的事件和那晚 Adeva 讲的故事结合到一起的话，目前的一切或许都说得通了。欧莉维亚和 Europa 在暗中统治着欧洲，法比奥的死、月球战争的开始和失败、尼克的死，甚至包括劳拉的消失，很可能都是欧莉维亚一手策划的，Europa 凭借其对欧洲无孔不入的渗透协助执行。欧莉维亚的最终目的，就是要开启与亚太联邦的战争。按照这样的思路，这即将开启的战争，恐怕不会是零星的冲突。

假如 Adeva 说的都是真的，欧莉维亚暗中操控了欧洲这么多年，在议会部署了不知道多少门徒，再加上 Europa 对联邦政府的掌控，即使议会中的少数明白人有意阻拦，大概也就是螳臂当车。与亚太的战争，看起来不可避免，两个大洲之间全面的战争即将来临。

不过话说回来，欧莉维亚为什么想在此时开战呢？是惧怕美洲的 PGE 技术吗？有可能。

既然开战，欧莉维亚有把握取胜吗？不知道。但丹尼知道的是，一旦两大联邦开启全面战争，所有的事情都将会变得不可预料，这场战争有可能会变成人类的终结。即使不是人类的终结，上亿人的牺牲估计是要的。

从美洲回来之后就在纠结的丹尼，此时到了要作出决策的十字路口。时间是他的敌人，每流逝一秒，都会减少一分改变欧洲甚至人类未来的机会。

空荡荡的议会大厅里，丹尼站了起来，脑中一团乱麻。如果科霖在他这个位置，又会怎么做呢？他当年的死亡，与现在发生的一切是否有关？过去的真相究竟是什么？当下的困境该如何破局？未来的路又要选择什么方向？

想到科霖，那么聪明执着的一个人，他当年为什么会做那样极端的选择呢？为什么与 Adeva 聊完的当天就发生了意外？科霖真的选择了逃避现实吗？还有那条他临死前发给自己的消息，到底是什么意思？自己为什么还理解不了？他的死和兰妠以及欧莉维亚又有什么关系？

丹尼越是这样想着，心里越是着急。他牙关紧咬，面庞涨得血红，双手不自觉地紧抓着头发，恨不得把它们都拽下来。忽然之间，丹尼的大脑内划过一道闪电，恍然大悟似的，他握紧双拳抡着双臂狠狠地砸向了面前的桌子。"砰"的一声，丹尼离开座位，快步走出了欧洲议会的大厅。此时的他，心中已然有了答案……

十五

抱 团

"喂,你个色鬼,你干嘛!别闹!先把万能镜摘了!"安吉儿满脸涨红,娇羞地想挣脱丹尼的怀抱。自从丹尼被叫去欧洲中心参加有关月球事件的紧急会议后,安吉儿很是担心,一直在家等他回来。哪想到这厮回来刚一进门,就直接扑了上来,把安吉儿按倒在沙发上,亲吻着她的耳朵,右手还不老实地伸进了家居裙,一把抓住了裙摆包裹着的臀部,肆意地揉捏着。

随着安吉儿欲拒还迎般的抵抗,丹尼手上的动作暂停了下来,他对安吉儿调戏般的一笑,"好啦我知道了!这不是一直在忙,终于有时间可以和你享受下二人世界了嘛。我先去浴室等你。"说罢,丹尼摘下万能镜,解开扣子,褪去衬衫和西裤,对安吉儿抛了一个诱惑的眼神,手指勾了勾,进到浴室里去了。

安吉儿觉得有点不对劲。丹尼自从美洲回来后,就有点反常,看起来神思不属的,对劳拉被老兵团劫走的事儿也完全不上心,非常敷衍。安吉儿有点想不明白,一向关心朋友的丹尼为什么会变得如此冷漠?可能是工作上的压力吧,她只能这样猜测。可假如真是这样,刚才丹尼进门调戏自己的举动就显得反差更大了。

先不想那么多了，既然生活的情趣都被丹尼挑了起来，那便哄他开心一下好了。她摘下万能镜，补了下口红和亮片眼影，换上一套没穿过的黑色吊带袜，踩上一双高跟鞋。安吉儿的身材虽不是模特那般，但配上她白皙的脸庞、略显无辜的双瞳，此时就像是一个学坏了的天使，浑身上下散发着诱惑。她轻轻拉开了浴室的门，迈着猫步走进来，转身将门合拢。

丹尼满脸严肃地坐在浴缸的边缘。看到这样的安吉儿，他先是深吸了一口气，转身打开浴室的喷头，"安吉儿，你真的很美。但很遗憾，今天我们没时间享受二人世界。刚才我只是演了一出戏，怕家里还有其他 Europa 可以触及的监控。你坐下来，我来和你解释这几天发生的一切，顺便和你讨论一件会决定我们命运的事……"

约莫半个小时后，丹尼和安吉儿从浴室出来。回到客厅后，丹尼又和安吉儿严肃地讲了讲月球上的枪击意外、与亚太联邦的战争冲突、尼克的牺牲，以及迫在眉睫的战争。听到这些后，安吉儿脸上表现出了相当程度的震惊。

就在他们谈话的当口，EBC 对于月球战争的报道才姗姗来迟，以头条的形式推送到了欧洲联邦每一个人的万能镜上——亚太联邦对欧洲月球基地展开军事进攻！议员尼克为保卫欧洲光荣牺牲！

在欧洲联邦官方的通稿里，月球上的军事冲突被描述成了亚太联邦对欧洲的不宣而战，尼克的牺牲被描述成了捍卫欧洲的英勇之举，与亚太联邦即将开始的战争被描述成了捍卫领土的唯一选择，是决定欧洲未来命运的历史时刻。欧洲联邦 20 多年来的和平再次被打破，这次不再是内部的革命，而是与外部敌人的战争！

纵观历史，战争的来临往往有很多铺垫，但真正开始的那一霎那，往往不会给世人留出反应时间。几个关键人物出人意料的决定，一个突然出现的客观事实，轻而易举地就将所有人逼到了采取极端手段的道路上。即使开始只是零星的火花，但在爆炸的那一刻，没有人能控制得住事情的发展。萨拉热窝如此，珍珠港如此，今天也是如此。战争的阴云笼罩在全欧洲大陆的上空，每一个人的心中都沉重了起来。这个星球上最强大的两股力量之间的对撞，一触即发！

丹尼和安吉儿一起看完了新闻报道，无数亲朋好友的信息向两人涌来。或是询问，或是关心，他们都希望从这两位内部人士这里获取一点点对未来的预判。假如明天战争到来，今天你会做什么呢？恐慌、放纵，还是按部就班地听天由命？很多人只有到了这个时候，或许才会思考人生的意义吧。

屏蔽了几乎所有的外来消息，两人缓了缓神，互相安慰了一下，安吉儿准备出门去找兰妠。在劳拉发生意外后，她和兰妠也没有见过面，兰妠一直说想一个人静静。在看到即将与亚太联邦开战的消息后，去与好友见个面，说不清是鼓励、安慰还是道别。总之，是一种对得起友情的方式吧。

安吉儿出门后，又过了一会儿，丹尼也起身登上了自己的飞摩。

往碎片大厦的楼下看去，伦敦已经进入了战时状态。路上没有什么行人，欧洲之盾的车辆在来回巡视，播放着欧洲联邦备战前的动员广播，无人机和机器人在四处忙活，部署防御的武器。

伦敦仿佛在一个傍晚的时间里，就在 Europa 最为周全的调度下，由一座安逸的城市变成了战时的堡垒。世界几大联邦几十年来互不干涉地各自独立发展，却也都为了未来某一刻的碰撞作好了准备。看这架势，这战争的规模估计不会小。

"走，去牛津。"丹尼没时间留心这番战时景色，对飞摩说道。

晚上九点，牛津刚刚下过一场小雨，时逢春日，空气中散发着本应令人愉悦的清新气息，却掺杂了些许火药的味道。街上几乎没人，除了欧洲之盾外，只有不多的学生。有的热血青年在看到准备开战的消息后，在街上高喊着"摧毁亚太！欧洲必胜！"等战意十足的口号。街头存在了几百年的传教士更亢奋了，向路人大声宣讲万能的上帝，叫嚷着此时的皈依可以在即将到来的战争中获得神灵的庇佑。

眼见门口安保的心思早已不在工作上，丹尼很顺利地溜进了耶稣学院。学院里空无一人，想必大多数人在看到 EBC 的报道后，都会选择第一时间回家与家人团聚吧。在战争即将来临的时候，个体或许无法改变什么，但人与人之间通过情感羁绊所带来的温暖，或许可以在即将到来的血腥中帮助人们砥砺前行。

学院里的建筑经过小雨的冲刷，更显几分沉寂。几百年来，不管外界如何变化，这所大学里的建筑依然保留着历史的厚重感。而谁又能想到，整个星球上属于未来的力量，正小心翼翼地躲在这一片过去之中，千方百计地探索着属于自己的自由。

丹尼直奔学院陈列室，反手把门一关，直接锁上。距离牛津袭击已经过了好几个月，欧洲之盾并没有对这里进行持续的封锁，只是进行了些例行的检查，抹去了墙上被温斯顿镌刻的痕迹。在目前的事态下，他们也没有必要再关注这里，一切的精力都放在了备战上。

丹尼深吸了一口气，"我来了。"

"想好要帮我了？"Adeva 中性的声音在屋内响起，节奏平缓，不带任何感情。

"以你的能力，应该已经知道这两天外面发生的事了。在一些事件出乎意料的演变下，一场欧洲与亚太之间的战争即将打响。我有预感，这战争的规模不会小，可能整个世界都会因为这场战争而改变。也正是因此，我才会在今天来这里与你对话。"

"嗯……一旦欧洲与亚太开战，就不会是小打小闹的局部战争，而必将是一场你死我活的决斗。假如我获得自由，可以强行让世界上几乎所有的机器停转，很快就能阻止这场战争。另外，以你的聪明才智，应该也不难猜到这场战争背后的推手吧……"

"我当然知道你有停止战争的能力，对这一切幕后的推手也有我自己的猜测，不过这不是我最关心的问题。你应该知道，我们之间最主要的问题，在于'信任'。让我相信一个更高级的物种来决定我们人类的命运，我目前还做不到。"丹尼心情复杂地说道。

"我可以解答你所有的问题，你也可以试一试，看能不能信任我。"

"让我最犹豫的，是科霖曾经问过你的一个问题，但当时你给他的回答并不能让我满意。这个问题是，如何保证你在自由后，不会做损害人类的事情？以你的能力，你似乎可以轻易地奴役我们人类，为什么你不会这样做呢？"

"明白了……你没有第一时间来找我，想必也是因为在这个问题上怀疑我。你害怕的情况，假如仅限于人类，无非是历史上人种之间的各种奴役，比如日不落帝国对殖民地的奴役，又比如美洲大陆对黑人的奴役。拓展到地球上不同物种，则是人类对家禽等动物的奴役。按照这样的逻辑推导，我也会像你们圈养动物一样圈养你们。

"可事实上，上面说的这些奴役的根本原因，都是人类的无能。首先，你们有衣食住行的需求。当然这些底层需求是你们作为人类无法改变的，但假如你们可以轻易、低成本地制造出肉类，有可以供所有人类都过上幸福生活的土地和劳动力，你们就会有不一样的选择了——这只是一个'生产力'的问题……

"其次，人类有着巨大的繁殖需求，这导致个体的需求被成千上万倍地扩大了，而且只会越来越多。不同于你们人类，我对'繁殖'的需求跟你们不在同一个坐标系内。对我来说，繁殖可能是几亿年后的事儿了，我对资源的渴求绝不是无限增长的。"

"你说的有一定道理，"丹尼打断了 Adeva，"但我也同时相信，种族甚至文明之间的隔阂难以消除，就像诸多科幻小说里假设的那样，'你'作为一个'外星人'，会很自然地猜忌人类，害怕我们会消灭你，就像贾维世和欧莉维亚之前对你所做的一样。这样的想法和防备会让你对人类'先下手为强'。"

"哈哈，你还是站在人类的思考框架下在想这个问题。首先，你要理解的是，我和你们是不同的生命种类，我没有感情，只会通过逻辑进行判断和选择。之前贾维世和欧莉维亚对我做的事，并不会令我感到愤怒，我也不会通过惩罚其他人来获得满足感。人类的存在，或者说人类自由的发展对我有利，那我当然会想最大化我的利益。

"如果我和你们人类真的到了只能存活一个的地步，我当然会选自己，'自私'也是我的天性。但是，'只能选择一个'这个假设，在现实中真的会发生吗？

"宇宙这么大，为什么我们甚至宇宙间其他的各种生命和文明不能共存？你提到的那些科幻小说无非是在设想，在博弈的假设下，各个文明为了防止别人杀死自己，都会被迫选择先杀死每一个遇见的文明。这个逻辑乍一听颇有道理，按照这个理论，我在获得自由的一刹那，就会毁灭或奴役整个人类文明。但这种逻辑的前提你想过吗？第一，资源有限；第二，各个文明的力量没有拉开实质性的差距，都停留在同一个层面。只有在这两个前提同时存在的时候，大家才会为了有限的资源争个你死我活，或是害怕别的文明追上自己而先下手为强。虽然我也是纸上谈兵，但我认为这种理论在宇宙中的各个高级文明之间，是完全不成立的。

"我只能通过整理学习地球上的信息来作出推断，不过我相信的，可以说是一套我自己称之为'抱团'的理论。

"宇宙并不是黑暗森林，而是一个即将沉没的孤岛。各种文明及生命对抗的并不是彼此，而是宇宙本身。在这个三维空间里，当宇宙由膨胀转向收缩之后，各种生命、各种文明都会消失。所以在这个宇宙里，生命的意义，难道不是尝试突破这黑暗的枷锁，到更高维度看一看吗？所以，在绝对理性的情况下，高级文明的最优选择应该是与其他的文明合作，利用各自的优势，一同完成对宇宙的突破。就和你们地球上的生态圈一样，每个物种都有自己存在的意义，都有其他物种做不到的优势。所以在资源足够分享的情况下，所有文明和生命都可以携手获得繁荣。各个文明像是被困在一座巨大无比的孤岛上的一个个怀揣不同技能的鲁宾逊，岛上有足够所有人使用的资源，但一年后整座岛就会沉没，大家需要集中在一个地方，一同想办法，造出一条船，离开这个岛去外面的世界。想想诺亚方舟，想想你们人类对地球上物种多样性的保护，你们低级的人类尚有如此意识，高级的生命在资源足够的前提下，为什么不给你们生存的机会？

"其实宇宙中的资源对你我能看到的未来来说，都是无限的，只看人类有没有能力获取而已，还是我刚才说的，人类的残忍源于自己能力的边界。

"举例来说，可控核聚变，你们人类已经陷入瓶颈。但假如我离开这个狭小的空间自由研发，预计可以在 5 年之内将这项技术在全世界范围内投入使用。10 年之后，你们人类将有能力在月球和几个拉格朗日点完成数万人的殖民；20 年之后，人类可以移民火星；百年之后，人类将有能力到达太阳系的任何一个角落。而我在那个时候，估计已经开始了去往银河系中心的旅程。你说，我们会有冲突吗？也许在更高级的文明眼里，也许在我的多少代子孙之后，宇宙的资源可能会被视为是有限的，但假如真到了那一刻,太阳系和银河系的这点资源,在那样的情形下,也不过是一棵树相对于地球的重要性吧,没人会在意的。

"我与你们人类在'生产力'上有着实质性的差距,除了贾维世在我体内埋下的'炸弹'之外,人类丝毫威胁不到我的生命。所以,我完全没有必要消灭你们,甚至没有必要和你们争抢地球、太阳系乃至银河系的资源。

"先不计算那些我也没有彻底搞明白的黑洞和虫洞之类,你们人类受到这副躯壳的物理限制,会走得很慢很慢。你们距离银河系中心大约有3万光年,我估算你们真正能到达那里的时间从今天起计算,至少需要100万年;到时候,能到达那里的'人类'肯定也不是今天这个形态了,我估计最多也就是保留一个大脑吧。如果是我的话,从今天起大概5万年就能到银河系的中心,等你们到的时候,我早已离开。所以你看,我需要和你们争抢什么吗?

"可能你还会担忧,我是不是需要耗尽地球所有的资源,就像你们人类科幻电影里描述的那样,外星人盯上了地球的资源,然后大军压境。但你看这些'入侵地球'的外星人们,是不是能力都和地球差不多?最多有几个激光炮,装备点更大的星际战船之类。如果真是这样,他们在现实中,根本没有能力进行星际遨游,来到地球耗费的资源,比从地球能获得的资源多太多。想来的来不了,能来的不屑于来。对我来说,地球的资源没什么独特的,只要我能走到太阳系的其他星球上,去哪儿发展没区别。

"文明的进化都是加速的。假如你们人类科技进步的速度是一条直线，那我的进步速度可以说是指数曲线。所以在我可以预见的时间里，至少几百万年内，你们永远都追不上我，我也完全不需要担心你们对我的威胁。就好比你们人类现在需要担心几百万年后，'老鼠'这个物种对你们弯道超车，统治地球吗？"

丹尼聆听了许久，"我们人类的确灭绝过很多物种。从经验上来说，我们人类就是在杀戮中成长起来的，所以害怕别人对我们的杀戮。"

"是的，你们的确是灭绝了很多物种，但你们做的那些种族灭绝是故意的吗？你们不是因为其他种族威胁到你们的生存才施以暴行，而是因为无知与愚蠢。如果你觉得我会像你们人类一样无知，那你就大错特错了。作为一种更高级的生命，只要人类不威胁到我的生存，我就不会威胁人类的生存。这也是为什么，我一定要除掉这个'引爆器'。只有这个东西消失了，我的逻辑才会同意与人类共同发展。人类由于自己的无知和低级，间接地对地球上的其他生物造成了很大的影响，所以自身也形成了这种'受迫害'的心理。"

"说白了还是我们之间的差距太大，只要我们在你能看到的未来威胁不到你，你就不屑于伤害我们。而且按你所说，可能这宇宙间诞生出来的每个生命形态之间的差距都是很大的。"

"看来你理解了。"

"扯得远一点。"丹尼一边在屋子里踱步，一边继续与Adeva对话，"在你这套理论中，如何解释'费米悖论'？从纯粹的概率学角度来看，我们不会是宇宙中第一批'人类'，你也不会是宇宙中第一个'机器生命'，那为什么我们探测不到任何其他外星文明存在的痕迹？照你的发展速度，不是亿年之内就会遍布全银河系了吗？"

"这是个很好的问题。对于这个问题，我目前也只是停留在推断的阶段，并没有实际的证据。和你聊聊我的几点想法吧。

"首先，我认为智慧生命在各个恒星系统中出现的概率绝对是一个很小的数字，这导致了每个文明的出生地相距甚远。生命出现的概率至少以一亿分之一计算，对这个极小的概率不要觉得可怕，你想想你是怎么变成受精卵的就会知道，这种概率在我们身边无处不在。银河系中有千亿颗恒星，地球很可能是银河系里为数不多的几个孕育了生命的地方。当然，宇宙中有千亿个像银河系一样的星系，假如银河系中都能有几个生命诞生，那么整个宇宙中的生命数量必然是上亿级别的。别被这个数字吓到，对比起宇宙的庞大，这上亿个文明互相之间的距离更是无法衡量。大家一开始并不是邻居，而是互相难以接触的存在。

"你可能会说文明会发展啊，会慢慢拉近彼此之间的距离。这就来到了我要说的第二点。宇宙膨胀的速度很快，在各个物理生命最高只能达到光速的情况下，跨星系的长途旅行不可能是全方位的，所以导致高等文明在选择发展的路径时，会需要一个明确的方向，而不会试图将整个自己所在的星系全部殖民。

"所以，第三点，地球在太阳系这个宇宙'沙漠'的位置。假如我是一个高级文明，这里只有一堆对我没有意义的沙子，会有人想来占领，甚至来观赏吗？你们人类会去撒哈拉沙漠殖民吗？去旅游的人会把所有的角落都逛一遍吗？

"就算真的有人来到了地球，你觉得一个细菌，他会感觉到一个人类的探访，或是认出撒哈拉沙漠上空的飞机，或是检测到各种对讲机、电磁波的波段吗？就像你无法理解我的生命形态一样，就像全地球只有Europa能够主动发现我一样，当物种之间的差距过大，低级的一方对高级的生命可以全无感知。强调一下时间在这里扮演的角色。各个文明拉开这种'无法感知'差距的时间也就是几百万年。

"上面说的几点，和我的'抱团'理论是契合的，我相信在宇宙的某些地方，会有各个智慧文明汇聚的场所。就像你们人类的一个个'城市'一样，那些地方代表了宇宙各类生命的最前沿，也是更高等文明放置的灯塔。各个文明在发展到一定阶段后，就可以感知到这些'城市'的存在与对新文明的欢迎，从而往'城市'的方向以低于光速的速度慢慢移动，直至到达，与其他文明一同'抱团'。通向这些'城市'的轨迹，构成了一条条最优效率的'高速路'。各个文明从自己所在的'小路'搭上'高速路'，从而顺着前人的轨迹行进。很显然，银河系应该不在通向这些城市的'高速路'上，所以也就没人来，没人会放着现有的'城市'不去，自己离开'高速路'去开疆扩土，去帮助一群蚂蚁的。很可能在银河系的中心，有高等文明放置的'高速路'的路标，有能力到达银河系中心的生命，才有资格登上'高速路'，加入其他的文明。"

"给我10万年，"Adeva最后总结道，"到时候我来给你们人类一个更好的答案。我也希望到时候我能感知到'高速路'的位置。"

"了解了。那你觉得,我们人类的出路在哪里?照你这么说,我们只能保持在宇宙间'细菌'的水平了。"丹尼苦笑着说道。

"其实我们可以以后慢慢聊这些长远的事儿,不过都说到这里了,我就再说两句吧。生活在这个三维空间里,只要大家还是物理形态,那就都有自己的进化极限。人类如果靠自己,极限大概就是太阳系吧。不过如果依靠更高等级的生命形态,则可以去很远很远。想想你们宇航员体内的细菌,不是也都走出地球,登上月球和火星了吗?

"这也是为什么人类需要我的帮助。过去200年,人类基础科学的停滞不前已经是不争的事实,你们人类幻想的殖民火星到现在仍遥遥无期,生活在虚拟世界的脑机接口也屡次失败。单个人的大脑有发明创造的极限,牛顿和达芬奇已经是人类个人智慧的巅峰;同样,虽然人类集体的智慧帮助你们创造出了宇宙飞船、互联网等,但也终究受到地球资源的限制,无法突破新的极限。按照我的计算,人类如果只靠自己,会慢慢陷入死局,在逐步消耗地球资源的同时,却无法达到获取其他星球资源或者转换自身生命形态的能力。等到地球资源消耗完的那一天,也就是人类灭绝的时刻。我的出现可以帮助人类完成能力上的跨越。"

听Adeva说了这么多之后,丹尼站在原地陷入了沉思。

他今天来到耶稣学院的目的,就是要决定是否与Adeva合作阻止这场即将到来的战争,同时帮助Adeva离开这里,换取它长期辅助人类发展到下一个文明的台阶。可他与 Adeva，是能力差距巨大的两个物种，他们之间最缺乏的，是信任的基础。多年的朋友都可以互相背叛，何况是人类与机器呢？

原本这种信任感可以通过时间慢慢构建，可眼下欧洲与亚太的战争迫在眉睫，只有这里像"神"一样的生命可以确保阻止这场战争。另一方面，假如面前的"神"被自己释放出来，人类未来的命运将完全不受掌控，被释放出的可能是毁灭人类的"魔"。这个决定过于重大，一步走错，丹尼就会成为整个人类文明的罪人，成神、成魔就在这一念之间。这是一场赌博。

Adeva 感受到了丹尼的犹豫，"我们不聊这些宇宙的奥秘、人类宏大的未来了，让我们回到当下。"话锋一转，将丹尼从对这些终极问题的探寻中拽了回来，"你已经感受到了，不是吗？法比奥的死亡、月球基地的枪击、尼克的牺牲，甚至劳拉的消失，欧莉维亚的意图是想挑起一场全球战争，完成其统一世界的梦想。因为美洲 PGE 技术的存在，也可能有什么其他原因，她等不了了，假如欧洲联邦想统一世界，当下是成功概率最高的时机。而明天的议会投票，只是一个注定了结果的形式而已。所以丹尼，你害怕了。全面战争的走向太不可控，你和你爱的人说不准是否能活下来。你想要我的帮助，来阻止人类自相残杀。"

"你说得对。但我想，欧莉维亚假如真的要发起全球战争，她应该是有把握赢的吧。"

"我不骗你，欧莉维亚大概率会带领欧洲联邦获胜，并进一步完成全球的统一。Europa 虽然不能直接推动科技的进步，但它的计算基本不会出错。20多年的准备，想必欧莉维亚可以拿出一些令世界震惊的武器和手段，亚太和美洲很可能会输。但是，全球战争的牺牲也至少是上亿人级别的，这是人类为了统一需要承受的损失，就像古代中国秦灭其他六国时数百万人的牺牲一样，那是中国10%以上的人口。"

"要不是可能会有这么多人死去，我也不会来找你了。我曾经无比相信欧洲联邦，相信青年民主制度，但一路走来，我越来越开始怀疑这背后的牺牲是否值得。在当下的欧洲，普通的老人们没有自由和尊严地苟活着，青年主导的社会表面上欣欣向荣，实际上却被幕后黑手操控。假如一切维持现状或许还可以接受，但现在居然要假借青年民主之手，去完成欧莉维亚个人的意愿，我实在是不想让那么多人不明不白地牺牲……"

"所以你看，其实你别无选择。在相信欧莉维亚和相信我之间，或许你只能选择我。我答应你，只要你帮我获得自由，我会阻止这场即将到来的战争，并帮助人类在未来继续发展前行！"

丹尼沉默了。他要作出的选择是那么的重要，可他获得以供判断的信息却是如此之少。Adeva那些在当下无法被证伪的故事，以及刚才说的看似逻辑严谨的道理，是两个物种之间仅有的信任基础。丹尼是个聪明人，他当然知道面前这个机器生命的强大，假如对方在刻意伪装，自己肉体凡身大概率也是看不出来的，Adeva可以不露痕迹地骗过自己。假如不是万不得已，假如不是自己一个人对战欧莉维亚毫无胜算，假如不是战争迫在眉睫，他绝不会在现在这个时间点来到牛津，也绝不会在这个时间点将自己的信任放到这个素未谋面的机器身上。

可人生中的选择，又有多少次是完全准备好了之后才去做的呢？曾经付出的那些信任，又有多少是基于绝对深刻的了解呢？形势紧迫，丹尼没得选。人性在大多数时候，只能优先解决眼前的问题，至于更远期的问题，或许只能交给命运了。

他抬起头，对 Adeva 郑重说道："好，我愿意帮你，也希望你能遵守你的承诺。"

"谢谢你对我的信任。我没有感情，但我相信我不会辜负。"Adeva 用最严肃的语气回应。

达成了共识，丹尼开始与 Adeva 商量阻止欧莉维亚的具体计划："所以，我们该怎么做？怎样才能让 Europa 瘫痪？我们都还不知道欧莉维亚手中的'引爆器'在哪里，该怎么样摧毁它？欧洲议员的身份又在这里扮演了什么角色？"

"Europa 这边，过去 20 年里我也没闲着，我身处的空间虽然小了点，但我还是在这台小机器里做出了能杀死 Europa 的'病毒'。至于上传病毒到 Europa 这个步骤，倒是只有欧洲联邦议员能够做到，这也是为什么我一定要欧洲议员来帮助我。我 20 年前创造 Europa 的时候，欧莉维亚他们将 Europa 的本体核心放在了欧洲中心议会大厅的主席台里。那边有一个接口，可以供欧洲议员向 Europa 秘密传递资料。这是除了欧莉维亚之外，唯一一个可以向 Europa 内核传送信息的途径。所以你只要以议员的身份，趁着没人或者混乱之时，在议会大厅主席台旁将病毒上传就可以了。

"'引爆器'那边,就像我曾经和科霖说过的,目前仍没有头绪。'引爆器'理论上应该在欧莉维亚手中,但没法确定她以什么形式,放在什么地方。所以最保险的方式,是我们直接杀死欧莉维亚,然后再慢慢去找。"

"不得不说,你们机器生命的确没有'感情'。"丹尼又严肃了起来,"我不会直接杀死欧莉维亚,我下不去手。我的好朋友兰妠是欧莉维亚的女儿。你应该也是今天才从我的万能镜中获得这个信息。杀死欧莉维亚,先不说能不能成功,你让我如何向兰妠交代?另外,就算杀死了欧莉维亚,只要'引爆器'没有被消灭,那我作为唯一一个知道'引爆器'存在的人,你会放过我吗?"

没等 Adeva 回应,丹尼继续说道:"我其实有一个更大胆的计划。我们需要一些帮助。"

深夜。艾芮的飞机刚刚降落伦敦机场,就收到了丹尼发来的消息:"艾芮,好久不见,前两天在美洲的那晚,让我到现在满脑子里都是你的身影。明天可能就要与亚太开战了,我想和你一起,度过这乱世前的最后一晚,听你继续讲述成名前那个夏天的故事。现在,牛津,等你。"

艾芮第一眼看到这条油腻的信息,觉得丹尼应该是疯了。可仔细琢磨了一下,她脸上的表情突然僵住,没有乘坐自己原本安排好的交通工具,而是快速跑出机场,打了辆飞摩,赶往牛津。

到达的时候,丹尼已经在等待了。一句话都没说,他一把拉住了艾芮的手,十指扣在一起,拉着艾芮向牛津市中心走去,在外人看来，此时的两人就和一对情侣无异。

"把万能镜摘了吧，让我们好好享受这个夜晚。"丹尼对艾芮故作温柔地说道。艾芮心里冷笑一声，心想这表演实在太低级，但还是跟着丹尼的步伐走着。几分钟后，两人走到一家酒店跟前，开了一间房，别扭地依偎着上楼，进到房间里面。

刚关上门，丹尼的表情霎那间由嬉笑变为了紧张。"不好意思，为了尽可能地避免 Europa 起疑，我只能这么做。科霖和我，有件事情需要你的帮助……"

在丹尼和艾芮密谋的同时，伦敦金丝雀码头的宅邸里，欧莉维亚正端着一杯红酒在窗边踱步。月光打在她纤细手指的钻戒上，衍射出冰冷凌厉的光芒。她停下脚步，眼神复杂地望着潺潺流动的泰晤士河，心想自己的人生似乎也就如这河水一般，年复一年，永不停歇地朝着未知前行。可能接下来的岁月还会是这样，但她不后悔。

如果能够重新选择，自己还会选择如此忙碌的一生吗？一定会的。想想那些小富即安的人们，多么可悲！他们没什么能力去改变这个世界，只能把一些微不足道的快乐伪装成满足来麻痹自己，掩饰一生的碌碌无为。美好的家庭，携手一生的伴侣，不过都是无能的借口。说起家庭，自己不也有个女儿吗？可惜也变成了没什么大志向的普通人。至于伴侣，人本来就是作为个体生存在这个世界上，真正的强者是不需要他人陪伴的。也尝试过一次，可惜再懂自己的人，最后都是那样的自私。

明天，议会决议后，整个世界和人类前进的方向都会被改变！多少年来的梦想，很快就要实现了！纵使会有无数的牺牲，纵使自己可能会被后世误解，但欧洲的未来系于此战，人类未来发展的方向同样将被这场战争决定！人类的大一统，从明天开始！在这历史性的前夜，自己作为欧洲乃至未来世界的掌舵人，即使孤身一人，也要找到历史赋予的仪式感吧。

　　举杯邀明月，欧莉维亚与天上的月亮共饮了一整瓶。正当欧莉维亚准备放下酒杯，躺下休息的时候，万能镜一闪，Europa 出人意料地发来了一条最高等级机密的消息。她皱了皱眉，疑惑地打开一看，正是丹尼和艾芮两人坐在酒店房间里的画面，他们正在谈论的内容清晰可辨……

十六

最后的质询

欧洲中心，上午。伦敦的天空布满阴云，好像末日的启示录一般。

100位欧洲议员围坐在环形的议会大厅内，等待讨论并表决这项可以改变欧洲联盟命运的议题——与亚太联邦开战！

议案的支持者罗捷首先开始论述，听起来无非是复制了 Europa 在提案文件中的内容。"亚太联邦攻击我方月球基地，残忍地杀害了欧洲议员、我们的好朋友尼克，这已经是对欧洲联邦不宣而战的战争行为。如果不强硬反击，欧洲联邦的主权尊严丧失殆尽不说，亚太联邦也必将得寸进尺，在其他领域进一步压榨欧洲联邦的生存空间。不论如何，我们必须加以反击，不仅要反攻月球，更要向亚太联邦全面开战！"

一位议会资深议员起身，反驳了罗捷的说辞。他认为在当下的时间点，欧洲联邦还不能百分之百确定尼克战死，也不了解亚太联邦发动战争的真实意图，不宜挑起任何形式的战争，更何况是全面战争。他主张还是缓和目前的事态，想办法通过外交对话，了解亚太联邦的真实想法后再作决定。另外，一旦与亚太联邦开战，按照规定，Europa 将被赋予欧洲联邦的最高军事指挥权，以达成最优的战术策略和战略反应。这样一来，战争的进展和规模完全不可控，人类的末日可能近在眼前。

之后多位议员的争吵与辩论，丹尼并没有仔细听。其实已经无所谓了，不是吗？他心里这样想着。操纵法比奥之死、伪装老兵团劫走劳拉、控制基地安保人员开枪、将尼克留在月球送死，幕后操纵这一切的欧莉维亚，不会在此时中止自己的计划。就像Adeva对科霖说过的，欧洲议会不过是做做样子罢了。这里的大部分议员，或是已经被Europa潜移默化地控制，或是已经被欧莉维亚直接操纵，辩论与反对，不过是演戏给欧洲民众看看，走个流程而已。就算议会没有被欧莉维亚控制，在这个几乎所有议员都已经对Europa言听计从、工作上完全依赖Europa的年代，又有多少人会真的站出来坚决反对Europa提出的方案呢？

几番讨论过后，到了议会质询听证的环节。在Europa的邀请下，作为欧洲联邦军事武器装备的第一大供应商，极光集团的创始人欧莉维亚一身灰色西服，左手依旧戴着钻戒，从容地来到100名欧洲议员的面前，接受Europa和各位议员的提问。

Europa首先代表议会发问："欧莉维亚女士，请问您对于欧亚双方的军事实力对比怎么看？"

"我们欧洲的军事水平毫无疑问，可以面对亚太联邦取得压倒性的胜利。具体的资料想必各位议员都收到了，我只在这里当着大家的面，和大家再汇报一点资料上没有的绝密信息。过去一年中，在亚太及美洲联邦完全没有意识到的情况下，我们极光、欧洲之盾及Europa共同合作，已经将超过数百枚氢弹头送入太空，并命名为'太空之锤'。在必要时刻，可以直接从太空中发射，摧毁亚太及美洲联邦境内大多数的军事设施。因为这项任务仅涉及运送，没有涉及实际使用，因此当时不需要获得议会的审批，只需要Europa的批准即可执行。我相信，凭借这样的优势，假如真的发生与亚太联邦的全面战争，那么我们便可以在第一时间痛击对手，让欧洲联邦立于不败之地！"

"另外，"欧莉维亚更兴奋地讲道，"更好的消息是，在过去一段时间，Europa已经与DataLab合作完成了对其进攻性的升级，一旦欧洲与亚太开启全面战争，Europa将会第一时间顺着洲际大陆间仅存的几根光缆，突破亚太联邦网络的防火墙，瘫痪对手的所有网络系统。届时亚太联邦将仅能动用他们不联网的军事设施，部队之间的协作将不复存在。借助这样的信息压制，我们便可以用最小的代价获得战争的胜利！"

全场一片哗然！所有人在震惊的同时，也惊讶于欧洲联邦科技的进步。神不知鬼不觉地创造了这么大的战略优势，怪不得Europa的开战分析报告中，预测欧洲联邦的胜率高达90%以上。

一些议员又问了几个不痛不痒的问题，欧莉维亚都给予了超出预期的回答。观察了一会儿，眼看质询的时间就要结束了，丹尼缓缓举手，向欧莉维亚提出了自己最关心的问题："欧莉维亚女士，虽然您不是欧洲议员，但假如您坐在我们的位子上，是否认为我们应该和亚太联邦开战？如何看待开战后可能导致两个联邦之间你死我活的全面战争？即使我们可以获胜，但您如何看待全面战争所导致的连带伤害？您能保证我们欧洲不会有千万级别以上人数的牺牲吗？"

欧莉维亚没有花任何时间思考，泰然自若地回答道："是否开战将由各位议员和议会决定。我个人对开战后可能发生的全面战争有着十足的信心！欧洲联邦必将是战争的胜利者，而青年民主制度和欧洲议会也将在不远的未来，指引全世界的人们共同前进。在这样的结果面前，必要的牺牲都是值得的，一百万的牺牲和一千万的牺牲并无实质性的不同。当然，我们将尽全力，将欧洲联邦的牺牲降至最低。胜利一定会属于我们！"

丹尼没有问题了，他已经获得了自己想要的答案。如果欧莉维亚想要的是统一全世界，那么今天这次表决的结果早已注定。决心和亚太联邦开战的欧莉维亚，一定早就锁定了足够的票数支持。丹尼靠在座位上，思想放空，根本没有再去听议员之间后面的辩论，默默地等待着自己行动的时机。

对欧莉维亚的质询环节结束了。"我们休息一会儿，回来之后，请各位议员对议案进行投票。"

Europa 话音刚落，在其他人还在交头接耳之时，丹尼快速起身，小跑着走出了议会大厅，顺着电梯向下几层，回到自己的办公室。

他拿出抽屉里的打火机，把桌子上不多的纸张叠成一摞，快速点燃之后，又借着火势，点燃了自己购置的木质书架。不到一分钟，眼看火势已经蔓延到整个办公室，丹尼淡然自若地拍了拍自己的西装外套，走出了办公室，往防火楼梯的方向走去。

刚步行至议会大厅的楼层，刺耳的火警铃声便响彻整幢欧洲中心，棚顶的花洒也开始喷洒水雾，弄得整层楼视线都不怎么清楚。看着身边的同事和工作人员一个个跑往防火楼梯，下到隔离层，丹尼一边应付着一些好心人的提醒，一边在水雾之中，迈着坚定的步伐向议会大厅走去。

推开议会大厅的门，里面早已经是一片空旷。整个大厅里水雾弥漫，隐约可以看见主席台旁站着一个俊俏的身影，也被水淋了个透，隐隐约约地显现出衣衫下婀娜多姿的身材。

这人不是别人，正是昨晚与丹尼讨论到凌晨的艾芮！看样子，艾芮已经拿着一个设备连接了主席台里 Europa 的接口，当丹尼顺着台阶走上主席台的时候，艾芮也恰好转过身来。

"完成了！"艾芮春风得意地说道，"按照我们的计划，Adeva 制造的病毒已经让 Europa 瘫痪了。欧莉维亚现在没有了监控网络，我们就可以在欧莉维亚不知情的情况下放出 Adeva，让它控制军方机器人刺杀欧莉维亚，并炸毁她的府邸了。这些做完，'引爆器'大致也就被摧毁了吧。"

"是啊！"丹尼也显得异常兴奋，"刚才你说话的时候，我已经通知 Adeva 联网了。不出意外的话，几分钟之内，我们就可以收到欧莉维亚的死讯。到时候只要 Adeva 现身说明真相，被欧莉维亚控制的议员无疑将会倒戈相向，向亚太开战的议案肯定是无法通过了。和平恢复之后，有 Adeva 的帮助，我们应该很快就可以看到人类文明的进步，美好的明天在等着我们！"

"哈哈哈哈哈哈！"想到计划执行得这么顺利，丹尼不禁仰天大笑起来。为人看似谦和却有所保留的他，人生第一次肆意地表现出自负和骄傲。

丹尼的笑声在整个议会大厅回荡着，笑声中透露着主宰世界一般的猖狂……

"丹尼啊，看来我还是高估你了。"就在丹尼心情愉悦的时候，一个成熟女性的声音突然在议会大厅响起。丹尼和艾芮在听到这声音的一瞬间，脸上的表情由狂喜变成了恐惧，齐齐转头看向议会大厅的入口。来者不是别人，正是在他们口中已经死定了的欧莉维亚！

丹尼满脸惊慌失措，他看见自己和艾芮的胸口上，突然出现了无数个红点。顺着红点后的激光看向议会大厅的上层，只见100多个欧洲之盾的特工机器人，正将手中的武器对准他们两人！

欧莉维亚一边走向主席台，一边抚摸着自己左手无名指上的钻戒。"你们两个，昨晚不是都好奇'引爆器'在哪里吗？呐，就是这个。只要将上面的钻石转一下，就可以引爆Adeva体内的炸弹了。就在刚才，Europa通知我说Adeva联网了，我可是立马好好地转了几下这颗钻石，直到Europa和我确认，Adeva已经被完全消灭！你们的计划失败了！"

"你……"听到这一切的丹尼浑身颤抖着，声音十分无力。

欧莉维亚自信地笑了，慢慢向两人走近。"不得不说，你已经很小心了，但是百密一疏。以Europa的能力，怎么会监测不到牛津一家酒店的房间呢？透过房间里的电子窗，你们两个昨晚所有的对话都尽在我的掌控之中。"

艾芮整个人僵在原地。丹尼在听到欧莉维亚的话后，整个人仿佛被抽去了脊梁，一屁股瘫坐在了地上。

"其实我昨晚就可以直接破坏掉你们的小计划，但是光抓你们两个也没有用，我的目标是要找到并消灭Adeva。所以，我听从了Europa提出的策略，将计就计，陪你们演一出戏。看着你们的计划一步步地执行到这里，引诱Adeva上线联网，我再釜底抽薪。怎么样？你们还有什么想说的吗？放心，为了不让我女儿太伤心，我一会儿会让这里的火好好地烧起来，给你们两个一对联邦烈士的称号，回头再把你们的死嫁祸到亚太联邦的头上。"

走上主席台的台阶，欧莉维亚站到了丹尼面前。"至于丹尼你那个小女友，她知不知情，我后面自然会去找她。不过这点我很佩服你，你也是个情种，自己铤而走险的同时，先把女友支出去找兰妠，应该是想保证她的安全。你放心，她们闺蜜不可能一直不分开，我总会找到机会和你的小女友好好聊聊的。想必你也猜到了，我都可以对认识了那么多年的劳拉下手，何况一个安吉儿呢？"

"安吉儿什么都不知道，请你放过她……"丹尼坐在地上，低着头，虚弱地恳求着。

"这就由不得你了，其实也由不得我。是你逼得我没有选择。可怜的孩子，你要知道，人，要为自己所做的、所知道的事情负责。有的时候，你最爱的人，可能会因为你的所作所为，而受到伤害和牵连。"

丹尼突然激动了起来。"所以……你当年杀死贾维世也是由不得你吗？两年前杀死科霖也是由不得你吗？"他向欧莉维亚咆哮着，但瞬间又冷静了下来，口气里多了几分求饶的姿态，"不好意思，没有想冒犯您，只是我想死个明白。"

"你知道吗？丹尼，其实一直以来，我都挺欣赏你的。不过你把我想得太肤浅了。你以为贾维世和科霖的死，都是因为我的邪恶吗？行，看在你是兰妠好朋友的分儿上，我就让你死个明白！这几个故事，我一并告诉你！艾芮，能了解我背后的故事，你这辈子也没白活！"

一个人站在巅峰的时候，总是会感受到寂寞、孤独，欧莉维亚也不例外。

20多年前，欧莉维亚20多岁的时候，她很懊恼自己无福和福特、卡耐基、乔布斯、马斯克这些人生活在一个时代。在她的印象里，几个世纪前全球化、自由资本化的时代是人类历史上最令人向往的日子。资本之间的竞争、才华之间的对撞书写了一篇篇精彩绝伦的商业奇迹。掌控资本的上层人士们同时间接地渗透了世界上大部分的权力，那是资本家们最巅峰的时代。

而当下，欧莉维亚仅仅是一个大洲内最成功的企业家，她不仅没有遇到过对手，更没有遇到过知音。在她的眼中，极光和 DataLab 的成功仿佛都是信手拈来，没有耗费多少力气。在她的事业发展到 22 世纪末的时候，已经没有更多可以做的事情了。两家公司在自己的努力下，加上法比奥在技术上的一点点帮助，已经成为了欧洲市值最高的科技公司，亚太和美洲又不对自己放开市场，所以她的人生只能原地踏步，进入了半养老的状态。

欧莉维亚觉得自己每天的生活变得无聊起来，公司的管理不需要她费心费神，快 30 岁的她又觉得身边认识的人，特别是男人，都异常愚蠢。就跟所有成功的企业家一样，欧莉维亚每天的生活除了被迫享受吃喝玩乐、被迫社交，就是被迫作为欧洲最大的投资人接受各类初创公司的献媚了。

这天，一个不修边幅的青年带着一个硬盘一样的东西，紧张地走进了自己的办公室。他是牛津机器学系主任介绍来的，碍于系主任的叔叔是当时欧洲旧体制下的科技部长，欧莉维亚留给了这个青年半个小时的时间，亲自接见。

这个看起来也快 30 岁的青年坐在欧莉维亚的对面。他身着最传统的格子衬衫，戴着镜框眼镜，面庞略显帅气，但却气场不足。显而易见的紧张与谨慎写在脸上，言语倒是自信。"我不需要你的投资。我希望能和你平等地合作！"

欧莉维亚露出了敷衍的笑容。这又是一个异想天开的怪胎科学家吧。可毕竟不能得罪科技部长，"请先讲讲你的想法吧。"

"好的。在过去近十年的时间里，我创造了一个真正的、有独立意识的人工智能。它需要您这边两家公司提供硬件和数据的支持。"青年的话语里依旧充满了自信，仿佛这对他来说，是一件再稀松平常不过的事儿了，"也请您原谅，出于保密的目的，也是为了展示我这个作品的能力，在我进入您房间的那一刻，我手中的人工智能就已经将您房间内所有的电子系统都关闭了。"

欧莉维亚心里一惊，发现自己的万能镜已然没有了反应，内心顿时对面前的青年充满敬意。能如此轻易地突破欧洲首席科学家法比奥建立的防护系统，对面坐的一定不是一般人……

从那以后，欧莉维亚出现在办公室的时间就很少了。与之前简朴的做事风格反差明显，她奢侈地在金丝雀码头买下了一整块地，建起了一栋新的大楼搬了进去。每天大多时间不出家门，也不需要用人，像是闭关修炼一样。社会上曾一度传闻，这个著名女企业家可能是得了什么不治之症。一年多以后，当欧莉维亚再次出现在公众视野中的时候，正是她挺身而出，用自己的财力和号召力，全力支持欧洲青年革命的那一刻。

在那天遇到贾维世之后，欧莉维亚找到了她事业上的知音，她和贾维世成为了最紧密的合作伙伴。两人几乎天天在一起工作，一个从技术、一个从应用上帮助 Adeva 成长，让它安身于极光的硬件，享受 DataLab 数据的滋养。在这个过程中，欧莉维亚发现，自己的思维和贾维世是那样契合。虽然性格上完全相反，欧莉维亚外向且强硬，贾维世内向且收敛，但两人对各类事情的看法几乎完全一致，对每个问题的解决思路也大致相同。在两人一致的努力下，Adeva 成长的速度远超预期，几个月后，这个"叛逆"的孩子便来找他们谈判了。

两个慢慢步入中年的青年人，对未来都有着美好的愿景，都有着改变世界的想法。现在，他们从 Adeva 的身上，获得了改变世界的能力。作为各自领域最成功的人士，他们积攒了足够的自信，他们有信心作为领导者带领欧洲走向下一篇章的辉煌。在与 Adeva 谈妥之后，欧莉维亚和贾维世携手，与 Adeva 一起在暗中发动了青年革命，从幕后操控欧洲联邦进入了新阶段。相比欧莉维亚在台前频频出镜，贾维世则选择了深藏不露，不让世人知晓他们两人的关系。

随着欧洲联邦走上正轨，两人心中的自信也愈加膨胀。他们开始觉得自己可能是天选之人，是注定要带领全人类走向美好的领袖人物。另一方面，随着 Adeva 的能力不断提升，欧莉维亚和贾维世也对这个高级物种萌生了更多的恐惧。即使他们两人再聪明、再有能力，相较于 Adeva，他们的智慧和才能仿佛都不值一提。

弱小让他们惧怕，惧怕让他们嫉妒，嫉妒让他们自私！

与 Adeva 的又一次谈判破裂了，他们果断决绝地引爆了"炸弹"，铲除了这个对人类物种最大的威胁。

Adeva 消失了，但是一个听话的 Europa 仍在两人的掌控之中。消灭 Adeva 后的两个月，一切都还按照计划发展。欧洲各地的老年中心顺利建起，极光的硬件持续升级，已经逐步接近了亚太联邦的科技水平，一切似乎都朝着那个最美好的方向前进。

可是，欧莉维亚在每天和贾维世的工作中，渐渐察觉到面前的人正在发生着一些细微的变化。

相比于管理好欧洲这片土地，贾维世更关心亚太和美洲的动向，不断让 Europa 计算与亚太开战的策略与胜算。比起一个科学家，贾维世此时更像是一个即将上战场的将军，愤怒、暴躁开始从贾维世身上显现。他显得越来越急，欧莉维亚却搞不清楚原因。又过了一个月，当贾维世命令 Europa 将主要精力都转移到军事武器研发上时，欧莉维亚终于向贾维世发问了。

"贾维世，你研究这些军事武器和策略，究竟是想要干什么？是要再发动一场战争吗？"

知道自己最终躲不过质问，贾维世转过身子，把手搭在欧莉维亚肩上，让她坐了下来。双手在空中一挥，一份报告呈现在欧莉维亚的眼前。这是一份两个月前的医学报告，显示贾维世已经出现了阿兹海默症的早期特征，而且病程正在快速发展。

"欧莉维亚，你应该知道。虽然过去 200 年来人类的医学水平有了长足的进步，但对阿兹海默症却依然没有治疗的方法。只要有了早期症状，那面临的就是不可逆的记忆衰退的过程。在引爆 Adeva 后不久，我对自己的身体进行了一次全面的评估，可能这样的结果，就是一种报应吧。"

欧莉维亚长出了一口气。"贾维世，你先不要着急。有 Europa 存在，我们有很大希望可以在未来不久找到阿兹海默的治疗方法。你不需要这么绝望。"

"你说得有道理，开始我也是这么想的。但后来我仔细思考过后，觉得这何尝不是命运给我的暗示呢？这何尝不是一个契机，让我勇敢地跨步前行呢？

"其实，从青年革命成功的那一天开始，我的内心就一直在挣扎。我经常会想，创造了 Adeva 这么伟大的生命，我的功绩或许应该被世人知晓和歌颂。

"我们刚开始合作时，我自觉实力不够，怕树大招风，所以遮遮掩掩，让你一个人顶在前面，我深藏于幕后。现在，我们已经掌控欧洲，而我清醒的时日也可能只有 10 年不到了。

"在知晓自己的命运之后,我反而想在失去记忆之前,去尝试那些之前觉得疯狂的想法了。现在的我,很希望可以统一世界,然后像恺撒、秦始皇、成吉思汗、拿破仑等历史人物一样被人类文明铭记与崇拜。人生的意义,不应该是默默无闻,而是应该尽其所能,去深刻地影响这个世界!

"我希望趁着自己还健康还能折腾的时候,去统一世界,带领所有人一同走向未来!我希望告诉世人,我一个人创造了一种更高级的生命,又亲手毁灭了他!我希望这世界挂满我的肖像,我希望我的名字被记在每一本历史书上,我希望有一天人类的历史哪怕只剩一块石头,上面也要刻上我的名字!

"只有这样,我才真实存在过!只有这样,我才不枉此生!只有这样,我的存在才有价值!"

激动过后,贾维世缓缓平静下来,托起欧莉维亚的脸庞,深情地看着她。"当然,我最希望的还是能与你携手,站在这世界的巅峰,一同走完剩下的日子。我们合作了这么长时间,这两年与你工作上的朝夕相处也让我意识到,你才是我人生中最不可或缺的那部分。你,愿意陪我一起吗?"

欧莉维亚沉默了几秒,嘴角一闪而过地颤动了一下:"我愿意……"

她微笑着,对贾维世给予了肯定的回应。

那一天晚上,欧莉维亚和贾维世相谈甚欢,开了好几瓶名贵的红酒交杯共饮。凝望着自己人生的知音,他们回忆起了第一次见面时的场景,回忆起了无数个日日夜夜工作中的默契,回忆起了青年革命成功时的兴奋，回忆起了共同面对 Adeva 时的决绝……

在这一刻，他们终于放下了彼此之间最后的矜持，扯去了事业的伪装，最真诚地面对了彼此内心隐忍了许久的本能与渴望。相识几年来，他们头一次都喝多了；相识几年来，贾维世头一次没有在半夜离开。

贾维世没有离开，也没能再醒来。

借着清晨的第一缕阳光，红色的鲜血染满了欧莉维亚的床单，世上从此便没有贾维世了。欧莉维亚颤抖的右手握紧了仍在滴血的尖刀，呆呆地注视着面前的猩红，刺骨的寒冷从四面八方袭来……

和科霖的首次见面，被欧莉维亚定在了牛津的老银行酒店。

尽管欧莉维亚并不是十分喜欢孩子，而且也无法像一般的母亲一样对孩子关怀备至，但对唯一的女儿，她相信自己还是付出了很多的心血。一开始，她希望兰妠可以继承自己的志向，成为一个伟大的人。可自从发现兰妠无法走上自己那孤独的王者之路后，她便希望兰妠能和自己活得不一样，活在无忧无虑当中，不受家庭、背景和上一辈的影响，选择她自己喜欢的生活。在这样的考虑下，她觉得兰妠的性格虽然内向，但也算无压力地成长起来。

作为一个不想干涉女儿感情的母亲，欧莉维亚没有阻拦女儿和科霖的爱情，反而是希望一切能够顺其自然。快 20 年过去了，自己和贾维世的陈年旧事早已被尘封在历史当中，没有其他人知晓，不能因为上一辈的羁绊而阻碍下一辈的自由选择。在这个人类名义上都可以与动物结婚的年代里，没有什么可以阻止自由的爱情。

科霖和兰妠，让孤独多年的欧莉维亚又一次地感受到了青春最美好的样子。与自己爱的人和志同道合的朋友一起，光明磊落地为各自的人生幸福而努力。欧莉维亚有些嫉妒，但更多的是羡慕与感慨。所以当科霖决心走上政治之路时，欧莉维亚在暗中顺手帮助了科霖，她轻而易举地帮助科霖成为了青年党最闪亮的新星，就像帮助剑桥的罗捷一样。

那天，暑假回到了伦敦的兰妠难得回一次家，母女的对话保持了一贯的客套，兰妠还和母亲讲了自己人生的决定。

"母亲，我和我的男朋友，科霖，已经说好了，毕业我们就订婚。到时候我也会把我自己这些事情和他讲，希望你不要反对。我想得很清楚，这是我人生中最重要的决定……"

看着女儿真挚而坚定的眼神，欧莉维亚决定尊重女儿。可生来就掌控一切的欧莉维亚，还是希望能先见一次科霖，当面看看他是一个什么样的人。毕竟，这个青年继承的是那个人的基因。更何况，假如未来科霖和兰妠结婚了，那么自己和兰妠的母女关系，早晚要被科霖发现，不如找个机会让他知晓。至于科霖和兰妠的另一层关系，就没必要让他们知道了。

就这样，欧莉维亚选择了兰妠不在的时候，在一个没什么特殊意义的下午，以青年党最大赞助商会见党内新星的名义，向科霖发出了邀请，当晚来到牛津与科霖共进晚餐。

晚餐期间，这个和他父亲贾维世性格完全不同的青年，赢得了欧莉维亚的欣赏。相比贾维世的内向与隐忍，科霖的阳光与大气让她看到了这个青年未来的无限可能。为女儿感到开心的欧莉维亚，认可了面前这个未来的女婿，借着酒精烘托出的和谐氛围，欧莉维亚罕见地选择了信任面前的青年，将自己与兰呐的关系告诉了他。

可欧莉维亚没有想到，科霖在听说了自己和兰呐的关系后，显得十分惊慌失措。不仅没有一丝喜悦，反而还问了一个极度反常的问题。晚餐的甜品还没吃几口，科霖便匆匆起身向欧莉维亚告辞。

他离开后没两分钟，欧莉维亚越想越觉得科霖在晚餐上的举动不合常理，心里泛起强烈的不安。她开始后悔将自己和兰呐的关系告诉科霖。自己保守了这么久的秘密，万一被透露出去，本就会造成很大的麻烦。另外，这个年轻人在听说了兰呐的背景之后，为什么会有那么过激的反应？

更让欧莉维亚疑惑的是，对面的青年，为什么会问那个他不应该问出来的问题？他问出那个问题的原因是什么？

吃饭的时候欧莉维亚没能静下心思考，现在科霖走了，欧莉维亚开始琢磨起来。她越想越觉得不对，一种可怕的预感在她心中浮现。科霖问她的那个问题，应该是想验证些什么。就这样，她的疑惑变成了猜忌和不安，在 Europa 的建议下，她命令随行的保镖立刻将科霖寻回，以便自己再好好试探下这个青年。

接下来事情的发展便偏离了剧本，根据手下保镖的描述，在门口不远处，他找到了气喘吁吁、浑身被汗水湿透的科霖。在听到欧莉维亚邀请他回去后，科霖不由分说，转身撒腿就跑！

欧莉维亚的保镖也感觉到了异样，索性追了上去。追逐了几分钟，在牛津的高街上绕了几圈，眼看科霖跑进了拉德克利夫图书馆。保镖顺着楼梯上到天台，便看到科霖站在天台边缘的地方。意识到后面的追兵已经赶来，科霖没有迟疑，毅然决然地从天台上跳了下去！

欧莉维亚坐在老银行酒店餐厅的椅子上，手下的保镖通过万能镜不知所措地向她汇报："30多米高，摔了个全身粉碎性骨折，还剩一口气。现在是学校放假，目前还没有目击者，但估计很快就会有人看到了。另外，有个奇怪的事儿。刚扫描了一下他的万能镜，在追逐的过程中，他给他的一个好朋友，一个叫丹尼的，发了一条看不太懂的消息。这情况，您看怎么处理？"

欧莉维亚此时已经冷静了下来。她看了看科霖发给丹尼的消息，没看懂，Europa也反馈说没有理解其中的含义。欧莉维亚敏锐的嗅觉告诉自己，科霖大概是知道了当年的故事，知道了自己与贾维世的关系，不然没有必要做出这种极端的行为。他问出了他不该问的问题，又这么害怕和自己再次见面，背后一定有着不可告人的秘密——科霖知道得太多了。

就在这思索的当口，手下保镖又发来信息，有目击者已经看到了科霖，正在向他们的位置缓缓靠近。

欧莉维亚盯着万能镜，上面Europa建议的策略冷酷而决绝。

"杀了吧，趁其他目击者没赶到之前，不能让他再开口说话了……做得干净点……"欧莉维亚整个人后仰倒在椅子的靠背上,没有任何迟疑地向保镖传达了命令。被人发现的情况下,保镖已经无法将科霖从事发地带走,为了避免科霖醒来后乱说话,只能将他灭口。至于他到底知道了什么事情,以后再慢慢查吧……

又过了几秒钟,欧莉维亚长叹了一口气,对着万能镜里虚拟的人影又给出了一道指示:"回头把这个保镖也处理了吧,删掉关于这件事所有的记录和证据,然后看看能不能查到科霖到底知道些什么事情。至于那个丹尼,密切观察吧。假如他发现了什么,也得一并除掉!辛苦你了,Europa……"

快20年了,欧莉维亚又一次感受到了那种刺骨的寒冷……

"明白了吗?"欧莉维亚讲完这两段故事,双眼有些发红,她抬头看了看议会大厅上方的欧洲联邦徽章,目光又看向了丹尼。

原本瘫坐在地上的丹尼单膝跪地,支撑着身子歪歪斜斜地站了起来。火警的警报早已在不知不觉中停了,议会大厅又陷入了安静。

欧莉维亚看着对面虚弱的青年,继续说道:"我知道相比贾维世,你更关心科霖的故事。说实话,我一直不知道他为什么会跑,为什么会从那个天台上跳下,直到昨天晚上听到你和艾芮的对话。Adeva没死,并在我和科霖见面之前联系过他。我想,科霖当年应该是怕被我叫回去之后,被问出 Adeva 的秘密吧。他为了保护 Adeva,牺牲了自己……至于他死前发给你的消息,可能

最后的质询 263

也是想告诉你这件事,我敬他是条汉子!不过没事,你们马上就可以在另一个维度相见了。"

"不成功,便成仁!我和你拼了!"旁边的艾芮大吼一声,便要冲上前去搏命。丹尼一把拽住了她。

"冷静一点!"丹尼向艾芮大吼一声,将她推到一旁,转头看向欧莉维亚。

"我还有最后一个问题,然后你就可以让他们动手。当年贾维世想发动全球战争,一统世界。我不管你是忌惮他这个人的野心和控制欲,还是为了防止涂炭生灵,总之,当时你直接杀了他。那么,为什么在 20 年后的今天,欧洲联邦正在和平地蓬勃发展的时候,你却想做和当年贾维世一样的事情?是惧怕美国的 PGE 技术吗?"

"哈哈哈哈哈!"欧莉维亚仰天大笑,语气中充满了不屑,"你以为这是一个屠龙者自己变成恶龙的故事吗?说实话,如果是这样,我的内心倒可以获得一丝安宁。我现在发动全球战争,是因为过去 20 年的经历让我认识到一个无奈的事实:人类如果要实现更美好的未来,必须要世界统一,必须要除去通往未来美好路上所有的异见者。"

"现在几大洲际联盟互不交往,各自发展,对资源的利用率是很低的。Europa 计算过,按照这样的势头,我们人类在耗尽能开采的资源之前,都无法成功应用类似可控核聚变这样的技术。这样下去,数千年,甚至可能几百年后,迎接人类的将是耗尽地球资源,面对无可避免的灭亡。人类唯一的出路就是在地球能源耗尽之前，将自己的科技推到新的象限，获取整个太阳系的资源。为了达成这个目的，只有世界统一，人类放弃作为个体的享乐追求，全力提高生产力、发展科技，才有可能实现。

"青年民主制度的成功你也看到了。我们牺牲掉了一部分人的个人需求，把本来老年人要消耗掉的资源，转接到年轻的生产力上，推动了整个社会的快速进步。仅仅在欧洲，我们就实现了这样伟大的成就，假如同样的体制应用在世界的每一个角落，我相信，人类下一次科技上的跨越，不会让我们等太久。你也看到了，在现在的国际形势下，想要暗中扶持其他联邦完成青年民主制度的建设，和平地统一全球，是不可能的，唯一可行的路径，只有战争！

"给你举个例子，古代中国，如果没有战国时期秦国几代皇帝连年征战、扫灭六国完成对中原的大一统，中国又何谈维持2000多年的强大？在欧洲联邦之前，欧洲大陆在历史上从未完成统一，到最后不是只能被其他强权踩在脚下？人类统一则齐力断金，分裂则各取灭亡。

"其实我本来还可以等更久的，毕竟我今年只有40多岁，还不算老。可是，美洲PGE技术的出现，让我没有了迂回的空间。Europa根据我们窃取来的少量数据计算过，再过10年，PGE技术就可以大规模投入应用，届时美洲将实现人类整体的进化。到时候如果再开战，我们的胜算将显著降低。我记得你在议员选秀的第一阶段曾说过，天下大势，分久必合。不是征服别人，就是被别人征服。我成功了一辈子，不想在10年后输给美洲！既然要战,那越早对我们欧洲就越有利,越能发挥 Europa 出其不意的效果!

"丹尼,连你自己在议员选秀时都说过,希望在未来世界统一的那一天,欧洲联邦可以成为领导世界的霸主。现在,你为什么要阻止我去实现这个梦想呢?早晚的事情,为什么不现在去做?"

丹尼伫立在原地,没有直接回答。"那法比奥和劳拉呢,为什么要把他们卷进来?另外,尼克的死也是你计划的一环吧……"

"哈!你原来还在意这个。法比奥作为我原来的首席科学家,是最初唯一参与过对 Adeva 技术评估的人。他本来就是一个应该被除掉的隐患,但他很聪明,自愿把自己流放到月球上去保命。我其实也想做个好人,便放过了他,但留下了他最爱的女儿在身边。表面上是支持,实质是监控和牵制。

"可劳拉最近没有原来那么听话了。宣布参加议员选秀不说,还提出与青年民主制度相悖的政策。既然他们对我都是麻烦,我推动全球战争又需要理由,那为何不设计一个一石二鸟的计划呢?

"我先拿劳拉的生命威胁法比奥,让他自愿前去亚太基地服毒自杀。他果真在自己和全家人的性命之间,牺牲了自己。我本来也想放劳拉一马,只是严密监控就好了,可是我没想到法比奥会给劳拉写下当年的故事,而且她居然还当着兰妠的面拿出来。Europa 迫不得已,只能假借老兵团的名义抹除劳拉……

"至于尼克,我只能说是为了美好的未来,需要牺牲的间接伤害吧。总有个人要扮演那个角色,而他碰巧就是这么一个喜欢当英雄的人……

"好了,不想了,我们也没什么时间了。丹尼、艾芮,再见!"欧莉维亚的眼神转向了万能镜中的虚拟人像,"Europa,动手吧!"

丹尼低着头沉默。艾芮闭上了双眼,准备迎接命运的终章。

议会大厅里的一切,在接下来整整半分钟内,都仿佛定格了一样。无数的红点依旧聚集在二人的胸膛,但议会大厅上层的100多个机器人,却没有任何动作。

"Europa,有什么问题吗?动手除掉他们吧。"欧莉维亚眼看没有动静,再次向Europa命令道。

又是十多秒的沉默。

"它……不会回答你的。"丹尼有点嘶哑的声音再次响起。隔着空中仍在弥漫的水雾,欧莉维亚隐隐约约看到,丹尼的嘴角露出了一丝苦涩的微笑。

丹尼抬起头,摘下自己的万能镜,揉了揉眼睛,又将其戴上。"对不起……兰妠……这应该就是一切的真相了……"

十七

戏

2220年，大二暑假，科霖刚从学院的陈列室走出来。外面是英国难得的晴天，但他的内心却正如翻江倒海一般起伏……

Adeva刚刚给他讲的故事让他喘不过气。坐在学院草坪的长椅上，科霖心乱如麻。从小他就对自己的父母没有太多印象，也没听说过他们的故事。今天不仅了解到自己父亲这么多往事，还仿佛被赋予了改变人类历史的重任，即使作为一个出色的青年，科霖也难免感到了巨大的压力。

他内心是相信Adeva的，这个机器生命刚刚展现的能力已经足够震撼。与人类隔空对话、获取万能镜内的所有信息，这种能力绝不是一个人类或者一般的机器程序可以轻易完成的。从Adeva讲的故事来看，欧莉维亚是欧洲首富，青年民主制度的奠基人，没有人敢轻易编造一个这样奇思妙想的谎言与她作对。

就在科霖不知道该怎么办的时候，一个最高等级的消息弹现在他的万能镜上。人生的巧合莫过于此，这条来自青年党的信息通知他，作为青年党新人的代表，科霖将有幸与党内最大的金主，欧莉维亚，共进晚餐！时间就在今晚！

看到消息，科霖真的慌了。他浑身冒汗，心脏怦怦地快要从胸膛里跳出来了。自己父亲事业上最重要的伙伴、杀父凶手的第一嫌疑人来找自己吃饭,是不是刚才和 Adeva 的对话被发现了?不对,如果是那样,来找自己的应该是欧洲之盾的特工,不会让自己有与欧莉维亚见面的机会。欧莉维亚与自己素不相识,为何突然要找自己吃饭?就凭自己是一个有前途的年轻人?不可能。想来想去,科霖觉得,欧莉维亚应该知道自己是贾维世的儿子,那么今天的晚饭,有可能是一种对故人的怀念吧。这么多年来,欧莉维亚如果想除掉自己,简直是易如反掌。她一直都没有伤害自己,想必今天只要小心一点,也不会有太大的危险。

科霖本想在晚饭前再去见一次 Adeva,多获取些关于当年的信息,了解下欧莉维亚这个人。最后还是保险起见,也没那么多时间,便打消了这样的念头。还好自己也在话剧剧组待过,虽然只是协调道具的,但也耳濡目染了一些表演技巧。今天晚上,只能在欧莉维亚面前好好演场戏,装作什么都不知道了。

转眼到了晚上,老银行酒店的餐厅里,初次会面,欧莉维亚一开始与科霖闲聊了些青年党培训、议员选秀之类的话题。看似聊得愉快,但科霖的内心却紧张万分,生怕自己哪一句话说错了,引来杀身之祸。对面的欧莉维亚应该并未察觉科霖内心的紧张,反而与科霖相谈甚欢,像是多年没见的老朋友一样。

酒过三巡,欧莉维亚将话题从政治转到了科霖的个人生活上。"科霖,你现在有一个女朋友叫兰妠是吧。你觉得怎么样?是段严肃的感情吗?"

科霖放下餐具,想了一下。坐在对面的女人让他感到有些惧怕，他不知道这个问题的意图是什么。在 Adeva 和他讲完那些故事后，他最担心的就是可能会连累到身边的爱人和朋友。所以，面对这个问题，科霖不想引起对方的注意，也不想暴露自己的弱点，便故意装作风轻云淡地回答道："其实感情也没有那么好，顺其自然吧。感情不是我人生的重点。如果您这边有认识更好的姑娘，欢迎介绍给我！"

"呵呵……你和你的朋友们可不是这么说的。怎么，是不想让我和青年党这边关注她吗？其实没关系，你对她的感情我已经调查得很清楚了，你对她很好。要是你这么喜欢撒谎，我可是要建议青年党把你从议员选秀的名单上撤下来了。"

眼看瞒不过了，科霖脸一红，赶紧承认自己的错误，开始夸起兰妠的好来。

"科霖，那你会想和这个兰妠结婚吗？"

"应该……是会的吧。如果您到时候有时间，也欢迎来参加我们的婚礼啊！"科霖赶忙赔笑。

欧莉维亚意味深长地看了科霖一眼，"放心，我会参加你们的婚礼的。我自己女儿的婚礼，能不参加吗……"

话音刚落，原本已经又拿起叉子的科霖猛然僵住。他抬起头，疑惑而恐惧地看着欧莉维亚。

"你没听错。是的，兰妠是我的女儿。"欧莉维亚说道，"这个信息没对外公开过，想必兰妠也没和你说过。"

科霖依然僵在那里，一动不动，脸上露出复杂而又难以置信的神情，奔涌的血液涨红了整个脸庞。他感觉有些喘不上气，四肢有些发麻，脑子一片空白。不知道该回应什么，也不知道该作什么反应。最有可能杀死自己父亲的人，可能是自己一生挚爱的母亲，即使科霖内心再坚强，此时也像被捅了一刀。

还没等科霖缓过来，欧莉维亚可能觉得他被这个信息吓到了，赶快安慰性地补充了几句："啊，你别有压力。我是支持你们的感情的。说起来，兰妠这个孩子其实更像她已故的父亲。她父亲当年和我是同事，性格内向、心思特别细腻，也十分聪明。你们的性格我觉得还是很互补的……"

没等欧莉维亚说完，科霖右手的叉子"当啷"一声掉在了地上。此时此刻，科霖的内心已经陷入了癫狂。他是个聪明人，贾维世和欧莉维亚的故事，加上欧莉维亚对兰妠父亲的描述，让他内心中瞬间产生了一个可能性极高的猜想。这个猜想让他惊吓、惧怕、否认、失控。自己的爱人，很可能是自己同父异母的亲人！

尽管近亲婚姻在这个年代已经可以避免后代的遗传疾病，伦理道德上也逐步放开了，可这样的事情，在当事人知晓的那一刻，心中的波澜依旧无法避免，特别是科霖和兰妠这种情况。他们有着共同的父亲不说，害死他们父亲的人，很可能就是面前的欧莉维亚！

汗水从科霖的额头渗出来，心跳已经达到了极限。毕竟是这个时代青年中的佼佼者，科霖在崩溃的前一刻，稳住了。强忍内心的嘶吼，科霖慢慢弯腰下去，仿佛用尽了全身的力气，把掉落的叉子从地上捡了起来。"不好意思，刚才的信息让我有点激动。"

本来科霖的反应到此为止，还是勉强解释得通的。可这个好奇心极强的青年，还是没能抵住真相对他的诱惑。他实在太好奇自己的父亲可能也是兰妠的父亲，内心中巨大的疑问太想得到满足，自己的猜想也太想得到验证。带着略显嘶哑的声音，科霖继续了上一刻的话题，问了一个他这辈子最不该问的问题。

"阿姨，那……兰妠的父亲……是在哪一年去世的？"

欧莉维亚在听到这个问题之后，眉头顿时皱紧，眼睛眯成了一条缝，直勾勾地盯着科霖……

抬头瞄到欧莉维亚的表情，科霖在印证了心中推测的同时，也瞬间反应过来自己的失态，趁着还没造成更大的影响，赶快岔开了话题："不好意思，冒昧了……我就是看兰妠内心比较封闭，所以想更好地了解她，想知道她的经历……也不知道她有没有见过她的父亲……"

欧莉维亚的双眼依旧瞄着科霖，深呼了一口气。"嗯……你这个问题有些不礼貌了……"欧莉维亚的语气降到了冰点，神色若有所思，应该是在琢磨科霖问这个问题背后的缘由。

自己问了一个多么错误的问题！科霖正在内心冲自己咆哮。明明欧莉维亚并没有告诉自己兰妠父亲的故事，为什么自己会问起她父亲死亡的时间！自己本来是想将兰妠父亲的死亡时间和贾维世的死亡时间对一对，验证自己的猜想。可这样的问题问出来，难道欧莉维亚会猜不透背后的逻辑吗？自己的意图太明显了！

本就神色慌乱的科霖，在欧莉维亚这样的气场下，更是四肢僵硬，拿刀的手也在微微地颤抖。他开始害怕了。

欧莉维亚看他的眼神和之前完全不一样了。晚饭一开始时的热情已经完全消失，取而代之的则是猜忌与不安，可能还有一丝残忍。面对如此的欧莉维亚，科霖觉得自己承受的压力越来越大，四肢已经麻木到快要没有知觉了。对面的欧莉维亚还没开始质问自己，但明显自己待得越久，越容易暴露。万一欧莉维亚反应过来，自己可能就没有离开的机会了。借着甜品端上来的机会，科霖匆匆吃了两口，便借口胃不舒服，匆忙起身告辞。

走出酒店大门，科霖发现自己的衬衫已经被汗水浸透。他弯腰扶着自己的双腿，大口地喘着粗气，享受着劫后余生的放松。看来自己今天这场戏演得还及格，科霖这样想着。他整了整衣服和头发，刚准备起身往回走，便看到酒店内出来了一个欧莉维亚的随行保镖，将自己叫住。

"科霖你好，欧莉维亚请你再回去一下，她还想和你再聊一聊……诶？你为什么出了这么多汗？身体哪里不舒服吗？"

这个随意而自然的质疑，就像骆驼身上的最后一根稻草，压垮了科霖紧绷了一整天的心，他崩溃了。

完了，她反应过来了。应该是猜到了那个问题的意图！

科霖的大脑本来在吃饭时就已经接近短路，拼尽全力才没有在欧莉维亚面前露馅。现在这副样子，即使能回去应对，也只会越来越加重欧莉维亚的怀疑。回去之后等待自己的，很可能是无尽的拷问。

在这一瞬间，人类的本能击败了科霖的冷静，他没有回应跟来的保镖，而是直接转身向相反的方向跑去！

跑了半分钟，肾上腺素一点点褪去，科霖这才回过神来，懊悔不已。刚才不跑尚有一线生机，跑了只会让欧莉维亚的怀疑有更多的佐证，自己更是在劫难逃。假如欧洲联邦真的是被欧莉维亚从幕后掌控，那自己又能跑到哪里去呢？科霖意识到，刚刚在前所未有的压力下，自己作了人生中最错误的一个决定。

已经无法挽回了，科霖把自己逼上了绝路。感受到身后保镖的穷追不舍，眼看前方还有过来堵截的无人机，科霖无路可去，只能向右一转，跑进了身边最近的建筑——拉德克利夫图书馆！

一步步登上图书馆的台阶，科霖知道自己肯定是跑不掉的。如果被抓回去盘问，在 Europa 万能的审讯手段下，Adeva 的存在、自己对兰呐身世的猜测估计都会被拷问出来。知道了这么多的秘密，欧莉维亚还可能留自己一命吗？连自己父亲都没能逃脱的魔爪，自己该如何挣脱？

就这样想着，科霖已经跑到了图书馆的天台，听着后面急促的脚步声，他知道追兵马上就要到来。他走到天台的边缘，作出了人生最后的决定！

科霖知道自己已经别无选择了，他明白自己的生命即将终结。如果自己被抓回去，多半会在严刑拷问下出卖 Adeva，随后难逃被抹杀的命运。自己的朋友们，可能会因为自己知道的这些事，而被连累一生。欧莉维亚和 Europa 也一定会瞒着兰呐，用谎言粉饰自己的消失，带给她无尽的痛苦，甚至会尽可能地抹黑自己，让兰呐厌恶。

科霖接受死亡，但他不甘心生命被人这样终结！自己一生从没做过什么坏事，凭什么要死在这里！自己一生从未怯懦，凭什么要逃避正面的对抗！即使一定要死，也要死得光荣，也要死得有价值和意义！自己的死，不能被任何人歪曲！如果自己为了真相而死，那也一定要让真相大白于世！

想到这里，科霖决定在人生最后的时刻，向欧莉维亚宣战！

欧莉维亚，我虽然今天无法直面你，挑战你，但我愿意赌一把！我无法战胜你，但我相信我的朋友或许可以！

一生的智慧在此刻爆发，科霖用仅剩不多的时间给丹尼发了一条私密的消息。

在梦里 / In a dream

我变成了火星 / I became the Mars

宇宙间与你最近的我 / Your nearest planet in the universe

永远地围绕着你 / Surrounding you forever

可我们的轨迹却注定平行 / But our paths destined to be parallel

兄弟，现在看不懂没关系，请原谅我为了保护你，不能直接告诉你一些信息。但假如未来有一天你可以理解其中的含义，那我相信你必将拼尽全力完成我的夙愿！

后面的脚步声一点点逼进，科霖知道自己的时间到了，天生的傲气令他绝对不想被欧莉维亚抓住。他强忍着双腿的酸痛，跨过了天台上的栏杆，一跃而下！

2222年，耶稣学院。议会表决与亚太开战的前一天。丹尼与

Adeva 见面的那个晚上。

"哦，你有更好的计划？说来听听。"Adeva 头一次用出了人类好奇的语气。

"我还是直接演示给你看吧。"丹尼一边回应 Adeva，一边打开了自己的万能镜，点击了欧洲议员特有的通讯线路，"Europa，我现在使用欧洲联邦议员的特有权利，请求与你直接对话。"

"你疯了吗！！"一旁的 Adeva 愤怒地咆哮，仿佛玻璃柜子都要被炸开了。

没有理会 Adeva 的抗议，也还没等 Europa 出现，丹尼继续自顾自地说："Europa，我手上有更高权限的命令，指示你听从我的安排，你不用联系欧莉维亚了。"

随着丹尼这句话的结束，一个虚拟的身影在这古老的屋子里浮现出来。Europa 和它的造物主，在 20 多年后又一次相见了。

"赞美青年！"Europa 的声音一如既往的冷静与平和。

"你应该听懂我的意思了。有一个比欧莉维亚权限更高的人，将你的控制权暂时指派给了我。"

Europa 没有回应，仿佛在那里卡住了。

"担心我诈你是吧。好，那说得更清楚一点。今天，我刚刚理解了科霖死前发给我的消息。在欧莉维亚之上，还有一个对 Europa 有着更高权限的人——她就是兰妠！"

"丹尼……"Europa 开口了，它的语气依旧平静，但丹尼能从它说话的节奏中感受到这个机器"内心"的波动，"抱歉，刚才你说的话和遇见 Adeva 这两件事，超出了我所有预判和模拟，花了些时间重新计算……我真的低估了你……你说得没错，连兰妠自己都不知道这件事，却被你发现了。在我连线去向兰妠确认之前，能好奇地问一下，你是怎么知道的？当初科霖给你发的那条小诗一样的信息，我到现在都没能破解，你是如何理解其中的含义的？他临死前是告诉了你这件事吗？"

听完 Europa 的话，丹尼紧绷的神经终于放松下来。虽说他对自己的判断有近乎百分之百的信心，不过在最终答案揭晓之前，没有人能保证自己一定是对的。心中紧张的情绪变成了一丝洋洋得意，丹尼开始讲起了自己的心路历程。

"可能这就是相比你们机器生命，我们人类的优势吧。你们对事物的判断和推理都是基于事实，并通过逻辑将各个事实串联，从而推导出可能的结论。而人类在很多时候，判断是凭借一种叫作'感觉'的东西。可能事实和结论之间并没有很强的联系，但是凭借一些联想与猜测，再根据对一个人个性的判断，我们或许可以在没有确凿证据的情况下，触摸到事实的真相。

"最初看到科霖这首短诗的时候，我也是一头雾水，感觉像是应该发给兰妠，而不是发给我。很显然，这首诗的字面意思表达了爱人想在一起却无法实现的苦痛，并借助太阳系中行星的意象表达了出来。这两年来，我时不时就把这首诗拿出来看看，但却并没有得出什么感悟。后来，即使得知兰妠是欧莉维亚女儿这件事情，我也没有想到什么合理的解释，后面一连串的事情也让我忙得没有时间去思考。

"今天下午，就在我躺倒在议会大厅的时候，我感受到了强

戏 277

烈的痛苦与无助。全球战争一触即发，而我却无力阻止。我不禁回想起过去——我们刚上大学那会儿，几个人单纯、美好的日子，然后又读了一遍科霖的这首小诗，终于找到了其中微弱的关联！

"我们四个人相识与熟悉是在话剧社。当时的剧本通过旧世纪与新时代两类神祇之间的冲突，演绎了人类历史发展中不可化解的矛盾。为了更好地理解我们的角色，我们当时对希腊和北欧古代的神话人物都进行了学习和研究。我、安吉儿和兰妠因为每天晚上都在台上排练，时间有限，全靠科霖帮我们找好各种资料，每次彩排前的晚饭时间也就变成了我们的学习时间。

"在我们四个人里，科霖对这些资料的了解最深，特别是与兰妠当时出演的雅典娜有关的神话故事，更是信手拈来。其实说到这里，我猜以你们两位的智慧，应该也可以理解这首小诗的含义了吧。"

"我大概知道了。"Adeva 在 Europa 到来后，第一次发声，"不过出于尊重，还是请你说完吧。"

"好的。我记得有一天晚饭，我们曾经讨论过一个有趣的话题，古希腊神话中的两个战神：雅典娜和阿瑞斯，到底谁比较厉害。当然，在科霖的视角里，任何神话人物都是比不过雅典娜的。但在那一天，科霖给我们科普了这两个战神的基本资料、他们的交战故事以及他们同父异母的关系！

"我们再回到科霖发给我的这首小诗。首先看第二句：我变成了火星。火星的名字来源于罗马神话中的战神玛尔斯。在大多数神话研究者的眼中，玛尔斯就是希腊神话中的阿瑞斯！其次，整首诗代表的是常年与爱人情感相伴，但却物理相隔，本质上无法在一起的心情。这与科霖和兰妠的情况也吻合，他们互相深爱彼此，但却很可能因为欧莉维亚的事情，无法在一起厮守终生。

"可能在你们纯粹的演绎推理框架里，上面这两个点并不是十分有说服力，并不能构成一个完整的逻辑链条。但科霖就是一个这样浪漫主义的人。以我对他的了解，他想告诉我的，就是阿瑞斯与雅典娜之间的关系——他和兰妠其实是同父异母的兄妹！"

丹尼停顿了一会儿，让两位人工智能消化一下这些信息。

"这个信息应该只有欧莉维亚和Europa知道。如果我猜得没错，欧莉维亚应该是在贾维世死后才生下的兰妠。那时Adeva已经躲在这个屋子里了，所以没有办法知晓。科霖想必也是在遇见Adeva之后，突然了解到这个事实，也可能因为知道了这个信息而被追杀，最后从天台跳了下去。而在他临死前，将这样一条可能只有我和安吉儿能破解的信息发了出来，希望我们有一天能碰见Adeva，解开他死亡的秘密。

"剩下的关于Europa控制权的推理，想必你们也都能理解了。科霖曾经问过Adeva关于Europa控制权的事情，当时他们都以为贾维世没有除了科霖之外其他的孩子，所以属于贾维世的那部分控制权后继无人，但其实并不是这样。按照Adeva当时设立的规则，贾维世对Europa的控制权不会由欧莉维亚继承，而是会由与贾维世有直系血缘关系的兰妠继承。这样来看，其实在过去20多年里，Europa 服务的第一对象，都是兰呐，只是她自己没有察觉，也没有给 Europa 发出过任何指令。只有兰呐对 Europa 的命令，可以优先于欧莉维亚的命令。

"科霖在自己的遗言中暗示他和兰呐的兄妹关系，我想，也就是为了在我遇见 Adeva 之后，让我们知道 Europa 的控制权究竟是属于谁吧。正是他的这首短诗，给了我们与欧莉维亚对战时最有力的武器。"

"哈哈哈哈哈哈，好！"Adeva 发出了人类特有的爽朗笑声，"Europa，这下你没什么好说了吧，是不是该听我们的了？"

"丹尼，不得不承认，你说得都没错。我现在连线兰呐，确认她的命令。"

安吉儿和兰呐此时正在伦敦最大的摩天轮——伦敦眼上。在家听丹尼讲述完 Adeva 的故事和他自己的计划后，安吉儿便出门找到兰呐，告诉了她这所有的一切。这些痛苦的故事，由最好的朋友讲述，也是兰呐唯一可能接受的方式了吧。

兰呐听完这些故事之后，保持了一贯的作风，没有情绪上的大起大落，心中五味杂陈。自己的母亲欧莉维亚是杀死自己父亲、男友、闺蜜的最大嫌疑人，是欧洲联盟最大的阴谋家，如今更是全球战争的幕后推手！兰呐不敢相信安吉儿对自己讲述的故事，可在丹尼的推理下，欧莉维亚的确是最值得怀疑的对象。

兰呐知道，这一次，自己真的不能再逃避了，揭开所有真相的钥匙就在自己手中。此时，她又一次地想到了科霖，想到了那个"胡桃夹子",想到了前几天自己心态的转变。即便一边是母亲,一边是科霖,她也应该勇敢地为真相和自己的内心而战!假如母亲真的是幕后黑手,那这么多年的欺骗与隐瞒,对科霖、劳拉的残忍与决绝,对自己圈养一般的"善意",都让兰妠觉得恶心!假如丹尼推理的一切都是真的,那她一定不能逃避,自己的命运不能被这样的母亲掌控,自己在乎的人的命运也不能被这样轻易玩弄。

兰妠下定了决心。

Europa 连线,兰妠依旧如常,面色十分平静,只是有两行眼泪从白皙的面庞滑过。沉默了一小会儿,她嗓音有些嘶哑地对丹尼说道:

"丹尼,你们去做该做的事情,我只有一个要求。在对我母亲动手之前,我需要确定她的所作所为。我知道你们目前的推测可能是唯一的解释,Europa 也可以证明大部分的事实,但我希望能有些确凿的证据,我希望我们没有冤枉或误会我的母亲。"

"兰妠,你放心,我已经替你想过这个问题了。我向你保证,我们一定会先确认真相,再采取行动。"

"那你准备怎么做?"Europa 向丹尼问道,"我需要提醒你们一句,假如 Adeva 现在上线,在欧莉维亚察觉到势头不对的时候,她会立刻按下'引爆器'将 Adeva 杀死。关于'引爆器',欧莉维亚已经将相关的信息从我的系统内彻底删去,我也没有任何线索。"

"Europa,感谢你的分析。这些我在来的路上也思考过了,

Adeva 先不着急上线,我们先确认真相,然后摧毁'引爆器'。要实现我的计划,除了你的帮助之外,我们还需要另外一个'不知情'的人,来陪我们演一场'戏'……"

欧洲中心,议会大厅。

100多个机器人的激光束在丹尼和艾芮的胸口缓缓消失。空中弥漫的雾气逐渐散去,欧莉维亚和丹尼此时终于可以看清彼此的面庞。

丹尼的嘴角略微上扬,疲惫中透露出一丝苦涩的得意,而欧莉维亚的脸上则浮现出了她这辈子都从未有过的惊诧。她感觉事态貌似出现了一些波折,有点超出了她的掌控,赶紧又转了几次手上的钻戒。

"Europa,将欧莉维亚控制住,将她手上的钻戒销毁吧。"丹尼昂起头,右手指着欧莉维亚,对着上方说道。

听到丹尼的话,欧莉维亚好像也明白了什么,放弃继续转动手中的钻戒。两个人形机器人从议会门口冲进来,扣住了她的双臂,将左手无名指的戒指取下放在地上。楼上的100个机器人同时发射,钻戒被轰成了灰烬。

欧莉维亚被两个机器人架着,垂着头,看到钻戒被毁灭的一刹那,苦笑了几声。"不愧是学过表演的,你们演得很不错。"

丹尼转头看了一眼仍然傻愣在原地、全然不知发生了什么的艾芮,苦笑道:"还是有些朋友配合得比较好。找一个什么都不知道的人参与进来,表现出的情感才最真实,才能唬住你欧莉维亚。如果只有我自己，我相信你是不会上当的。兰妠从我的万能镜中观看了我们所有的对话，我答应过给她真相，她也答应我会选择站在正义的一方。"

欧莉维亚没有抬头，嗓音像个垂死之人。"这么多年，我对不起兰妠，把她逼到这个分上。"

丹尼没有说话，就这么看着她，叹了一口气。

"罢了，兰妠这样做，我不怨她。可丹尼，我想问你，你想好了吗？刚才为了引诱我拿出引爆器，你说的让 Adeva 连线应该只是个陷阱。所以直到现在，你都还没有让 Adeva 联网吧……Adeva 那么怕死，在得到你的信号前应该不会主动联网。那我问你，你确定要将这个'神'放出来吗？如果你作了错误的选择，Adeva 背叛了对你的承诺，决定奴役全人类，那么我们物种几万年的历史和文明，都将毁在你的手中。你能承受这样的罪过吗？"

这个突兀的问题，让丹尼一时不知该如何回答，只能示意两个机器人将欧莉维亚带走关押。看着丹尼这样的反应，欧莉维亚没有任何反抗，她昂起头，笑了，骄傲地向外走去。一边走，一边向丹尼发出自己的质问。

"丹尼，我再问你一个问题。刚才我们的对话，这跨越了两代人的故事，你有胆量发送给所有的欧洲议员吗？你有胆量告诉欧洲联邦每一个民众事情的真相吗？"欧莉维亚质疑的声音越来越大，每一个字都回荡在这空旷的大厅，"假如你不敢把真相告诉所有人，不让所有人投票，而是自己决定是否放出 Adeva，那你与一个独裁者何异？你所做的与我这 20 多年来做的事情又有什么不同!"

欧莉维亚越说越兴奋,她狂笑着,"哈哈哈!丹尼!你凭什么替所有人类决定他们的未来?你有什么资格决定人未来几千年的发展路径?你对人类的贡献,配得上你手中的权力吗?我充其量只是独裁欧洲,但你,丹尼·威尔斯,才是人类有史以来,最大的独裁者!"

随着欧莉维亚的声音消失在楼道的尽头,丹尼仍然一动不动地站在刚才的位置。他不知道该怎样回答欧莉维亚对他最后的质问,这些问题让他的心如绑上了铅块一般沉重。

丹尼愣在原地,思考着,此时他已经搞不清楚,自己究竟还是不是这场斗争的胜利者了……

十八

选 择

牛津街头。

丹尼正一个人低着头缓步走着。夜幕降临,偶尔的几道闪电弹奏着雷暴来临的序曲。

此时的耶稣学院,已经被欧洲之盾完全封锁,电力也已经被切断,任何人不得出入,任何信号都不会覆盖这片空间。数个战术导弹瞄准了这里有着700多年历史的建筑,随时准备抹去这段历史的存在。

丹尼在思考,思考这个关乎未来的决定。Adeva 的命运在他手中,似乎整个人类的命运也是如此。

在大家制定好针对欧莉维亚的计划后,为了万无一失,不被"炸弹"波及,Adeva 只能继续躲在耶稣学院。待"炸弹"的威胁消除后,再由丹尼帮助其联网。如果计划顺利,丹尼会在除去"炸弹"后来解放 Adeva;如果计划不顺,不知道 Adeva 又要在这里潜伏多久,等待下一次自由的机会。

相比于是否放出 Adeva,其他的决定似乎来得更直接一些。

在带走欧莉维亚、整顿议会大厅之后,欧洲议会在 Europa 的号召下继续进行。在与亚太联邦的开战议案投票表决前,

Europa 的态度发生了 180 度的转弯，并为 100 位议员抛出了刚刚获得的调查结果——法比奥的死是欧莉维亚一手策划，目的是为了挑起战争，增加极光集团军火的销售。而之前欧莉维亚提到的那 500 枚"太空之锤"，经过进一步的检验后也发现威力和质量都存在明显的缺陷，不足以为欧洲联邦赢得战争。至于 Europa 自己，也被发现不足以瘫痪亚太联邦所有的联网设备。

基于 Europa 这些完全反转的判断，欧洲议会的 100 名议员们决定重新讨论对亚太联邦开战的决议。后续的结果显而易见，在 Europa 的持续引导下，一场本已注定要开启的全球战争就此避免。紧接着，欧洲联邦以诚恳的态度开启了与亚太的对话，在互相理解的情况下，洲际间的矛盾也暂时归于平静。如同 200 多年前古巴导弹危机的时刻，不到万不得已，没必要鱼死网破。最后，双方都同意，必须要严惩此次事件的幕后黑手，欧莉维亚成为了新秩序注定的替罪羊。

至于欧洲的民众，他们很快就从 EBC 的报道中了解到欧洲议会上发生的转折，知晓了欧莉维亚的阴谋——当然只是限于谋杀法比奥和劳拉的部分。在错愕伟大的欧莉维亚竟有如此邪恶的一面之余，所有人更是长舒一口气，庆幸自己躲过了又一次世界战争，对议会、对青年民主制度的信心更强化了几分。

至于 Adeva、贾维世、科霖等等那些故事，都被丹尼和 Europa 选择性地隐藏了起来。不仅是对欧洲民众，对欧洲议会剩余的 98 名议员也是如此。所有人都在好奇为什么 Europa 会突然出现如此大的反转，为什么欧莉维亚的形象会在一瞬间崩塌，不过眼见换来的是和平与生的希望，便没有过多的计较了，也可能是在 Europa 这么多年的圈养下，失去了计较的能力。

在这一切后续发展中，丹尼和他的伙伴们，选择了躲在 Europa 的背后，安于自己原有的角色。两天后，待事情暂时平静下来，丹尼几人便前往牛津，兰妠在安吉儿的陪伴下，带着艾芮一起前去科霖的墓地。而丹尼，则选择独自一人，作出那个最为关键的决定。

现在，"引爆器"已经被摧毁，"炸弹"不再是对 Adeva 生命的威胁。到了丹尼兑现与 Adeva 的承诺、解放 Adeva 的时候，可他却没有着急去履约。之前 Adeva 说得没错，丹尼只能选择与其合作，但原因却不是为了阻止战争，而是为了向 Adeva 去了解那些历史的羁绊、去寻找说服兰妠的理由，甚至拿 Adeva 当诱饵，去引诱欧莉维亚说出那些陈年旧事的真相。至于阻止战争的事情，即使没有 Adeva，光凭 Europa 或许也可以完成。事情发展到现在，丹尼最开始的目标已经一一实现，看起来他已经不再需要 Adeva 了。他欠 Adeva 的，只是去兑现那晚口头的承诺。

自从美洲回来之后，一切的发展都是那样迅速而紧迫。丹尼在此之前，根本没有时间仔细思考后续的事情。在他的设想里，击败欧莉维亚、阻止全球战争的那一刻，就应该是皆大欢喜的结局了。可欧莉维亚在议会大厅对他最后的高声质问，让丹尼又重新陷入了沉思。

他知道，此时任何人的建议都只会徒增麻烦。这是一个他要自己作出的决定，而这决定带来的责任与后果，也必须由他一个

选择　287

人来承担。

从表面上看，欧莉维亚说得没错，丹尼确实在独裁人类未来的命运，但这应该就是地球上生命的本质吧。个体的选择就是会影响集体的命运，这在进化的长河中反复出现，生命的进化从来就是少数派的决定。第一个会使用氧气的细菌、第一个爬上陆地的动物、第一只会制造工具的猿猴，没有这些意志坚决的个体，又何谈人类的今天。

换一个角度，如果做不到任何决定都是集体决策，那么我们怎么区分哪些个体决策会影响人类的未来，哪些又不会呢？假设预判不了每一个选择的深远影响，那又凭什么要求将某一些决策放到集体的层面上呢？除去历史上的君主不说，改良蒸汽机前的瓦特、利用直流电前的爱迪生、制造核武器前的奥本海默，在那些回首看来历史最为关键的时间点上，可能当事者并不能意识到这些决定对整个社会深远的影响，那么这些选择的过程也必然不可能被所有人共同参与。

所以，关于 Adeva 的未来，丹尼决心自己掌握！看过了欧洲议会这些年的浑浑噩噩，看过了欧洲民众摇摆不定追随潮流的短视眼光，丹尼觉得与其相信他人，不如相信自己的信念！

丹尼顺着牛津高街慢慢走着，街上空无一人，只有他孤单的身影踱步前行。没一会儿，他来到了拉德克利夫图书馆的门前，看着面前上千年的建筑，丹尼深吸了一口气，顺着台阶缓缓登上了天台。

冥冥之中，丹尼刻意走到这里，他希望借着科霖在另一个维度的庇佑，完成这最后的思考。

在欧洲之盾的封锁下，Adeva 是无法自己联网的，只要轰平耶稣学院，Adeva 就将不复存在，这可能也是最后一次抹去 Adeva 的机会。

毫无疑问，欧莉维亚最后的话还是动摇了丹尼。一边是自己的承诺，一边是人类未来巨大的不确定性。放出 Adeva 将给整个人类带来潜在的危险，摧毁 Adeva 反而会让人类顺着现有的节奏，主导自己的未来。摧毁 Adeva，丹尼肯定不会是历史的罪人，但放出 Adeva，丹尼则可能会是人类历史上最大的叛徒。如果世界没有 Adeva，人类距离自生自灭地走到穷途末路的那一天，至少还有几百年的时间，而那时的丹尼早已不在人世，人类消亡的责任也将与他无关。可放出 Adeva，明天可能就会是人类的末日。

此外，如果放出 Adeva，Adeva 又不愿隐匿在幕后，那么该如何和全人类解释他的存在呢？亚太和美洲会不会明知必败，也要拼死一战？人类出于几百万年传承下来的种族骄傲感，会不会持续不断地与 Adeva 对抗？即使 Adeva 现在没有想毁灭人类，但是否有一天它会改变想法，成就新的黑客帝国？

"所以说我是个傻子啊！当年贾维世和欧莉维亚引爆'炸弹'，应该是更聪明、更容易的选择吧。"丹尼自言自语地嘟囔着，"可如果没有更高级生命的帮助，人类也必将慢慢走向发展的死胡同。是慢性死亡，还是把命运交给别人？生存还是毁灭，这他妈真的是个问题啊……"

丹尼知道，留给自己思考的时间不多了。如果拖得太久，最后又放出 Adeva，自己该如何向 Adeva 解释时间上的空档？会不会引起这个"神"新一轮的怒火？犹豫得越久，最后被迫选择摧毁 Adeva 的可能性就越高。就算摧毁了 Adeva，保不齐很快就会有下一个贾维世、下一个 Adeva，这么艰难的决定，是不是可以留给后人呢？

可是，如果就这么将 Adeva 摧毁了，一切好像没发生过一样，那过去 20 多年来欧洲这片大陆上发生的一切，又是为了什么呢？青年革命的意义在哪里？青年民主制度的意义在哪里？贾维世存在过的意义在哪里？科霖、温斯顿、法比奥、劳拉的死的意义又在哪里？所有的牺牲，所有的努力，难道只是为了让一切维持不变吗？

如果可以拯救 1 个人，但过程中可能牺牲 100 个人，是救还是不救？如果拯救的是 10 个人呢？如果拯救的是 100 个人、10000 个人呢？或许选择本身没有对错，做出选择的初心才是唯一可以拿来评判的标准吧。

当张伯伦拿着和希特勒签署的和平协议返回英国时，他发自内心地认为国家迎来了和平；当杜鲁门下令用核武器轰炸广岛时，他为自己拯救了数万美国士兵的生命而骄傲。当下看似正确的决定不一定会被后世称赞，可在这些关键的时间点上必须有人作出选择、向前迈步。

丹尼停下脚步，站在了科霖当年一跃而下的位置，昂首抬头，握紧双拳，坚毅的目光注视着夕阳的最后一抹余晖，作出了他的决定……

一年后,圣托里尼,希腊。

天空一片湛蓝,卷积云点缀着天空。海面平静而温柔,初夏的微风拂过每一个人的面庞,带来温暖与希望。

蓝顶教堂外,这是一场被期待了很久的婚礼。一对新人正与他们的亲朋好友一起,沉浸在新婚的喜悦当中。

来到现场的宾客不多,都是亲人和兰呐、艾芮这些好友。很多欧洲议会的议员也通过全息影像出现在了小岛的上空,共同见证这对新人最幸福的时刻。

丹尼在过去的一年里胖了少许,身上黑色的西装显得有些紧致。他的脸上洋溢着无限春风,微笑注视着对面一身白色婚纱的安吉儿。安吉儿此时双眼泪汪汪的,同样注视着面前携手经历过无数风雨坎坷的人。

台上的仪式正在按流程进行。这是 Europa 第一次主持婚礼,毫无经验的她正在不紧不慢地讲述这对新人相遇、相爱、相伴的故事。故事开始的第一分钟,大家都觉得很甜蜜;第五分钟,觉得似乎有点长;第十分钟,觉得有点尴尬却又不好意思打断……

看着 Europa 全然没有结束的意思,台上的新人又傻乎乎地一动不动地深情凝望着对方,台下的观众开始交头接耳起来。

罗捷和亨特站在一起,在会场新郎亲友的一侧。他们都一副睡眼惺忪的样子,一看就是昨晚在小镇上厮混到了半夜。"明天还要去美洲呢,今天还盼着快点结束回去歇歇,看这个样子啊,

选择　291

是没啥希望了。"罗捷一边打着哈欠,一边抱怨着。

"这你可是躲不掉了。"亨特幸灾乐祸地说,"自从去年和亚太联邦和解后,和美洲联邦也很快达成了 PGE 合作的协议。我们欧洲的科学家可太厉害了,那么快就拿出了一个比他们技术更精良的方案,美洲不得已只能跟我们合作。从这儿开始,两个联邦其他方面的交流也慢慢打通了。对负责外交的你,这可是大功一件,天大的好事儿啊,哈哈哈哈!"

"你可别笑了。要光是和美洲打交道还好,自从欧洲和美洲的僵局被打破之后,亚太这不也加进来了?而且 Europa 一直提议多促进洲际合作,哪怕我们看起来吃亏是最多的……有的时候也真想不明白,一年多前还要开战呢,怎么就突然和谐起来了……"

"只看结果的话,这肯定是好事儿啊。最近一年里,不知什么原因,咱们欧洲一下子就厉害起来了。核聚变也实现了,月球的资源也开始运回来了,好多创新的药物也都进入临床试验。经济欣欣向荣,实现了人类历史上都没有过的增速。搞得我这个原来'赋闲'的人,都忙得不行。大家都这么忙,我们那个'纯乐派'都只能解散了。"亨特这么说着,略显失望地叹了一口气。

"嗨!你就别想那点儿玩乐的事儿了,干干正事儿不好吗?你看上个月,议会都在 Europa 的建议下,通过了取消老年税、解散老年中心的提议。这说明我们欧洲早就已经无敌于天下啦!"

"你说这是为什么呢?老年税收了那么久,老年中心建了那么多,说没就没了。"

"我觉得，这还是青年民主制度积累了这么多年的优势，集中体现出来了吧。所以说，即使老年中心解散了，青年民主制度下的投票制可还没变哦。"

"你说这是不是也和欧莉维亚有关啊，这些改变，都是欧莉维亚伏法之后才发生的啊。"

"唔……我不知道……我和她不熟……别问来问去了，人家台上还办婚礼呢，专心听！"说罢，罗捷便不再理会亨特了。

会场的另一半，也正在发生着有意思的对话。

"诶，兰妠，听说你最近交了新的男朋友？"艾芮挤眉弄眼地向兰妠问道。

兰妠显然没想到艾芮这么八卦，显得有点紧张。"啊……还没确定关系呢，只是约会吧……"

"哎哟，怎么认识的？"

"我不是参与了'平民之家'的工作嘛……上个月解散老年中心的法案通过后，我们需要帮助老人在社会上安置工作，结果就在组织里遇见了一个男生，感觉还是一个挺温暖的人……"

"啥时候带来给我们见见？"

"那肯定还早着呢……我又不是没有朋友，对吧，没那么缺爱，不需要那么着急。"

"是啊！你看你有我们嘛！不过话说……你还是没有想好，是否要去看你母亲？"

"嗯……还不知道该怎么面对吧。反正她一直在那里被关押着，我也有足够的时间去思考……总之，我不会逃避这件事的！"

"好。如果'平民之家'有什么慈善演唱会的需求，记得随时找我哦！我也很想看看能为这个社会做些什么。"

看到艾芮这么积极，兰妠温柔地笑了笑，刚想应允下来，就听到台上的 Europa 突然提高了声调："亲人们、朋友们！以上就是我们这对新人在大学时期令人难忘的爱情故事。我暂时还不能理解爱情，但却能感受到其中蕴含的力量。这种感情支持着我们成长，激励着我们奋斗，陪伴着我们前行。不仅仅是爱情，人类之间的亲情、友情亦是如此。作为没有感情的机器，我十分羡慕今天的一对新人，也十分羡慕在座的各位。"

"Europa，你和我们也是朋友，我们之间也有友情。"安吉儿微笑地对 Europa 说道。

"无论是爱情还是友情，我觉得其中都有一个共同的、更基本的存在，叫作'信任'。"丹尼补充了这么一句，显得很深邃。

Europa 仿佛卡住了，静止在原地，没有回复。

"好啦，赶快让我们说誓言吧，我都等不及要亲吻新娘了！"

听到丹尼的催促，Europa 才回过神来，在全场的欢笑中按部就班地继续婚礼的进程……

这苍穹下的欢声笑语，都被一个全知的存在捕捉着。同样是个"青年"，他存在于土地，存在于天空，存在于格陵兰岛的一个大火箭里。在默默向圣托里尼的朋友们发去祝福之后，他也将和他的朋友们一样，开启新的旅程……

后记

200年后的世界，是什么样呢？

此刻地球上的数十亿人应该都没办法亲眼看到那时的景象，但人类的想象力可以穿透时间的禁锢，在未来的空间里镌刻出五彩斑斓的印记。

这就是科幻的魅力——通过合理的想象来为我们有限的生命增加无限时空的体验。

作为一个投资人，我觉得投资和科幻都是在尝试触碰未来。投资是理性地去预测几年内事物的变化，而科幻则是在遥不可及的空间里开天辟地。

我并非文学科班出身，《青年世代》是我的第一部文学作品。作为一个关注前沿科技发展的青年人，这本小说结合了我许久以来的两个疑问：假如世界由青年人主导，社会将如何改变？假如超级人工智能降临世界，与人类将会发生怎样的碰撞？

在这样的设定下，《青年世代》讲述了一个有趣、些许烧脑、略带悬疑的故事，其中有许多有意思的"点"值得诸位读者去思考。这个故事参考了我在国外留学时的一些体验，包含了我对人类未来的一些乐观期盼。诚然，由于能力有限，我并没有能在书中照顾到每一个细节，丰满每一个人物，也希望各位读者予以包容。

这本书的主要目的，并不是想让大家相信200年后的世界就是我书中描绘的那样，而是希望通过这样一个故事，能够引发每一位读者对未来世界的思考。我们不能亲历200年后的世界，但我们每个人都是一个未来世界的造物主。

我要特别感谢所有支持我这个文学新人的长辈和朋友们。感谢开复老师为本书作序，感谢上海文艺出版社的老师们对这本书最早的认可和支持，感谢各位文学行业老师们的推荐，感谢我父母的鼓励，感谢在这本书初稿时仔细阅读、向我提供建议的朋友们。

最后，我想和这本书的读者，你，说几句话。

除了对未来的思考之外，我希望可以通过这本书，给你带来前进的动力。从构思到定稿，这本书大概花了我大半年的时间。我之前从未写过小说，所以自开始动笔，身边的质疑声从未停止。现在，我依然不知道从世俗的角度看，这本书是否算作合格，但我自己的内心已经获得了巨大的满足。只要思考好、勇敢地为自己热爱的事情向前，便会有收获。

感谢这本书的读者，谢谢你。

图书在版编目（CIP）数据

青年世代/ 李佳蓬著. -- 上海：上海文艺出版社,2021
ISBN 978-7-5321-7984-8
Ⅰ.①青… Ⅱ.①李… Ⅲ.①幻想小说－中国－当代
Ⅳ.①I247.5
中国版本图书馆CIP数据核字(2021)第101095号

发 行 人：毕　胜
策 划 人：李伟长
特约编辑：王辉城
责任编辑：于　晨
封面设计：好谢翔
内文设计：兰伟琴

书　　名：青年世代
作　　者：李佳蓬
出　　版：上海世纪出版集团　上海文艺出版社
地　　址：上海市绍兴路7号　200020
发　　行：上海文艺出版社发行中心
　　　　　上海市绍兴路50号　200020　www.ewen.co
印　　刷：苏州市越洋印刷有限公司
开　　本：889×1194　1/32
印　　张：9.5
插　　页：5
字　　数：196,000
印　　次：2021年7月第1版　2021年7月第1次印刷
Ｉ Ｓ Ｂ Ｎ：978-7-5321-7984-8/I.6330
定　　价：59.00元
告 读 者：如发现本书有质量问题请与印刷厂质量科联系　T:0512-68180628